W0350223

SEBASTIAN THIEL

Geheimprojekt Flugscheibe

DUNKLE GEFAHR Frühjahr 1945. Nikolas Brandenburg hat sich in das Lager der französischen Widerstandsbewegung bei Düsseldorf zurückgezogen. Die Worte seines Erzfeindes Luger lassen ihn nicht mehr los: Ist Marie, die Tochter seines getöteten Freundes Erik, wirklich noch am Leben? Dann muss er sie unbedingt finden. Nikolas erhält den Tipp, dass Luger sich mit anderen hochrangigen SS-Mitgliedern in der Wewelsburg, der Ordensburg der SS, aufhalten soll. Gemeinsam mit zwei Widerständlern macht er sich auf den Weg. Doch statt auf Luger treffen sie auf Karl Maria Wiligut, einst ein enger Ratgeber Himmlers. Von ihm erfahren sie von einem unbekannten Flugobjekt mit sagenhafter Leistung, einer Geheimwaffe Hitlers. Ihnen bleibt nur wenig Zeit, um Schlimmes zu verhindern.

Sebastian Thiel, Jahrgang 1983, lebt in Tönisvorst am Niederrhein. Durch seine Arbeit als IT-Manager an Nachtschichten gewöhnt, schreibt er auch heute noch am liebsten nachts. Als Basis seiner Romane dienen historische Ereignisse und Personen, die er zu fantasievollen Geschichten verwebt. Seit mehreren Jahren ist Sebastian Thiel freiberuflicher Autor und widmet sich komplett dem Schreiben.

Bisherige Veröffentlichungen im Gmeiner-Verlag:
Sei ganz still (2015)
Uranprojekt (2014)
Die Dirne vom Niederrhein (2013)
Wunderwaffe (2012)
Die Hexe vom Niederrhein (2010)

SEBASTIAN THIEL

Geheimprojekt Flugscheibe

Kriminalroman

GMEINER SPANNUNG

Dieses Buch wurde vermittelt durch
die Literaturagentur Agentur Scriptzz

Beide Zitate von Anfang Kapitel 12: siehe Werner Jochmann (Hrsg.): Adolf Hitler – Monologe im Führerhauptquartier 1941–1944, München

Personen und Handlung sind frei erfunden,
soweit sie nicht historisch verbürgt sind.
Ähnlichkeiten mit lebenden oder toten Personen
sind rein zufällig und nicht beabsichtigt.

Besuchen Sie uns im Internet:
www.gmeiner-verlag.de

© 2015 – Gmeiner-Verlag GmbH
Im Ehnried 5, 88605 Meßkirch
Telefon 07575/2095-0
info@gmeiner-verlag.de
Alle Rechte vorbehalten
1. Auflage 2015

Lektorat: Katja Ernst
Herstellung: Julia Franze
Umschlaggestaltung: U.O.R.G. Lutz Eberle, Stuttgart
unter Verwendung eines Fotos von: © ullstein bild
Druck: GGP Media GmbH, Pößneck
Printed in Germany
ISBN 978-3-8392-1799-3

»Wenn du einmal angefangen hast zu lügen, dann bleibe auch dabei.«

Joseph Goebbels
Propagandaminister Deutsches Reich, 1933

PROLOG

- GEISTER AM HIMMEL -

2. Februar 1945, Oranienburg, Deutsches Reich

Zum Teufel!

Erneut knurrte sein Magen. Diesmal war das Geräusch begleitet von einem stechenden Schmerz, der seinen Oberkörper durchzuckte. Er verzog das Gesicht und stützte sich an einem Pfahl ab.

»Vater? Geht es dir nicht gut?«

Heinrich Meißner rang sich ein Lächeln ab. »Doch, natürlich, Friedrich. Such du nur weiter.« Kurz streichelte er über das dichte braune Haar seines Sohnes, bevor dieser erneut über das Feld stapfte.

Meißner hielt sich den Magen. Bloß nicht schwach sein, zeig Stärke für den Kleinen!, sagte er sich. Lange konnte es nicht mehr dauern, bis das ganze gottlose Töten ein Ende haben würde. Im Osten stand der Iwan bereits vor den Toren des Reiches, Amerikaner und Tommys würden bestimmt nicht mehr ewig brauchen, um den Rhein zu überqueren. Sein Blick fiel auf seinen Sohn. Beflissen wühlte dieser sich durch den Schnee, grub das Feld mit bloßen Händen um, um vielleicht doch noch eine weitere liegen gelassene Steckrübe zu finden. Sein Atem bildete dabei kleine weiße Wölkchen, die sich im Morgengrauen schnell auflösten. Die Rationskarten reichten vorn und hinten nicht. Wenn sie zumindest noch ein paar Rüben finden würden, die seine Frau heute Morgen zubereiten könnte, bevor er zur Arbeit ging. Nur, damit dieser Schmerz endlich aufhörte.

Wer nicht bei seiner Arbeitsstelle erschien, stand im Verdacht, ein Verräter zu sein. Ganz davon abgesehen, dass er tatsächlich einer war. Aber durch Abwesenheit im Dienst würde er bestimmt nicht auffliegen! Nur noch wenige Monate musste er durchhalten, ohne entdeckt zu werden. Er durfte nicht aufgeben. Was sollten Friedrich und Ilse auch ohne ihn machen? Was würde passieren, wenn die deutschen Truppen in Panik verfielen und der Russe von Haus zu Haus zog? Wenn Hitlers Schergen jeden über die Schwelle zogen, der kämpfen konnte, und seinem Sohn und ihm ein Gewehr in die Hand drückten? Gestapo und SA besaßen Sonderrechte. Verdächtige wurden aufgeknüpft und Verräter mit einem Schild gekennzeichnet. Immer öfter waren die Leichen an den Bäumen nun zu sehen.

Meißner fuhr sich über die Schläfen. Schmerz bohrte sich in seinen Kopf, ein Schwindelgefühl überkam ihn, und er hatte das Gefühl, als könne er nicht mehr klar denken. Kaum gelang es ihm, ein Bein vor das andere zu setzen. In der Nacht war wieder Schnee gefallen. Jeder seiner mühevollen Schritte war von einem leisen Knirschen begleitet. Seine alte Beinverletzung schmerzte heftiger als sonst. Doch was grämte er sich, immerhin hatte dieses Schrapnell aus dem Großen Krieg dafür gesorgt, dass er als Beamter zu Hause seine Familie versorgen konnte. Bis jetzt.

»Schau, Vater! Hier ist noch eine!«

Meißner wischte über einen gefrorenen Klumpen Dreck. »Tut mir leid, das ist nur ein Stein.«

»Nein, schau doch, hier!«

Tatsächlich. Nur mit wachem Blick konnte man erkennen, dass es sich um eine Steckrübe handelte. Kaum größer als eine Zigarettenpackung, gerade genug für ein, vielleicht zwei Bissen.

Guter Junge! Tief sah er seinem Sohn in die Augen. Er hatte nun das Alter erreicht, in dem sie ihn zu den Waffen rufen konnten. Verheizt, im Hochofen des Tausendjährigen Reiches. Um nichts in der Welt würde er das zulassen. Schnell packte er die Steckrübe in den Jutesack zu den anderen. Acht, nein, neun hatten sie bis jetzt gefunden. Wenn Ilse noch etwas Brot ergattern konnte, würde das eine sättigende Mahlzeit geben.

Schon flitzte der Junge wieder über den gefrorenen Acker. Fußspuren im Schnee zeugten davon, dass sie nicht die Einzigen waren, die nach Essbarem suchten. Natürlich nicht. Jeder, den er kannte, hungerte und verkaufte sein Hab und Gut, um die nächsten Tage zu überleben. Nur darum ging es noch … überleben.

Plötzlich sah Meißner sich um. Hatte er sich gerade verhört? Spielte ihm sein geschwächter Verstand einen Streich? Mit aller Kraft konzentrierte er sich und suchte mit den Augen den Himmel ab. Das Herz schlug ihm bis zum Hals, als sich ein todbringender Punkt am Himmel zeigte.

»Friedrich … Friedrich!« Seine schmerzende Beinverletzung ignorierte er, ließ hastig alles fallen und spürte, wie der Hut von seinem Kopf geweht wurde. »Komm zu mir!«, befahl er dem Jungen. Die wenigen Meter, die sie trennten, legte er im Sprint zurück, packte seinen Sohn am Kragen und zog ihn zu einer kleinen Böschung. Zu oft hatte er das schon erlebt. Der Iwan kam näher, Berlin war nicht weit entfernt. Auch der Flughafen der Heinkel-Werke war ein beliebtes Ziel.

»Zu den Bäumen?«, wollte Friedrich wissen.

Meißner schüttelte den Kopf, den Punkt am Himmel nicht aus den Augen lassend. »Dort geben wir nur bessere Ziele ab. Die Böschung am Feld bietet mehr Schutz.«

Hastig drückte er seinen Sohn zu Boden, schaufelte Schnee auf seine Jacke und zog ihm die Mütze vom Kopf. Erst dann begann er, seinen eigenen Körper zu bedecken. Seine Finger rissen an den scharfen Kanten des gefrorenen Schnees auf und waren bereits nach wenigen Sekunden taub.

Mit etwas Glück würden die Flieger sie nicht sehen.

»Sind das unsere?«

»Still jetzt!«

Die Geräusche wurden lauter und kamen direkt auf sie zu. Etwas stimmte hier nicht. Meißner hatte unzählige Male den dröhnenden Lärm des zweimotorigen Bombers Heinkel He 111 gehört oder das hohe Summen der Focke-Wulf Fw 190, die alle nur »Würger« nannten. In diesem Augenblick klang es völlig anders. Es glich einem Pfeifen, als würde man aus einem Ballon die Luft langsam herauslassen.

Friedrich drückte sich an seinen Vater. »Was ist das?«

Erst als sich das Flugobjekt direkt über ihnen befand, erkannte Meißner es. »Eine Messerschmitt Me 262. Der neueste Jagdbomber, mit Strahltriebwerk.«

»Ich meine das Ding dahinter.«

Auf einmal wurde Meißner so unbeschreiblich heiß, dass er das Gefühl hatte, er würde verglühen. Hätte sein Sohn es nicht auch gesehen, wäre er sicher, dass ihm der Hunger den Verstand geraubt hatte. Er wusste nicht einmal, wie er es beschreiben sollte. Ein flaches »Ding« schoss an die Messerschmitt heran, überholte sie mühelos und flog eine scharfe Rechtskurve. Während die Me 262 versuchte zu folgen, stieg die Scheibe weiter auf und setzte sich anschließend im Tiefflug hinter die Messerschmitt. Das Ding spielte regelrecht mit einem der neuesten Flugzeuge der Wehrmacht! Was um alles in der Welt besaß so eine Kraft? Meißner erkannte Eiserne Kreuze auf den Tragflächen. Sollte Hitler es tatsächlich doch noch geschafft haben, Wunderwaffen zu entwickeln, wie er seit geraumer Zeit propagierte? Ihm stockte der Atem. Was zum Teufel war das?

Als die Himmelsmonster außer Sichtweite waren, stand er eilig auf, fasste seinen Sohn am Arm und half ihm auf die

Füße. Eilig klopften sie den Schnee ab, und Meißner zog Friedrich mit sich.

»Du wirst mit niemandem darüber reden, hast du verstanden?«

»Ja, Vater.«

»Du hast nichts gesehen und auch nichts gehört?«

»Nein, Vater.«

Eine Pause folgte, in der Meißner so schnell humpelte, wie er konnte.

»Wirst du es deinen Freunden sagen?«, wollte der Junge wissen.

Meißner stoppte in der Bewegung. Friedrich war klug und er selbst ein Narr, wenn er dachte, dass der Junge die nächtlichen Besuche und die geheimen Botschaften nicht mitbekommen hatte. Selbstverständlich würde er die Information weiterleiten. Es fühlte sich an wie tausend Nadelstiche in seinem Bein, als er sich hinkniete und seine Hände auf die Schultern seines Sohnes legte. »Niemals darfst du über meine Freunde reden. Hörst du? Niemals!«

Eifrig nickte der Junge, lehnte sich anschließend nach vorn. »Nicht so laut, da kommen Leute.«

Meißner hatte gar nicht mitbekommen, wie sich der Feldweg mit einer Handvoll Menschen gefüllt hatte. Auch sie trieb der Hunger hinaus auf die Felder. Er hätte sich ohrfeigen können. Meißner sah in die Richtung der Leute, die beflissen den Boden absuchten.

»Für einen von ihnen wird es eine schöne Bescherung geben, wenn er den Jutesack findet.«

»Nicht ganz.« Mit strahlenden Augen hielt Friedrich den Beutel nach oben.

Meißner nickte seinem Jungen zu, stützte sich auf ihn ab und blickte noch ein letztes Mal hinauf in den Himmel. Angst überkam ihn. Was hatte er da gerade gesehen, verdammt?

KAPITEL 1

- DÜSSELDORFER NÄCHTE -

Elf Tage später, Düsseldorf

Die Welt um ihn herum brach zusammen.

Ganze Städte waren eingehüllt in giftigen Nebel, umschlossen von einer unsichtbaren Hand, die Tod und Verderben brachte. Stahlkolosse warfen Bomben ab und sprengten mit infernalen Explosionen alles weg, was gut und richtig war. Jegliche Menschlichkeit wurde ausgemerzt, bis nichts mehr übrig blieb als Leid und Pein.

Klock! Klock! Klock!

Menschen beklagten den Verlust ihrer Liebsten, in den Händen die toten Körper von Angehörigen. Ein Tuch aus Dunkelheit senkte sich über die Welt. Und hier, inmitten von Hass und Schmerz, wurde er zärtlich liebkost. Claires Finger streichelten sanft sein Gesicht, während Elsa seinen Kopf stützte. Sie sagten etwas, das er nicht verstehen konnte.

Klock! Klock! Klock!

Er wollte zuhören, jedes ihrer Worte in sich aufsaugen, doch der Lärm um ihn herum ließ es nicht zu. Die Gesichter der beiden Frauen verschwanden. Ein Gefühl von Schwäche überkam ihn, er wollte aufgeben, wollte zulassen, dass die Finsternis siegte und ihn hinabzog. Seine Lider waren schwer, das Innerste voll von schmerzhaften Gedanken. Als hätte jemand seine Seele herausgerissen und den verbliebenen Hohlraum mit Dunkelheit gefüllt. Über allem thronte die Fratze von Luger, seines Feindes. Seine Stimme hörte er. Tief und durchdringend wie die eines Sängers.

»Dieses Spiel hat bereits lange genug gedauert. Wenn Sie mich fragen, Brandenburg, waren Sie als Kommissar die größte Fehlbesetzung, seit Kaiser Caligula sein Pferd zum Konsul ernannte. Ich werde diesen Fehler nun korrigieren.« Er kam näher, das Grinsen wurde breiter. In seinen Händen hielt er den Kopf von Marie, der Tochter seines Freundes Erik. Die blonden Haare des jungen Mädchens waren durchtränkt von Blut. Luger lächelte, sah es an. »Dieses unschuldige Gesicht, diese kleinen Finger. Die Kleine war völlig geschockt, als man ihr sagte, dass ihr Vater ein Verräter war. Jetzt ist sie in guten Händen.«

Klock! Klock! Klock!

Er wollte Marie ergreifen, sein Patenkind, er hatte es Erik doch geschworen. Sich um sie zu kümmern, sie zu beschützen. Nikolas musste sie aus Lugers Klauen befreien. Nein, das war nicht möglich. Marie war seit Jahren tot. Er hatte an ihrem Grab geweint, für sie gebetet und Blumen abgelegt.

Luger wiegte sie in seinen Armen, begann, leise zu summen. Ein Wiegenlied für eine Tote. Es musste eine von Lugers Finten sein, ein Maskenspiel, um ihn zu verwirren. Er schrie so laut er konnte, ergriff Maries dünnes Ärmchen. Luger war übermächtig, keinen Zoll bewegte sich die Kleine. Sie weinte und rief seinen Namen.

»… ihr Vater, ein Verräter.«

Klock! Klock! Klock!

Nikolas Brandenburg schreckte hoch. Noch immer hämmerte sein Vater mit dem Gehstock gegen das Bett. Kopfschüttelnd sah er ihn an. »Schon wieder ein Albtraum?«

Nikolas atmete aus und ließ sich in das Kissen zurückfallen. Sein Schlafkleid war durchnässt von Schweiß, obwohl es um ihn herum grausig kalt war. »Ja, Vater.«

Eduard hatte Mühe, sich niederzulassen. Er ächzte bei jeder Bewegung und rückte das zugenähte Hosenbein zurecht, das seinen Beinstumpf verbarg. »Hast du oft in letzter Zeit.« Er sah ihn an, wie früher die Verdächtigen, als er noch bei der Polizei war. »Du redest im Schlaf.«

Nikolas fuhr sich über die langen Haare, die mittlerweile über seine Ohren reichten. Bei Gott, er brauchte dringend einen Haarschnitt – und eine Rasur. Zu schade, dass er als gesuchter Verräter nicht einfach in die Innenstadt spazieren und sich das Haupthaar trimmen lassen konnte.

»Etwas Wichtiges?«, wollte Nikolas wissen.

Eduard atmete tief. Nachdenklich trommelte er mit dem Ende seiner Gehhilfe auf den Holzboden. »Sie ist tot, Nikolas. Die Kleine ist auf der Brücke ums Leben gekommen, weil ihr Vater dumm genug war, sich mit dem Regime anzulegen.«

Nikolas wusste, dass sein Vater versuchte, seine Stimme weich und mitfühlend klingend zu lassen. Es misslang ihm völlig.

»Und ihren Namen im Schlaf zu rufen, bringt sie nicht wieder zurück«, fuhr er fort. »Egal, was Luger dir im Todesrausch versucht hat weiszumachen, es war eine Lüge, und das weißt du. Vergangenes ist vergangen.«

Doch wieso um alles in der Welt blieb da dieser Zweifel? Mehr eine Ahnung als ein richtiger Gedanke.

Eduard deutete mit einem Nicken in Richtung seines fehlenden Beins, dann stützte er sich auf der Krücke ab. Sein Blick ging ins Leere. Nikolas wusste sofort, dass er nicht sein fehlendes Bein meinte, sondern den Verlust von etwas anderem. Einer Person, die ihm immer Halt gegeben hatte. Wäre Mutter noch am Leben, wäre vieles anders gelaufen, versuchte er, sich einzureden. Doch sie war tot, lange Zeit schon. Ihr Tod hatte aus seinem Vater einen verbitterten Mann gemacht, der nur noch darauf aus gewesen war, Verbrecher zu jagen.

Was wäre, wenn der Pelzhändler nicht die Kontrolle über seinen Wagen verloren hätte und sie noch am Leben wäre? Hätte sein Vater sich dann nicht in die Arbeit gestürzt und versucht, die Kriminalität im Alleingang zu zerstören? Es war die einzige Sache gewesen, die ihm noch etwas bedeutet hatte. Doch seit er sein Bein verloren hatte und somit seine Anstellung, hatte er nicht einmal mehr das.

Nikolas konnte seinen Vater mittlerweile besser verstehen. Schon immer war Eduard streng gewesen und hatte keine Schwäche zugelassen. Jetzt, da Nikolas selbst zwei Finger verloren hatte, bekam das Wort »Verlust« für ihn eine neue Bedeutung. Sein Beruf, seine Geliebte, die fehlenden Körperteile. Etwas, was vorher da gewesen war, würde nie wiederkommen. Der Krieg näherte sich seinem grausigen Ende, und es zeigte sich das ganze Ausmaß, was passierte, wenn man einem Mann alles nahm, das er liebte. Eduard Brandenburg war nicht mehr der allmächtige Kriminalrat, der Sturmbannführer und beste Kriminalist, den Düsseldorf je gesehen hatte, sondern nur ein alter Mann, dessen Überzeugungen nach und nach starben. Verstärkt durch den Tag einige Wochen zuvor, als er Nikolas das Leben gerettet hatte, vor einem Felsbunker in Haigerloch. Nun waren sie beide Verräter.

»Was der Herr nimmt, gibt er nie wieder zurück. Das solltest du am besten wissen«, murmelte sein alter Herr, fing sich wieder und fuhr mit dem Finger über Nikolas' Verband. »Wie fühlst du dich?«

Nikolas drehte die linke Hand vor seinen Augen hin und her. Ein seltsamer Anblick war das. Ein Scharfschütze hatte ihm den kleinen Finger und den Ringfinger abgeschossen. Dort wo sie eigentlich sein sollten, presste sich rötlich gefärbter Stoff um die Stumpfe. »Um ganz ehrlich zu sein, schmerzt es.«

»Nun ja, es ist noch nicht lange her, seitdem …«

»Nein, du verstehst nicht, Vater. Die Kuppen der beiden Finger tun mir weh.«

Eduard schwieg einen Augenblick. »Das geht vorbei«, flüsterte er schließlich. »Und deine Bauchwunde?«

Nikolas tastete die Stelle ab. Elsa hatte gute Arbeit geleistet. Wie lange war das nun her? Tage? Wochen? Wo zum Teufel steckte sie nur?

Die Medizinstudentin hatte ihm Trost gespendet in den vergangen, dunklen Monaten. Doch auch sie war verschwunden, genau wie das kalte Gefühl in seinem Körper, als eine Kugel ihn am Bauch traf. Er blickte an sich herab. Lediglich eine rötlich schimmernde Verkrustung war noch zu sehen. Ein Streifschuss als Andenken an Sturmbannführer Luger. Nur wenige Zentimeter weiter in die Mitte seines Torsos und es wäre um ihn geschehen gewesen. Im Krieg lief vieles sehr schnell, etliches aber auch zu langsam ab. Die unendlich dauernden Schlachten waren nur ein trauriges Beispiel.

»Es geht schon, ich komme wieder auf die Beine.«

Eduard erhob sich schnaufend. »Damit solltest du dich beeilen, wir haben nämlich Besuch.« Abschätzend musterte er seinen Sohn. »Vorher solltest du dich aber ein wenig frisch machen. Es gehört sich nicht, seine Gäste im Nachthemd zu empfangen.«

Sofort schlug Nikolas' Herz schneller. Nach den Ereignissen in der Versuchsanlage in Haigerloch hatten sie ihn und seinen Vater im Versteck der Résistance, der französischen Widerstandsbewegung, untergebracht. Ein altes, heruntergekommenes Landhaus am See, irgendwo zwischen Ratingen und Düsseldorf. Bald schon würde die Frontlinie hier verlaufen. Niemand konnte mehr übersehen, wie schnell sich die Tommys und Amis von Westen, der Russe von Osten her näherten. Die ursprüngliche Reichsgrenze war gefallen und die Schlacht um Aachen im Hürtgenwald dauerte nun bereits mehrere Monate. Laut den Reden des Propagandaministers und den Berichten der Wochenschau kämpfte die Wehrmacht einen verzweifelten, aber ruhmreichen Krieg im verschneiten Dickicht gegen die Zerstörung der deutschen Rasse. Nikolas wusste es besser. Ab und zu kam jemand vom Widerstand vorbei, brachte Essen, redete ein paar Takte über den Kriegsverlauf und sah nach seinen Verletzungen. Das kleine Radio mit Empfang der British Broadcasting Corporation tat ein Übriges. Aber um diese Zeit hatte ihnen noch niemand einen Besuch abgestattet. Wenn sich jemand hierher verirrte, konnte das nur eins bedeuten – Claire oder Elsa wollte ihn endlich sehen.

Allein dieser Gedanke ließ die Lebenskraft zurück in seine Glieder fließen. Hastig riss er die Decke zur Seite und erhob sich. »Ich warte unten«, sagte Eduard amüsiert und nahm schwerfällig die Treppe.

Die beiden Frauen hatten ihm gehörig den Kopf verdreht. Jede auf ihre Weise. Mit Claire, dem Todesengel mit den Eisaugen, hatte er die Zeit in Paris durchgestanden. Seite an Seite hatten sie gemeinsam mit der Résistance gekämpft, um deutsches Giftgas zu vernichten. Noch immer spürte er, wie ihre brünetten Haare seine Brust kitzelten, während sie ihn zärtlich küsste, und wie ihm jedes Mal ein Schauer über den Rücken lief, wenn ihre stets kalten Finger seinen Nacken streichelten. Doch dann hatte sie sich anders entschieden. Für den Krieg und gegen ihn. In diesen dunklen Stunden hatte er sich zu Elsa hingezogen gefühlt. Anfangs war es nur die körperliche Nähe gewesen, die er bei ihr gesucht hatte. Doch bald schon hatte er der hypnotischen Wirkung ihrer blauen Augen nicht mehr widerstehen können. Dabei fragte er sich immer noch, warum er so viel Glück hatte, dass zwei atemberaubend schöne Frauen sich mit ihm abgaben. Zumindest Elsa hätte ein so viel einfacheres Leben haben können.

Den Gedanken wischte er beiseite und schaute aus dem Fenster. Draußen im Schnee erkannte er Reifenspuren von zwei Autos. Es war spät am Abend. Niemand würde um diese Uhrzeit Essen bringen, die Sache musste also wichtig sein. Inständig hoffte er, dass er in wenigen Minuten die warmen Lippen einer Frau spüren würde. Es war einfach viel zu lange her …

Im Fenster spiegelte sich sein Antlitz. Sein dunkler Stoppelbart vermochte keine Härte in die feinen Gesichtszüge zu legen. Die milden, verstehenden Augen seiner Mutter taten ihr Übriges, dass sein Gesicht weich wirkte. In manchen Momenten wünschte er sich das dunkle Braun von Vaters Augen, welches einem direkt in die Seele blicken konnte. Nikolas wusch sich notdürftig, wobei sich der Verlust seiner Finger beim Rasieren am deutlichsten bemerkbar machte. Die Knochen waren noch steif, er hatte viel zu lang gelegen. Es schien, als knackte sein ganzer Körper. Mit Haarwasser versuchte er die wilden Strähnen in den Griff zu bekommen und zwängte sich anschließend in einen viel zu kleinen Anzug. Er wollte zumindest so aussehen, als ob er sich etwas Würde bewahrt hätte und nicht wie ein Köter hauste, der von der Hand in den Mund lebte.

Nikolas gönnte sich einen Moment der Ruhe und setzte sein freundliches Lächeln auf, bevor er die Treppe hinabstieg. Noch bevor er unten angekommen war, blieb ihm das Grinsen im Halse stecken.

»Bricks!«

»Dr. Allan Bricks, wenn ich bitten darf.«

Das durfte – konnte nicht sein! Er war die letzte Person auf diesem Planeten, die Nikolas hier erwartet hätte und sehen wollte. Nun ja, nach einem gewissen Sturmbannführer Luger, der für den Verlust seiner Finger verantwortlich war.

Nikolas schoss auf den Mann zu. Seine Hände formten

Fäuste, wobei sich seine linke merkwürdig stark anfühlte. Zu gerne hätte Nikolas Bricks' hübsches Gesicht zertrümmert. Dieses markante Kinn, die hellblauen Augen, der akkurate Scheitel, formvollendete Umgangsformen. Er konnte nur zu gut verstehen, dass Claire mit ihm geschlafen hatte. Wegen seiner bornierten Art hatte Nikolas anfangs geglaubt, der Doktor sei vom Double Cross oder SOE, der Special Operations Executive, einer britischen nachrichtendienstlichen Spezialeinheit. Kaum zu glauben, dass dieser Kerl in Wahrheit Amerikaner war. Eine deutsche Mutter, ein englischer Vater, geboren in den Vereinigten Staaten, dazu ein schicker Doktortitel und Einfluss auf die Regierung – fertig war der Mann von Welt, dem alle Frauen zu Füßen lagen. Seine eigene ehemalige Geliebte inklusive. Ein weiterer Grund, ihn auf die Bretter zu schicken. Wäre da nicht ihr Zusammentreffen vor wenigen Wochen gewesen, als er die eisernen Schwinger von Bricks zu spüren bekommen hatte. Claire in den Armen des Amerikaners zu sehen war einfach zu viel gewesen. Leider hatte dieser Doktor der Physik einen härteren Schlag als Schmeling. Verdammt, wieso musste dieses Aas in Harvard auch Mitglied der Boxmannschaft gewesen sein?

»Es freut mich, Sie wiederzusehen, Mister Brandenburg.«

Wie Nikolas diese aufgesetzte Art hasste. Sein Mund formte einen dünnen Strich. »Ja, wie auch immer. Was tun Sie hier, Bricks? Wollen Sie dabei zusehen, wie ich meine Wunden lecke?«

Bricks strich sich über das glatt rasierte Kinn, schüttelte schließlich den Kopf. »Sorry, aber deswegen bin ich nicht hier.« Sein englischer Akzent war kaum mehr hörbar, die Zeit im Reich schien Früchte zu tragen. »Außerdem ergötze ich mich nicht am Leid der anderen«. Bricks sah Nikolas scharf an. »Sie sollten das am besten wissen.«

Das musste man ihm lassen, er hatte mehr für Deutschland

getan als mancher Widerstandskämpfer. Immerhin hatte er dafür gesorgt, dass Berlin nicht als Versuchsplattform für Trinity hatte dienen müssen. Trinity – Dreifaltigkeit. Was für ein blasphemischer Name für die Kernwaffenbombe der Amerikaner. Wenn sie es nicht lebend aus Haigerloch herausgeschafft hätten, wäre die Hauptstadt nur noch Schutt, Asche und ein einziges flammendes Inferno.

Nikolas setzte sich zu seinem Vater und Bricks an den Tisch. »Schön. Was beschert uns dann das *Vergnügen* Ihrer Anwesenheit?«

»Wie immer«, Bricks lächelte breit, »der Dienst an Stars and Stripes und Union Jack.«

Aus dem Augenwinkel sah Nikolas, wie sein Vater den Kopf schüttelte. »Ich hole uns etwas zu trinken.« Er stand auf und ging in den Raum, in dem die Vorräte aufbewahrt wurden, das Bein hinter sich herziehend. Nikolas schaute ihm nachdenklich hinterher. Der vormals glühende Nationalsozialist hätte sich sicher nicht träumen lassen, dass er mit einem amerikanischen Geheimdienstler am Tisch sitzen würde, in einem Versteck der Résistance, Pläne gegen sein eigenes Land schmiedend. Immerhin hatte er den Reichskanzler mehrmals gewählt, ja sogar Wahlkampf für die Partei gemacht. Soweit Nikolas wusste, waren Eduard und er sogar immer noch Parteimitglieder.

Bald kam sein Vater zurück, stellte unbeholfen drei Gläser auf den Tisch und füllte sie mit billigem Fusel. Ohne abzuwarten, trank Nikolas sein Glas leer und füllte sich nach. »Also, Dr. Bricks. Was genau können wir für Sie tun?«

Bricks hielt inne, nippte am Glas und verzog das Gesicht, als hätte er im Leben noch nie etwas Widerlicheres getrunken. Er schob es weit von sich. »*Gentlemen*, es geht um nichts Geringeres als um die Zukunft Ihrer Heimatstadt. Das Schicksal von Stalingrad muss ich Ihnen nicht erläutern?«

Fast gleichzeitig seufzten Eduard und Nikolas abfällig auf. Natürlich nicht. Der Schlund der Hölle hatte sich unter der Stadt geöffnet. Nikolas war nur allzu bekannt, was mit Regionen passierte, die belagert wurden. Der Kessel von Stalingrad war ein trauriges Beispiel. Plünderungen, dauerhaftes Artilleriefeuer, Nahrungsknappheit, ein ganzes Fass voller Todsünden.

»Vor wenigen Stunden haben sich die Ereignisse überschlagen«, setzte Bricks erneut an und vollführte übertriebene und unpassend theatralische Bewegungen mit den Armen. »Generalfeldmarschall Walter Model hat der aufgeriebenen 116. Panzerdivision ›Windhund‹ und den verbliebenen Infanteriedivisionen den Befehl zum kompletten Rückzug erteilt. Natürlich nicht, ohne vorher die Talsperren in Schwammenauel zu sprengen.« Bricks schüttelte beinahe amüsiert den Kopf. »Die Dämme sind also gesprengt, das Rurtal ist überflutet, was die ganze Sache ein wenig aufhalten wird. Nichtsdestotrotz konnte General Hodges mit seiner 82. ›All Americans‹, der 4th Infantry Division ›Ivy‹ und der glorreichen 1st ›Big Red One‹ den Hürtgenwald nach monatelanger Schlacht erobern.« Er lehnte sich nach vorn. »Mit anderen Worten: Aachen ist in amerikanischer Hand und Sie dürfen raten, was als Nächstes auf Hodges' To-do-Liste steht?«

Nikolas wartete ab. Niemand musste aussprechen, was sowieso offensichtlich war. Wie lange war es her, seit er auf der Rheinkirmes gewesen war? Würde er die Düssel, dieses kleine Flüsschen, das als Namensgeber der Stadt fungierte, jemals wiedersehen?

Es war Eduard, der die Stille brach. »Was ist geplant?«

»Die übliche Vorgehensweise, nehme ich an.« Bricks zuckte gelangweilt mit den Schultern. »Ständige Bombenangriffe, Ausschalten der Luftverteidigung, Dezimierung der Bodentruppen, zeitgleich Artilleriefeuer und, wenn nur noch Volkssturm und Hitlerjugend übrig sind, Einmarsch mit allen verfügbaren Kräften.« Er lehnte sich zurück und tippte sich nachdenklich mit zwei Fingern an seine Schläfen. »Wenn ich mich recht erinnere, hat Gauleiter Friedrich Karl Florian den Grundbefehl ›Verbrannte Erde‹ bereits ausgegeben. Alles wird zerstört, was dem Feind auch nur im Ansatz helfen könnte. Bahnhöfe, Vorräte, Straßen und Gebäude, ja, sogar die Saat in den Lagern soll unbrauchbar gemacht werden, ohne Rücksicht auf Verluste in der Zivilbevölkerung. Sie können sich sicher vorstellen, dass es dadurch für uns umso schwieriger geworden ist, die strategisch wichtige Stadt einzunehmen. Felder werden verbrannt, die komplette Zivilbevölkerung in die Pflicht genommen. Jeder, der eine Waffe halten kann, wird an die Front oder die Flak geschickt. Ganz gleich, ob jung oder alt.« Der Doktor griff in sein Jackett, ein Flachmann kam zum Vorschein. Nach einem Schluck ließ er mit einem leisen Stöhnen wissen, dass diese Flüssigkeit eher etwas für seinen Gaumen war. »Der Rhein ist eine der letzten natürlichen Barrieren. Es wird ein Gemetzel, diesen gottverdammten Fluss zu überqueren. Und Ihre Stadt, Düsseldorf, wird dem Erdboden gleichgemacht werden. Das ist der Plan.«

Nikolas schloss die Augen. Selbstverständlich hatte er damit gerechnet. Ihm klangen Goebbels Worte vom Februar 1943 noch im Ohr. Er hatte im Berliner Sportpalast eine Frage gestellt und das Volk hatte geantwortet. So wollte es zumindest die nationalsozialistische Führung verstanden wissen: Es war eine Entscheidung der Bevölkerung. Dass dieser Sand in die Augen gestreut, sie durch Zeitungen in verführerischer Sicherheit gewogen worden war, hatte der Propagandaminister in seiner Rede ausgelassen. Die Wahrheit war viel schrecklicher, als dass man sie auf Papier hätte drucken können. Wenn Düsseldorf alles Pech der Welt versammelte, würde es am Ende niemanden mehr geben, der den Namen ohne Trauer aussprechen könnte.

Der Krieg war verloren. Das war die schreckliche Wahrheit. Nikolas nahm einen großen Schluck. »Sie haben meine Frage nicht beantwortet: Was zum Teufel können wir für Sie tun?«

Bricks fixierte Nikolas. »Den Helden spielen.« Er lachte auf. »Um ganz ehrlich zu sein, sind Sie für den Geheimdienst – wie sagt man? – eine entbehrliche Person. Es gibt Stimmen in der Führung, die solch einer langen und entbehrungsreichen Schlacht lieber aus dem Weg gehen würden. Ressourcen sparen, Sie wissen schon.«

»Für Berlin«, warf Eduard ein.

Bricks wischte diesen Gedanken mit einer Hand beiseite. »Wie auch immer. Es gibt eine Möglichkeit, dass Düsseldorf weitestgehend unbeschadet bleibt. Dies hängt von ein paar wenigen, mutigen Männern ab.«

»Otto Goetsch und die Aktion Rheinland«, flüsterte Nikolas gedankenverloren.

»Ganz genau. Wir wissen, dass Sie beide Kontakt mit Goetsch hatten. Er wird *Ihnen* vertrauen.« Bricks beugte sich vor und stützte seine Ellenbogen auf den Knien ab. »Ziel ist es, die Stadt kampflos zu übergeben. Keine Bombenteppiche, kein Häuserkampf, keine Toten.«

»Sie meinen – keine weiteren?« Nikolas seufzte auf. »Wie weit sind die Planungen fortgeschritten?«

»Sehr weit. Sie müssen nur noch in die richtigen Bahnen gelenkt werden.« Bricks griff in die Innentasche seines Jacketts und holte einen Brief hervor. Kein Absender, kein Adressat. »Geben Sie ihm dieses Schriftstück. Alle wichtigen Informationen sind enthalten. Wenn Sie es dann noch schaffen, ihn zu überzeugen, dass er *uns* vertraut, sehe ich eine Chance, die Stadt zu retten.« Er schob den Brief langsam über den Tisch. »Wie Sie wissen, ist Goetsch stellvertretender Polizeipräsident, somit ein hoher Beamter und Mitglied der Partei. Wenn Sie ihn überzeugt haben, muss er sich mit dem Widerstand in Verbindung setzen. Und Brandenburg ... Ich muss Ihnen nicht sagen, was passiert, wenn Sie mit dem Brief erwischt werden.«

Natürlich musste er das nicht. Für ihn würde es wahrscheinlich noch nicht einmal eine schnelle Exekution geben. Eine Reise nach Berlin samt Schauprozess wäre ihm sicher. In der Hauptstadt des Reichs angekommen, würden sie Gift und Galle spucken, und nachdem sich die Zeitungen und Richter des Volksgerichtshofs ausgelebt hätten, würde das Urteil »Tod durch den Galgen« lauten. Der Henker würde die Handfesseln festzurren und die Schlinge um seinen Hals legen. Sein Leben und die Zeit im Widerstand hätten ihren dramatischen Höhepunkt erreicht. Dabei würde das Regime jede Geste, sein Flehen und alle Tränen auf Zelluloid bannen. Die Kamera würde gewissenhaft einfangen, wie sein Körper hinabglitt, wie das Entsetzen im Todeskampf in seine Augen trat. Speichel und Blut würden aus dem Mund treten, braune Striemen wären bereits nach wenigen Augenblicken am Hals zu sehen. Irgendwann würden seine Beine aufhören zu zittern und sein Henker zum letzten Akt schreiten, den er selbst längst nicht mehr mitbekäme, aber für die Nachwelt aufgezeichnet werden sollte. Mit einem Ruck würde seine Hose herabgezogen werden, damit jeder erkennen könnte, dass sich sein Schließmuskel gelockert hatte. Er kannte die Vorgehensweise. Oft genug war sie in Paris ausgeübt worden. Keine schöne Vorstellung. Seine Kehle wurde staubtrocken bei dem Gedanken.

»Wie komme ich in die Innenstadt?«, wollte Nikolas schließlich wissen. »Im Kofferraum eines Autos? Im Stillen über gesicherte Wege des Widerstands?«

Diese Überlegungen zauberten ein Lächeln auf Bricks' Gesicht. »Nicht wirklich«, antwortete er amüsiert. »Ganz offiziell, im Fond eines Wagens.«

Das konnte nicht sein. Hatte Bricks den Verstand verloren? »Wie bitte?«

»Draußen wartet bereits Ihr Fahrer. Er besitzt Uniformen der Schutzstaffel, gefälschte Ausweise, Passierscheine – alles, was Sie brauchen, um direkt zum Kavallerieplatz zu kommen. Ein *easy job* also.«

»Natürlich«, flüsterte Nikolas kaum hörbar.

Eduard hatte sein Glas schweigend bis zum Rand gefüllt und lehnte sich nun zu seinem Sohn. »Das beste Versteck vor dem Teufel befindet sich unter seinem Thron.« Er schluckte den Fusel mit einem Mal herunter. »Es hat schon einmal funktioniert. Bei der Truppe herrscht Chaos. Offiziere fahren ständig durch das Land, um hektisch Befehle zu geben oder zu flüchten.«

Dass dieser Weg der beste war, bezweifelte Nikolas noch nicht einmal. Eduard legte die Hand auf den Arm seines Sohnes. »Nikolas, es ist auch deine Heimatstadt. Ob du das Risiko tragen willst, liegt allein bei dir.«

Er schaute seinem Vater in die Augen, steckte den Umschlag ein und wandte sich dann Bricks zu. »Wann geht es los?«

Bricks begutachtete seine Fingernägel. »Heute in drei Monaten nachmittags! ... Natürlich sofort, was denken Sie denn?«

Um alles in der Welt wollte Nikolas verhindern, diesem amerikanischen Streber Grund zur Genugtuung zu geben. Augenblicklich leerte er sein Glas, erhob sich und zog Mantel und Hut über. Als Letztes überprüfte er seine Walther PPK und ließ sie im Schulterholster verschwinden. »Mein Fahrer hat alle weiteren Informationen?«

»Selbstverständlich«, bestätigte Bricks. »Sehen Sie es einmal anders: Wenn alles glattläuft, sind Sie in zwei Stunden wieder hier und können sich mit Tee aufwärmen.«

Eine schöne Vorstellung. Irgendetwas sagte Nikolas, dass es nicht so einfach werden würde.

»Der Tee ist aus«, warf Eduard ein.

»Dann eben Scotch, ich bringe Ihnen beizeiten eine Flasche vorbei.«

Als Nikolas die Tür bereits geöffnet hatte, stellte sich sein Vater neben ihn und reichte ihm die Hand. »Viel Glück, mein Sohn.«

Wie schon als Kind hatte Nikolas das Gefühl, seine Finger würden von Schraubstöcken malträtiert, als sein Vater zudrückte. Es machte ihm nichts aus. Es war die ehrlichste und liebevollste Geste, zu der Eduard Brandenburg imstande war. Mit einem letzten Blick in den Raum schloss Nikolas die Tür hinter sich.

KAPITEL 2

- ALTE BEKANNTE -

Bitterkalte Luft blies ihm ins Gesicht. Als ob der Winter jegliche Wärme aus seinem Körper treiben wollte, pfiff der Wind unbarmherzig durch seine Kleidung. Schneeflocken tanzten vor seinen Augen und ließen ihn nicht weiter als ein paar Meter sehen.

In den letzten Wochen war Nikolas nicht oft draußen gewesen. Obwohl die Schönheit des Sees, der in der idyllischen Abgeschiedenheit eines kleinen Wäldchens lag, das Herz jedes Spaziergängers höher schlagen ließ, war er für diese Art von Müßiggang noch nie zu haben gewesen und im Moment erst recht nicht. Zu sehr drückte die aktuelle Lage auf sein Gemüt. Er lief weiter gegen den Wind an und kniff die Augen zusammen; Schneeflocken hefteten sich an seine Wimpern. Kaum konnte er die beiden Kraftwagen sehen. Nikolas hielt inne. Wo war der Fahrer des zweiten Autos?

Vorsichtig spähte er in alle Richtungen, bevor er sich den Wagen näherte. Eine dünne weiße Schicht hatte sich bereits auf deren Dächer und Scheiben gelegt. Nur die Motorhauben trotzten mit ihrer Restwärme der eiskalten Nacht und ließen schwarzen Lack erkennen. Die beiden Horch-Fahrzeuge würden bald vollkommen vom Schnee verschluckt werden. Bei jedem Schritt knirschte der Schnee. Nikolas beugte sich herab, wischte eines der Nummernschilder mit der Hand frei. Sofort entdeckte er einen roten Winkel; sogar der Stempel sah aus, als hätte ihn die Wehrersatzinspektion ausgestellt. Keine Frage, der Widerstand war gut organisiert. Wahrscheinlich finanziell unterstützt von der britischen Special Operations Executive und den Amis. Auch die vordere Scheibe befreite er von Schnee. Der Kraftfahrzeug-Freistellungsbescheid für zivile Fahrzeuge lag griffbereit dahinter. Das Benzin war zwar rationiert, trotzdem gab es immer wieder zivile Wagen, die den roten Winkel bekamen. Meistens erhielten ihn Forscher oder Industrielle, die kriegswichtige Güter produzierten. Nikolas lugte in den Innenraum. Sofort fiel ihm eine zusammengeknüllte Uniform der SS ins Auge.

»Nicht bewegen, Kommissar! Sonst knallt es!«

Ein kalter Lauf wurde in seinen Nacken gedrückt. Wie von Seilen gezogen hob Nikolas die Arme. Die Stimme kam ihn bekannt vor. Dunkel und unheilvoll war die Drohung, passend zur Szenerie. Er stand still. Ihm wurde bewusst, was ihn so erschreckt hatte: Er hatte damit gerechnet, angesprochen zu werden, aber die Art und Weise hatte ihn irritiert … Nur einer nannte ihn noch bei seinem alten Titel – eine Anrede aus früheren Zeiten, als er noch kein Verräter gewesen war, sondern Kriminalkommissar des Reiches.

Mit erhobenen Händen drehte er sich um. Gott, er hätte es wissen müssen. Schallendes Gelächter durchbrach die Stille.

»Verdammt, Rohn.« Nikolas atmete erleichtert aus und stemmte die Hände in die Hüften. »Wieso musst du mir jedes gottverdammte Mal einen solchen Schrecken einjagen?«

»Weil du immer noch unvorsichtig bist.« Die unzähligen Narben im Gesicht des Hünen wirkten noch weißer als sonst. »Ich hätte auch ein Soldat der Wehrmacht sein können.«

Unzählige Kämpfe musste der Mann ausgetragen haben … Und Nikolas kannte nur einen kleinen Teil seines ganz persönlichen Krieges. Eine schwarze SS-Uniform spannte über der massigen Brust und zeigte zwei silberne Runen und zwei Litzen. Ein Hauptscharführer, wie er im Buche stand.

»Du *bist* ein Soldat der Wehrmacht!«

»Wenn du das so siehst. Das Entlassungsschreiben habe ich nie erhalten.«

Genug der Worte. Die beiden umarmten sich innig, wobei Nikolas' Kopf nur bis zur stämmigen Brust des anderen ragte.

»Nicht so kräftig«, zischte Rohn halb lachend, halb das Gesicht vor Schmerz verziehend. »Hab ganz schön was abbekommen in diesem verdammten Dorf.«

»Haigerloch.«

»Ja, wie auch immer.« Rohn packte Nikolas' linken Arm, um ihn in die Höhe zu heben. »Und wie geht es dir? Querflöte spielen ist jetzt wohl erst einmal für dich gestorben, oder?«

Was sollte Nikolas darauf entgegnen? Es war Rohns typische Art. Früher war er Soldat der 4. Kompanie der Eliteeinheit 800 »zur besonderen Verwendung« gewesen. Nachdem er mehrere Kameraden umgebracht hatte, schlug er sich durch verschiedene Metropolen Europas. »Einfach durchgedreht« … »angeborene Idiotie« … »anhaltender Schwachsinn« … die Meinung der Presse war eindeutig. Sie wollten aus Rohn einen Verblendeten machen, der nicht mehr klar denken konnte. Es gab Sichtungen in Paris, Den Haag, London, Berlin und Amsterdam. Angeblich steckte er mit der Special Operations Executive und der Résistance unter einer Decke. Nur Nikolas kannte die ganze Geschichte. Für alle anderen war es mehr Mythos als Wahrheit. Es war ein schwacher, ein trunkseliger Moment gewesen, in dem Rohn ihm die ganze Wahrheit gebeichtet hatte.

Nikolas sah an seinem Freund herab. »Ich hätte wissen müssen, dass du bei dieser Selbstmordmission dabei bist.«

Kaum zu glauben, dass dieser Mann einmal die französische Résistance als »la pâquerette«, »das Gänseblümchen«, angeführt hatte. »Bist du nicht viel zu wichtig für diese Aktion?«

Endlich steckte Rohn die Waffe ein und wiegte den Kopf nachdenklich. »Du weißt doch, wie es läuft. Wenn du wichtig für sie bist, dann blasen sie dir Zucker in den Arsch. Und danach lassen sie dich liegen wie eine gealterte Nutte.«

Seine Worte waren für Nikolas beinahe nicht zu glauben. Immerhin hatte Rohn einen nicht geringen Anteil an der Befreiung von Paris gehabt. »Sie haben dich aus der Planung herausgedrängt?«

Rohn nickte in Richtung des alten Hauses. »Machen jetzt alles der feine Herr Doktor und seine Kumpanen vom Geheimdienst.« Er rieb sich die Hände, griff in die Außentasche seiner Uniform und holte einen Zündschlüssel hervor. »Nichts für Amateure, haben sie gesagt … Obwohl … sie sagten ›Rookie‹, was bestimmt dasselbe bedeutet.« Rohn öffnete die Tür eines der Wagen und befreite anschließend die gesamte Windschutzscheibe von Schnee. »Anscheinend bin ich nun ein entbehrlicher Faktor, und einige dürften froh sein, wenn ich endlich das Zeitliche segne.« Er zwinkerte Nikolas zu. »So kann niemand mehr ihre kleinen, schmutzigen Geheimnisse ausplaudern. Wollen wir?«

Als Nikolas einstieg, brannte der Schnaps noch immer in seiner Kehle, und doch wünschte er sich, mehr getrunken zu haben. »Ich nehme an, dass ich die jetzt anziehen muss?«, vergewisserte er sich und deutete mit den verbliebenen Fingern auf die SS-Uniform.

»Wenn du die Nacht nicht in der StaPo verbringen möchtest, wäre es ratsam. Also, zieh dich aus, Hübsche.« Wieder dieses fiese Lachen. »Normalerweise würde ich sogar ein paar Reichsmark lockermachen, aber dafür bist du mir eindeutig zu hässlich.«

Nikolas überhörte diese lieb gemeinte Beleidigung und

begann unbeholfen im Fond des Fahrzeugs seine Kleidung zu tauschen. Auf einen Aufenthalt in der Staatspolizeileitstelle Düsseldorf, der zweitgrößten Gestapostelle des Reichs, konnte er gut verzichten. Durch die alliierten Bombenangriffe war sie mittlerweile nach Ratingen verlegt worden. Dort wimmelt es nur so von SS und Polizei, und die würden bestimmt nicht zimperlich mit Rohn und ihm umgehen.

Endlich setzte Rohn den Wagen in Bewegung. Mit abgeklebten Scheinwerfern bahnte sich der Horch gemächlich durch das Schneegestöber.

»Wieso haben wir das Ganze nicht drinnen klären können?«, fragte Nikolas, während er Schwierigkeiten hatte, sich das Hemd zuzuknöpfen.

»Ich kann Bricks nicht leiden und will nicht eine Minute länger mit dem Kerl verbringen als unbedingt nötig«, war Rohns direkte Antwort.

Zumindest das hatten sie gemein. Nikolas wollte gar nicht wissen, wo sie die Uniform herhatten. Immerhin war es die eines Sturmbannführers – dem Pendant eines Majors bei der Wehrmacht. Ein hohes Tier der SS würde niemand so schnell aufhalten. Sogar einen Ausweis und die versprochenen Passierscheine fand er in der Innentasche des schwarzen Ledermantels.

»Adolf Dunkel«, las er laut vor. »Das kommt mir seltsam bekannt vor.«

»Falls irgendwer fragt, mein Name ist Heinrich Brühler.«

Auch bei diesem Namen flackerten Bilder aus der Vergangenheit vor Nikolas' geistigem Auge auf. Die Sache damals in Leverkusen wäre beinahe schiefgegangen. Nur mit roher Gewalt und noch mehr Glück hatten sie den Bombenangriff überlebt … und Rache genommen für die kleine Marie. Zumindest hatte er sich das eingeredet.

Nikolas probierte die Schirmmütze auf. »Wo hast du dich die letzten Wochen rumgetrieben?«

»Keine Ahnung, wie das Dorf heißt«, gab Rohn zu und lenkte den Wagen sicher über die verschneiten Straßen. »Sie haben so viel Zeug in mich reingepumpt, dass ich Tag von Nacht nicht unterscheiden konnte.«

»Wie geht es Claire und Elsa? Waren sie bei dir?«

Plötzlich verlor der Wagen an Tempo. Es schien, als würde es Rohn schmerzen, darüber nachzudenken. »Claire geht es gut. Na ja, du kennst sie.« Laut räusperte er sich. »Sie organisiert, hängt stundenlang über Karten und treibt die Leute mit ihrem Eisblick in den Wahnsinn, wenn ihr etwas nicht gefällt.«

Allein der Gedanken an sie ließ Nikolas' Blut kochen. Nur zu gut konnte er sich vorstellen, wie die kleine Französin sich mit amerikanischen Generälen anlegte. »Und Elsa?«

»Sie hat sich ziemlich zurückgezogen.«

Das klang wiederum gar nicht nach dem lebensfrohen Mädchen, das jeden Tag genoss und Nikolas eine der unglaublichsten Nächte seines Lebens geschenkt hatte. »Zurückgezogen?«

»Ja, auf ihr Zimmer … mit unserem schneidigen Doktor Bricks.«

Für einen Moment schloss Nikolas die Augen. Wie viele Gründe musste dieser Kerl ihm noch geben, um ihm hinterrücks eine Kugel zu verpassen? In seinen Gedanken lag Bricks blutend am Boden und röchelte seine letzten Worte. Nikolas lächelte.

»Kommissar, ich weiß, du magst sie sehr. Tut mir leid, dass es so gelaufen ist.«

Er konnte es ihr nicht verübeln. Seit ihr Vater an der Ostfront verschollen war, kostete sie jeden Tag aus. Er sollte von Glück reden, dass ihm diese wunderschöne Medizinstudentin für ein paar Nächte ihre Aufmerksamkeit geschenkt hatte. Nur warum tat es so weh, an sie zu denken?

»Ich hab nicht viel mitbekommen«, gab Rohn nach einiger Zeit zu. »Vielleicht habe ich auch einfach etwas in den falschen Hals …«

»Kein Problem, lass uns die Sache einfach hinter uns bringen. Wir müssten bald auf die ersten Posten treffen.«

»Wie du willst, Kommissar.«

*

»Verflucht noch eins, schwing deinen knochigen Arsch jetzt sofort zum Schlagbaum und hiev das modrige Stück Holz nach oben!«

Nikolas musste ein Schmunzeln unterdrücken. Rohn war tatsächlich in Bestform. Der alte Feldwebel der Wehrmacht hatte an Bissigkeit nichts eingebüßt. Selbst von hinten sah er, dass die Ader an Rohns grau melierter Schläfe bedrohlich pochte. Das ohnehin schon fahle Gesicht des jungen Gefreiten wurde noch eine Nuance blasser, während er die Passierscheine in seinen zittrigen Händen studierte. Nikolas hatte damit gerechnet, dass es schwieriger werden würde, in die Stadt hineinzukommen. Der erste Posten hatte nur ihre Uniformen gesehen und sie sofort durchgewinkt. Erst kurz vor der mächtigen Skagerrak-Brücke waren sie erneut angehalten worden. Nikolas überlegte, ob das Bauwerk noch lange seinen Dienst verrichten würde. Der Befehl »Verbrannte Erde« hing wie ein drohendes Damoklesschwert über jedem Gedanken.

»Verzeihen Sie bitte, Herr Hauptsturmführer, doch nach Befehl des Reichssicherheitshauptamts, Abteilung V., sollen jegliche ausgestellten Passierscheine vom wachhabenden Offizier geprüft und …«

»Das ist mir einerlei!« Rohns Stimme musste am gesamten Passierpunkt zu hören sein. Die anderen Soldaten nahmen sofort noch etwas energischer Haltung an, und die Unterlippe des jungen Gefreiten begann gefährlich zu beben. »Sie Grünschnabel werden jetzt sofort den Schlagbaum heben. Wir haben lebenswichtige Informationen, die unverzüglich weitergegeben werden müssen!«

Noch einen Herzschlag lang hielt der Gefreite inne, dann gab er den Passierschein zurück und öffnete schließlich die Sperre. Als sie die Mitte der Brücke erreicht hatten, schüttelte ein Lachen Rohns gesamten Körper. »Hast du das gesehen, Kommissar? Der hat sich fast in die Hose geschissen!«

Auch Nikolas konnte sich ein Lächeln nicht verkneifen. »Wir hätten auch tot sein können.«

»Ach, dem hast du doch angesehen, dass der noch nie auf jemanden geschossen hat.«

Nikolas blickte aus dem Fenster. »Das wird er bald müssen«, flüsterte er mehr zu sich selbst. Vielen jungen Männern würde noch eine Waffe in die Hand gedrückt werden, um gegen einen übermächtigen Feind in den Kampf zu ziehen.

Der Schneefall hatte nachgelassen, sodass er die spitzen Rohre der Flugabwehrkanonen erkennen konnte. Wie schwarze Nadeln ragten sie in den Düsseldorfer Nachthimmel. Milchgesichtige Knaben der Hitlerjugend und alte Männer vom Volkssturm versuchten, den Schnee wegzuschaufeln. Überall sah er ausgebombte Häuser und Schutt auf den Straßen. Nur notdürftig konnte die Infrastruktur am Leben erhalten werden. Die Fassade Düsseldorfs hatte sich in den letzten Monaten sehr gewandelt. Einige Straßenstriche waren kaum wiederzuerkennen, etliche Gebäude existierten nicht mehr. Als hätte sie jemand aus den Häuserreihen herausgerissen und nichts übrig gelassen als einen Haufen Schutt.

Die HJ und das Jungvolk waren damit beschäftigt, die Straßen leerzuräumen. Die braunen Uniformen der Pimpfe waren nun allgegenwärtig, da sie für jegliche Arbeiten herangezogen wurden. Wenn kein Mann diese Arbeit erledigen konnte, musste es halt ein Kind tun. Das Leben auf den Straßen war von grotesker Normalität durchzogen, und Nikolas fragte sich, wie lange man diesen Schein noch aufrechterhalten konnte. Ab und zu blickte ein Junge hoch, wenn der Horch vorbeifuhr, war dann aber schnell wieder mit seiner Arbeit beschäftigt. Mit Sicherheit dachte keines der Kinder daran, dass gesuchte Hochverräter in dem Wagen saßen statt kriegswichtiger Bediensteter des Reiches.

In dieser bitterkalten Nacht suchten etliche Zivilisten ein Dach über den Kopf und schoben ihre Habseligkeiten vor sich her. Männer im wehrfähigen Alter sah man nun immer seltener. Viele waren gefallen und etliche würden ihnen noch folgen. Diese Jungen und Greise sollten die letzte Verteidigungslinie gegen Panzer und Bomber darstellen? Noch mehr Mütter, die nie wieder ihre Kinder umarmen konnten, und Ehefrauen, denen ihr Liebster entrissen wurde. Nikolas hatte es so satt. Gott, sie mussten einfach Erfolg haben.

»Dort hinten liegt das Quartier der Ordnungspolizei. Den Rest gehen wir zu Fuß«, entfuhr es Nikolas, und er bedeutete Rohn, den Wagen zu parken. »Willkommen zu Hause.«

KAPITEL 3

- WILLKOMMEN ZU HAUSE -

»Die SS-Offiziere Brühler und Dunkel für Sie, Herr stellvertretender Polizeipräsident.« Der Ordnungshüter lehnte sich etwas weiter in die Tür hinein. »Die Herren sagten, dass sie erwartet werden?«

Es war schon erstaunlich, wie weit man mit einer Uniform und gefälschten Ausweisen kam. Die Wachposten am Eingang hatten sich nicht einmal die Schriftstücke angesehen. Ein Großteil ihres Erfolgs war Rohns forschem Auftreten zu verdanken. Ohne sich umzusehen, war er einfach weitergegangen, bis er das oberste Stockwerk erreicht und seinen Ausweis vor das Gesicht der Wachposten gehalten hatte. Ein dünner Schweißfilm legte sich über Nikolas' Hände. Das kasernenartige Backsteingebäude strahlte eine unheimliche Kraft aus. Wie viele Menschen waren in den letzten Jahren verhaftet worden oder in den Zellen dieses Gebäudes umgekommen? Er wollte gar nicht daran denken.

Fast ängstlich erklang Goetschs Stimme: »Männer der Schutzstaffel?« Schritte waren zu hören. »Also eigentlich erwarte ich niemanden. Haben die Herren verlauten lassen, in welcher Angelegenheit sie mich sprechen …?« Er verstummte, als er Nikolas' Antlitz erblickte. Für einen Moment schien es, als müsse er in seinen Erinnerungen kramen, dann schluckte er und atmete tief ein. »Sieg Heil! Den Termin hätte ich beinahe vergessen. Kommen Sie doch bitte rein.« Sein Gesicht war von Furchen durchzogen und tiefe, fast schon violette Ringe zeichneten sich unter seinen Augen ab.

Nikolas und Rohn erwiderten den Hitlergruß.

»Vielen Dank, Herr stellvertretender Polizeipräsident«, sagte Nikolas absichtlich kühl, während sie eintraten.

Erst als die Tür geschlossen war, erlaubte sich Goetsch offen zu sprechen. »Sind Sie von allen guten Geistern verlassen?« Seine Stimme war tief, ruhig und wohlklingend. Seine wenigen Haare waren akkurat zurückgekämmt und seine Gesichtsfarbe bedrohlich rot. »Im Reich gelten Sie als Hochverräter. Ihr Steckbrief wurde an sämtliche Polizeistellen und Gauen des Landes geschickt und Sie spazieren hier einfach rein, als könnten Sie kein Wässerchen trüben.«

Rohn zuckte mit den Schultern. »Bis jetzt hat es funktioniert.«

»Für Sie ja. Aber haben Sie sich schon einmal in Ihrem Spatzenhirn überlegt, was passiert, wenn wir zusammen gesehen werden?«

Rohn schniefte voller Leidenschaft in ein Taschentuch und sah sich das Ergebnis interessiert an. »Es war die einzige Möglichkeit, an Sie heranzukommen.«

Goetsch sah den Mann an, als wäre er geisteskrank. »Heinz Rohn, desertierter Feldwebel der Wehrmacht, gesucht wegen Vaterlandsverrat, Paktieren mit dem Feind, Sabotage und etlichen anderen Vergehen. Ich kann Ihnen gar nicht sagen, wie dick Ihre Akte ist.«

Rohns Mundwinkel glitten nach oben. Er deutete eine Verbeugung an, als wäre er stolz auf seine vielen Einträge.

Nikolas war dieses Geplänkel zuwider. Um nichts in der Welt wollte er länger hier sein als unbedingt nötig. Denn in einem Punkt hatte Otto Goetsch ohne Zweifel recht: Wenn sie jemand erkannte, würden sie alle drei am Galgen baumeln. Ein paar Wochen der Folter zuvor inbegriffen. »Verzeihen Sie bitte unsere Kontaktaufnahme, doch leider gehen uns die Optionen aus und die Zeit rinnt durch unsere Finger«, versuchte er, den Mann zu beschwichtigen. Kein einfaches Unterfangen, wenn das eigene Leben auf dem Spiel stand. Nikolas holte den Umschlag aus seiner Innentasche und überreichte ihn Goetsch. »Alle wichtigen Informationen sind hierin enthalten.«

Der Mann zögerte keine Sekunde, als hätte er auf diese Nachricht dringlich gewartet. Hastig öffnete er den Umschlag und überflog die Zeilen. Anschließend ließ er sich mit einem tiefen Seufzer in seinen gepolsterten Sessel zurückfallen. »Dann beginnt es also.« Er fixierte erst Rohn, dann Nikolas. »Und diese Informationen sind verifiziert?«

»Selbstverständlich, sonst wären wir nicht hier«, antwortete Nikolas und zupfte am Kragen seiner Uniform. Der Offizier, dem das Kleidungsstück gehört hatte, musste einen schrecklich schmalen Hals gehabt haben. Er hatte das Gefühl, als würde der Stoff ihm die Luft abschnüren.

»Jedem anderen hätte ich nicht geglaubt, wenn er mich mit so einem Brief aufgesucht hätte.« Goetsch wedelte mit dem Umschlag durch die Luft. »Aber bei Ihnen beiden ... Vielleicht ist es noch nicht zu spät.« Seine Stimme wurde leise, nicht mehr als ein Flüstern. »Also bin ich nun auch ein Verräter.«

Rohn schnäuzte sich erneut. »Eine Tatsache, an die man sich schnell gewöhnt.«

»Lassen Sie das spätere Generationen entscheiden«, warf Nikolas ein und bemerkte, dass Goetschs Gedanken abschweiften. Vielleicht dachte er an Oberst Stauffenberg und die Männer, die Hitler bereits im Juli 44 hatten töten wollen. Dem Reich wäre auf diese Weise vieles erspart geblieben. Viele Monate waren seither vergangen, bis nun erneut Beamte und Offiziere versuchen würden, sich den Befehlen der Obrigkeit entgegenzusetzen. Ein riskantes Spiel, mit Potenzial für Fehler. Jeder einzelne würde den Tod bedeuten.

»Ich werde versuchen, meine Kontaktleute zu überzeugen«, sagte Goetsch schließlich umso energischer, holte eine Schüssel hervor und zündete den Brief an. »Sagen Sie Ihrem Führungsoffizier, dass die Aktion Rheinland wie geplant stattfinden kann.«

Führungsoffizier? Nikolas drehte sich der Magen um bei dem Gedanken, dass er Bricks Bericht erstatten sollte.

»Werden wir«, antwortete Rohn und beobachtete, wie die letzten Fetzen des Papiers sich in Asche verwandelten. »Noch etwas?«

»Nein, gehen Sie nun bitte. Jede weitere Sekunde an diesem Ort ist eine zu viel.«

Ohne ein Wort des Abschieds drehten die beiden sich um und verließen das Büro. Wie bei ihrer Ankunft standen die Polizisten im Vorraum stramm und grüßten. Halbherzig hoben auch Rohn und Nikolas den Arm. Noch immer spürte Nikolas dieses undefinierte Kribbeln am ganzen Leib. Wie eine Art Vorahnung.

»Wir sollten uns beeilen«, flüsterte Nikolas, während sie eine Treppe herabstiegen.

»Jetzt bin ich schon einmal in deiner Heimat und bekomme keine Stadtführung?«

»Ein anderes Mal. Lass uns einfach verschwinden.« Draußen angekommen stellte Nikolas fest, dass die Wolkendecke aufgerissen war. Er blieb stehen, sah sich um. Sogar der Mond zeigte sich und tauchte die Stadt in fahles Licht. Der Schnee glänzte so hell, dass es beinahe in den Augen stach. Schnell schloss er zu Rohn auf, der sich bereits auf den Weg zu ihrem Auto gemacht hatte.

Selbst mitten in der Nacht herrschte am Kavallerieplatz emsige Betriebsamkeit. Wie zuvor schaufelte der Volkssturm

Schnee, während ältere Männer an einer Flak fachsimpelten. Ab und zu konnten sie Soldaten ausmachen, die mit Mauser-98-Gewehren die Acht-Achter bewachten. Die Helligkeit des Mondes machte die Verdunkelung der Stadt zunichte. Zum Schutz vor Bombenangriffen mussten Fenster abgehangen werden, Feuer und Zigaretten durften nur unterhalb eines Daches angezündet werden. Verdunkelungswarte kontrollierten jeden Block, Zuwiderhandlung wurde teilweise als Sabotage ausgelegt und man galt fortan als Volksschädling.

Alles schien unverdächtig. Warum nur wandelte sich trotzdem Nikolas' Nervosität mit jeder Sekunde mehr zur Angst? An der Ecke des Polizeipräsidiums, an dem der weiße Reichsadler auf dem Hakenkreuz saß und über den Straßen thronte, blieb Nikolas erneut stehen. Irgendetwas stimmte hier nicht.

»Entschuldigen Sie bitte, Herr Sturmbannführer. Aber ich müsste Ihre Ausweise kontrollieren.«

Beinahe hätte er die Gruppe junger Männer nicht bemerkt. Zu sehr war er damit beschäftigt gewesen, den pechschwarzen Himmel nach Flugzeugen abzusuchen.

»Bitte was?« Rohn tat so, als wäre der Unteroffizier von Sinnen. »Haben Sie nichts Besseres zu tun, als verdiente Offiziere aufzuhalten?«

Der junge Mann ließ nicht locker. »Nichts liegt mir ferner, Herr Hauptscharführer, aber wie Sie sicherlich wissen, hat der Reichsverteidigungskommissar Florian erst kürzlich einen Erlass unterzeichnet, dass höhergestellte Offiziere sich ebenfalls einer Personenüberprüfung unterziehen müssen. Dies dient ausschließlich der Sicherheit des Reiches, was selbstverständlich in Ihrem Interesse …«

»Natürlich wissen wir das«, blaffte Rohn ihn an und deutete mit dem Daumen auf Nikolas. »Der Herr Sturmbannführer hat sich vor zwei Wochen erst mit dem Kommissar zum Tee getroffen und darüber geredet.«

Das hatte Eindruck gemacht. Trotzdem gaben sie dem Soldaten ihre Ausweise. Mehrmals sah dieser vom Lichtbild hoch und fuhr mit der Hand über die Schrift. »Sehen irgendwie komisch aus«, murmelte er in sich hinein.

Nikolas blickte mit starren Augen in die Gesichter der Männer. Den fünf Schützen war anzusehen, dass ihnen die Situation alles andere als behagte und sie ihren Vorgesetzten, der kaum älter war als sie selbst, lieber so bald wie möglich von hier wegziehen würden.

Die Atmung des jungen Unteroffiziers war gepresst. »Meine Herren, ich befolge nichts anderes als Befehle. Höflichst muss ich Sie bitten, mich zu begleiten. Nur zur Klärung der Sachlage, versteht sich. Des Weiteren …«

»Still jetzt!« Nikolas hob die Hand, sah auf den weißen Boden vor ihnen und lauschte in die Nacht. Er hatte etwas gehört. Ein unheilvolles Geräusch, das ihm nur zu gut bekannt war, sich in seine Erinnerungen gebrannt hatte und dort bis zu seinem Lebensende verankert sein würde. Das Kribbeln in der Magengegend nahm zu. Hatte er sich geirrt? Nein, ausgeschlossen. Der Schauer, der ihm durch Mark und Bein lief, war der stumme Beweis dafür.

Der Soldat wurde lauter, er nahm sein Gewehr von der Schulter. »Herr Sturmbannführer, ich möchte ungern Gewalt anwenden, aber …«

»Sie sollen Ihre verdammte Klappe halten«, schrie Nikolas den Mann an und schloss die Augen. Da war es wieder. Ein heller Ton, der von weit weg über die Stadt geworfen wurde. Nach wenigen Augenblicken begannen auch in der Innenstadt, die Sirenen zu heulen.

»Fliegeralarm!« Menschen schrien durcheinander, die Straße verwandelte sich in einen Hort der Angst. Im Augenwinkel sah Nikolas, dass die Flaks bemannt wurden. Junge Frauen des BDM schalteten die Scheinwerfer ein, die helle

Lichtkegel in den Himmel warfen. Die fünf Schützen suchten hastig das Weite. Nur der Unteroffizier hielt den Lauf der Waffe auf sie gerichtet. »Sie kommen mit mir!«

Übereifriger Fanatismus, gestärkt durch jahrelange Propaganda. Einer ganzen Generation hatten sie Sand in die Augen gestreut und von Heldentaten geschwärmt, bis das Unaussprechliche nicht mehr zu leugnen gewesen war. Der Krieg war nun hier, direkt vor der Stadt. Luftverteidigung gab es nicht mehr, sodass die Avro Lancaster der Royal Air Force und die Flying Fortress der Amis leichtes Spiel hatten. Bei Mondschein war der Rhein ein guter Wegweiser. Paradox, wenn man bedachte, dass er gleichzeitig den Düsseldorfern als Lebensader diente.

Obwohl ihm sein Herz bis zum Hals schlug, machte Nikolas einen Schritt auf den Soldaten zu. »Lass es sein, Kleiner. Geh einfach in einen Luftschutzkeller und niemand wird mehr darüber sprechen. Du hast deinen Dienst getan!«

»Ich glaube Ihnen nicht«, schrie der Soldat, die Waffe im Anschlag. Der Lauf seiner Mauser zitterte bedrohlich.

Die ersten Flaks begannen zu feuern. Für einen Moment meinte Nikolas, das Dröhnen der Motoren zu hören. Häusertüren wurden aufgerissen, Frauen in Nachthemden trugen schreiende Kinder heraus, Greise packten das wenige Essen, das sie tragen konnten, und humpelten zum nächsten Keller. Die nackte Angst stand allen ins Gesicht geschrieben.

Rohns Zähne mahlten aufeinander. Auch er machte einen Schritt auf den jungen Soldaten zu. »Jetzt ist Schluss mit diesem Affentheater. Sie werden jetzt …«

»Nein!« Die Waffe war direkt auf Rohns Kopf gerichtet. Das Geschrei eines kleinen Kindes lenkte den Unteroffizier für einen Moment ab, sodass Rohn den Lauf packen und in den Himmel strecken konnte. Ein Schuss löste sich. Rohn presste sich gegen den Unteroffizier. Er war nur wenige

Zentimeter von dessen Gesicht entfernt. »Geh nach Hause«, zischte er.

Der Soldat holte tief Luft. »Spione! Hier sind ...!«

Weiter kam er nicht mehr. Mit einer schnellen Bewegung schoss Rohns Kopf hervor. Seine Stirn traf die des Unteroffiziers. Wie ein Marionette, der man die Fäden durchgeschnitten hatte, klappte dieser zusammen.

»Wir sollten uns einen Luftschutzraum suchen«, grunzte Rohn und rieb sich mit der Hand über die Stirn.

Schleunigst sah Nikolas sich um. In dem ganzen Chaos hatte niemand mitbekommen, dass sie gerade einen Soldaten niedergestreckt hatten. Schnell steckten sie die Ausweise wieder ein. »Dort, ein öffentlicher Luftschutzbunker!«

Rohn nickte nur, machte bereits die ersten Schritte in die Richtung, während Nikolas sich herabkniete. »Was machst du?«, rief Nikolas.

»In den Bunker, Kommissar. Was denn sonst?«

»Und ihn willst du hier liegen lassen?«

Rohn schnaubte genervt. Gemeinsam hievten sie den Soldaten hoch. Seine Beine schleiften über das Kopfsteinpflaster und eine Treppe herab. Endlich hatten sie den Eingang erreicht, der von bewaffneten Luftschutzwarten bewacht wurde. Die Schilder am Eingang machten deutlich, dass der Keller nur für Deutsche sei und man seinen Ausweis auf Verlangen vorzeigen müsse. Auf keinen Fall durften Juden das Areal betreten. Wer einen einschleuste, konnte mit dem Tode bestraft werden. Der Andrang war allerdings so groß, dass die Wärter nur zur Seite traten, um die Massen hindurchzulassen. Stickige, abgestandene Luft erwartete sie unten. Die meisten Sitzplätze waren bereits belegt. Kinder schrien und drängten sich ängstlich an ihre Mütter, viele Menschen husteten oder kauerten sich an die Wände. Einige Schwerverletzte lagen in den Gängen. Nikolas war noch nicht oft in einem öffentlichen Schutzraum gewesen. Die Bombardements der Alliierten hatte er meist im Keller des Hauses seines Vaters verbracht. Dabei hatte sein alter Herr ihm von den Stabbrandbomben der Amerikaner in aller Ausführlichkeit berichtet, und noch heute lief ein Schauer über seinen Rücken, wenn er sich die Bilder dieser heimtückischen Waffen ins Gedächtnis rief. Kleine Sprengladungen mit Splitterwirkungen wurden mit Brandstäben bestückt. Diese explodierten zeitverzögert nach dem Auslösen der Brandbombe. Es konnte also etliche Minuten dauern, bis das am Boden liegende tödliche Behältnis erneut explodierte und fackelnder Phosphor sich überall verteilte. Den Lösch- und Rettungskräften blieb nichts anderes übrig, als zu warten, bis die meisten Sprengladungen zündeten. Und selbst dann konnten die Feuer nur unter größtem Risiko gelöscht werden. Die Brandwehr wusste das und wollte bestimmt nicht noch mehr Männer, Frauen und Kinder verlieren, welche für den Heimatschutz eingezogen werden sollten.

Beinahe konnte er sich nicht auf den Beinen halten, als die ersten Detonationen über sie hereinbrachen. Das Licht flackerte unaufhörlich, Staub tanzte in der Luft. Menschen hielten den Atem an, begannen zu beten oder weinten. Ganz hinten, wo der Schein der Lampen den Raum bald nicht mehr erhellte, fanden sie doch noch einen Platz. Als die Menschen um sie herum ihre Uniformen bemerkten, verstummten die Gespräche augenblicklich. Nur wenige nickten ihnen anerkennend zu, hoben den rechten Arm, die meisten Augenpaare waren zu Boden gerichtet. Einige suchten sich sogar unter einem Vorwand eine andere Sitzgelegenheit, wodurch Nikolas und Rohn genügend Platz hatten, den Soldaten vor ihren Füßen auf eine Decke zu legen. Erschöpft nahmen sie auf einer Stahlbank an der Wand Platz.

»Der Junge sollte nicht aufwachen, wenn wir noch hier unten sind«, flüsterte Nikolas.

Ein diabolisches Lächeln umspielte Rohns Lippen. »Ich werde dafür sorgen.«

Mit stoischer Ruhe versuchten die meisten, ihr Schicksal zu ertragen. Einige aßen sogar etwas oder tranken Fusel, wie Vater es bei Bombenangriffen auch immer tat. Schilder an den Wänden befahlen, wie man sich zu verhalten hatte. Ruhig bleiben, hinsetzen, nicht rauchen, Wunden versorgen. Schreckliche Routine. Männer vom Luftschutz gingen die Reihen ab, fragten, ob man medizinische Hilfe benötige. Als sie bei dem jungen Soldaten ankamen, leuchteten sie ihm in die Augen, fassten sein Genick und untersuchten ihn auf äußerliche Verletzungen.

»Hat nur was auf den Kopf bekommen«, sagte Rohn schließlich im gleichgültigen Tonfall.

Die Sanitäter nickten, murmelten etwas von Gehirnerschütterung und wandten sich schnell weitaus schwerer verletzten Bürgern zu. In einer Welt, in der Tote an der Tagesordnung waren, war die Verletzung durch Rohns Kopfnuss eine Lappalie. Über ihnen donnerten die Kanonen, und noch immer kreischte die Sirene ihr helles Lied.

»Hat das Präsidium eigentlich einen Luftschutzbunker?«

Nikolas sah Rohn fragend an. »Kann ich dir nicht beantworten. Wieso?«

»Nun, wenn Goetsch gerade von einer Bombe in Stücke gerissen wird …«

Er musste diesen Satz nicht beenden. Nikolas wusste, was sein Freund, der alte Haudegen, sagen wollte. Die Erfahrung aus unzähligen Schlachten sprach aus dem ehemaligen Feldwebel der Wehrmacht. Alles wäre umsonst und die Rettung seiner Heimatstadt ein unmögliches Unterfangen.

»Von ihm hängt eine ganze Menge ab«, gab er schlussendlich zu. Er lehnte sich zu Rohn hinüber und hielt die Hand vor den Mund, obwohl sie bei der Lautstärke niemand hören konnte. »Die Menschen einer ganzen Stadt müssen ihr Schicksal in die Hände eines einzigen Mannes legen und sie wissen es nicht einmal.«

»Glaub mir, es ist besser, wenn sie nichts wissen.« Rohn schien die Ruhe selbst zu sein. Er streckte die Beine aus, zog die Schirmmütze tiefer ins Gesicht und lehnte seinen Kopf gegen die kalte Wand. »Versuch, etwas Schlaf zu finden, die nächsten Wochen könnten hart werden.«

Natürlich würden sie das. Wenn Bricks sie weiterhin als Laufburschen missbrauchte, würde es nicht bei zwei abgeschossenen Fingern und einer Fleischwunde bleiben. Gedankenverloren strich Nikolas über den Verband an seiner linken Hand. Die Nähte schienen wieder aufgegangen zu sein. Zwei rote Flecken waren über den Stümpfen zu sehen. Wie lange war es her, dass der Scharfschütze seine Hand ins Visier genommen hatte? Zwei oder bereits drei Wochen? Er hatte immer weggesehen, wenn die Männer der Résistance seinen Verband gewechselt haben. Einen Augenblick lang überlegte er, ob er den Stoff beiseiteschieben sollte. Einen Blick riskieren. Für den Rest seines Lebens, wie kurz es auch sein möge, müsste er den Anblick ohnehin ertragen. Und doch konnte er es nicht. Also lehnte Nikolas sich zurück, verschränkte die Arme vor der Brust.

»Weißt du, was ich nicht verstehe?«, flüsterte er.

»Französisch?«

Rohn zog ihn immer noch damit auf. »Mehrere Jahre in Paris verbracht und keinen sinnigen Satz zustande bringen«, sagte er immer.

»Witzbold. Ich meine die Sache mit dem Versuchsreaktor.«

Rohn schob seine Mütze nach oben. »Was ist damit?«

»Ihr alle wurdet in ein sicheres Versteck der Résistance gebracht. Irgendwo, weit weg von Lugers Einflussbereich. Nur Vater und ich wachten in einer Hütte in der Nähe von

Düsseldorf auf. Es war nur der Niederlage in Aachen zu verdanken, dass sie uns nicht geschnappt haben.« Nikolas spürte, wie sein Blick fordernder wurde. »Warum wurden wir nicht einfach mitgenommen, anstatt uns mehr oder weniger auf dem Silbertablett der Gestapo zu servieren?«

Rohn schwieg, sah dem jungen Unteroffizier ins Gesicht. Er stützte sich auf die Knie. Es fiel ihm sichtlich schwer, darüber zu reden. »Was denkst du denn?«

Er hasste es, wenn die Antwort so offensichtlich auf der Hand lag. »Sie wollten uns ausschalten«, flüsterte Nikolas mit dünner Stimme. Wie hatte Bricks ihn genannt? »Eine entbehrliche Person«. Das war also damit gemeint.

Kaum merklich nickte Rohn. »Die Geheimdienste wollen ihre Spuren verwischen, Kommissar. Manche der Widerständler vertrauen dir immer noch nicht, und andere würden dir am liebsten heimlich, still und leise eine Kugel in den Hinterkopf jagen.«

»Vertrauen mir immer noch nicht.« Nikolas spie die Worte aus, als wären sie eine Krankheit. »Muss ich immer noch meine Loyalität beweisen?«

Rohn legte die Hand auf seine Schulter, damit Nikolas ruhiger wurde. Die ersten interessierten Gesichter wandten sich ihnen bereits zu. »Du musst zugeben, dass es ein interessanter Zufall war, dass ausgerechnet in Haigerloch Lugers kleine Privatarmee auf uns wartete.«

»Oh, natürlich, Luger und ich machen gemeinsame Sache. Das Ganze war mein Plan.« Nikolas hielt seine verbundene Hand vor Rohns Gesicht. »Und das war ein Teil davon? Du weißt genau, dass es der Professor war, der uns verraten hat.«

Rohns Griff wurde fester. »Beruhige dich. Ich weiß es und ich glaube dir, genau wie Elsa und Claire. Außerdem scheint Bricks dir wohlgesonnen.«

»Natürlich. Bricks. Immer ist es Bricks.« Nikolas schüttelte Rohns Pranke ab, stützte sich mit den Händen an der Bank auf.

»Ich weiß, es ist ein beschissenes Spiel«, sagte Rohn leise. »Lass es gut sein, Kommissar. Du weißt doch, wie es läuft. Der Mohr hat seine Schuldigkeit getan, der Mohr kann gehen.«

Überrascht sah Nikolas ihn an. »Seit wann liest du Schiller?«

»Lese ich nicht. Ein Reporter hat das gesagt, als der Neger Jesse Owens 1936 Gold in Berlin gewann.«

Es tat gut, auf andere Gedanken zu kommen. »10,3 Sekunden, oder?«

»10,3 Sekunden.«

Nikolas pfiff anerkennend. »Verdammt, war der schnell.«

KAPITEL 4

- EIN SCHLECHTER BERATER -

Im Morgengrauen gab die Sirene endlich Entwarnung.

Nikolas Rücken schmerzte, sein Magen knurrte und er war über alle Maßen froh, wieder frische Luft einzuatmen und nicht den gefilterten, abgestandenen Dunst, der mehrere Stunden seine Lungen verätzt hatte. Ohne weiter darüber nachzudenken, schleppten sie den jungen Soldaten ins Freie. Ab und zu stöhnte er leicht auf. Allem Anschein nach würde er bald die Augen aufschlagen und aus seiner Bewusstlosigkeit erwachen. Die Aufräumarbeiten draußen waren bereits in vollem Gange. Aus der Ferne hörte Nikolas die Martinshörner der Brandwehr. Die Einwohner Düsseldorfs lächelten matt, als sie sahen, dass ihre Häuser noch standen.

»Die Innenstadt scheint nicht viel abbekommen zu haben«, sagte Nikolas erleichtert und drehte sich in alle Richtungen. »Die Markierung der Mosquitos scheint bei Derendorf runtergekommen zu sein.« Wie er sie hasste, die roten und grünen Markierungskörper. Diese todbringenden Fackeln der de-Havilland-Flugzeuge, die den übrigen Bombern anzeigten, welches Gebiet unter Beschuss zu nehmen sei.

»Dort steht das Werksgelände von Rheinmetall-Borsig. Große Industriehallen, leicht zu treffen, viele Flak-Batterien«, schlussfolgerte Rohn. »Wurden letztens erst verstaatlicht und in die Reichswerke Göring eingegliedert.« Rohn schulterte den Unteroffizier. »Na, da wird der dicke Hermann sich aber freuen.«

Nikolas war nicht zu Scherzen aufgelegt. »Wir legen den Jungen irgendwo ab und hoffen, dass unser Wagen noch fahrtüchtig ist.«

Gemeinsam schleppten sie ihn in eine ruhige Gasse. Der Lärm der Aufräumarbeiten wurde lauter zwischen den engen, mehrgeschossigen Backsteingebäuden. Vorsichtig betteten sie ihn auf das schneeverwehte Kopfsteinpflaster und sahen in das sanfte Gesicht des Jungen.

»Du warst in der Wehrmacht. Was passiert jetzt mit ihm?«

Rohn kratzte sich an seinem unrasierten Kinn. »Sie werden ihn befragen, und wenn seine Schützen für ihn aussagen, wird er unter Umständen mit der Nahkampfspange ausgezeichnet. Danach schicken sie ihn natürlich an die Front.«

Nikolas war dieser Gedanke zuwider. In den letzten Monaten waren einfach zu viele Bataillone mit unerfahrenen Soldaten aufgefüllt worden. »Wenn er hier bleiben würde, hätte er eine Chance. Hoffen wir für den Jungen, dass er die Front überlebt.«

»Wenn ich dich daran erinnern darf: Die Front ist inzwischen hier.« Rohn zog seine Waffe, wickelte den Lauf in den Wehrmachtsmantel des Soldaten und sah sich um.

»Was hast du …?«

Der Schuss war nicht mehr als ein Zischen im Wind. Der Feldwebel hatte die Waffe auf der rechten Schulter des Unteroffiziers angesetzt und, ohne mit der Wimper zu zucken, abgedrückt. Noch immer benebelt, schaffte es der Soldat nicht einmal, den Kopf zu drehen. Die Gehirnerschütterung musste um einiges schwerer sein als angenommen.

»Bist du wahnsinnig geworden?«, zischte Nikolas, während Rohn seine Sauer einsteckte.

Schnell entfernten sie sich von der Gasse. »Der wird an keine Front mehr geschickt und darf sich die nächsten Wochen hübsche Beine von Krankenschwestern im Hospital anschauen.«

Nikolas beschleunigte seinen Schritt. Er atmete auf, als sie den Horch endlich erreichten und er sich im Fond des Wagens niederlassen konnte. »Und es musste die Schulter sein?«

»Nichts Lebenswichtiges. Mach dir nicht so viele Gedanken. Er kommt wieder auf die Beine. Vielleicht verleihen sie ihm noch das schwarze Verwundetenabzeichen. Das kommt bei Frauen immer gut an.«

Eins musste man Rohn lassen: Er dachte pragmatisch. »Wie du meinst. Und jetzt lass uns endlich von hier verschwinden.«

*

Zu Nikolas' Überraschung gab es keine Probleme, als sie die Stadt verließen. Beide Kontrollposten winkten sie schnell durch, als Rohn sein böses Gesicht aufsetzte. Die Müdigkeit zehrte an Nikolas' Gemüt. Hunger, Entbehrung und Erschöpfung waren einfach noch zu viel für seinen geschundenen Körper. Das Gute an diesem düsteren Tag war, dass sie ihre Mission erledigt hatten. Nur das zählte. Von wegen zwei Stunden. Inständig hoffte Nikolas, dass auch Goetsch Erfolg haben würde.

»Wir sind gleich da«, raunte Rohn, als sie einen verschneiten Waldweg entlangfuhren.

Nikolas war augenblicklich hellwach. »Fahr langsamer«, befahl er Rohn mit scharfer Stimme.

»Was ist los, Kommissar? Keine Lust auf einen Schnaps und dein Bett?«

»Reifenspuren – und davon eine ganze Menge.«

Anscheinend war der Kriminalist ihn ihm noch nicht ganz verschwunden. Vor ihnen war der Schnee an etlichen Stellen platt gefahren. Jetzt bemerkte auch Rohn, was er meinte.

»Mindestens zwei«, hauchte er und zog seine Waffe. »Ich werde etwas weiter entfernt parken, und dann sehen wir, wie es deinem Vater geht.«

Nikolas' Griff um seine PKK festigte sich, als der zugefrorene See in Sichtweite kam. »Halte hier, der Schnee schluckt die meisten Geräusche.« Er hatte einen dicken Kloß im Hals. Was für eine Ironie des Schicksals – gerade, da er sich nach Jahren mit seinem Vater einigermaßen vertrug, würden seine eigenen Landsleute sie wohl wieder auseinanderreißen.

In Rohn erwachte der Soldat. Seinen Schmerzen zum Trotz schlich er in geduckter Haltung durch das Dickicht des kleinen Wäldchens. Nikolas hatte beinahe Mühe, dem Hünen zu folgen. Schon erstaunlich, wie leichtfüßig der Feldwebel sich bewegen konnte, wenn er eine Fährte aufgenommen hatte. Im Haus brannte Licht, drei Wagen standen davor.

»Keine Wehrmacht, keine Wachposten«, flüsterte Rohn, drückte seinen Rücken gegen einen Baum und spähte hinüber zu dem Haus.

»Vielleicht haben sie es nicht für nötig befunden, welche aufzustellen. Was denkst du? Gestapo?«

Rohn schnalzte mit der Zunge. »Könnte sein. Zumindest würde das zur Arroganz der Geheimen passen. Fiese Kerle sind das … und schwer zu töten. Aber wenigstens laufen sie nicht mit automatischen Gewehren rum. Ein Vorteil für uns.«

Leider beschwichtigten Rohns Ausführungen Nikolas nicht im Geringsten. Sie hatten weder Papiere noch Aufzeichnungen im Haus, die sie in Schwierigkeiten bringen konnten. Allerdings waren Nikolas und sein Vater gesuchte Verräter. Ein guter Grund für eine ganze Abordnung, sich dort aufzuhalten. Obwohl es bitterkalt war, glühte Nikolas' Stirn. Kalter Schweiß sammelte sich in seinem Nacken. »Wie viele sind es?«

»Vielleicht ein Dutzend?« Rohn lud seine Waffe durch, war bereits in der Bewegung. »Wir gehen ran und nähern uns von hinten. Vielleicht haben wir so eine Chance.«

Nikolas blieb nichts anderes übrig, als Rohn zu folgen, während er mit schnellen Schritten durch den Schnee stapfte.

Ein weiteres Mal wurde ihm bewusst, wie schlecht er in Form war. Bereits nach wenigen Metern brannte seine Lunge, als würde das Feuer der Hölle in ihr lodern. Als sie die Außenwand des Hauses erreicht hatten, atmete er mehrmals durch. Gemeinsam spähten sie durch ein Fenster.

»Verdammter Dreck.«

Rohns Fluch hatte er nichts hinzuzufügen. Sechs Soldaten der Wehrmacht hockten über Karten und Papieren, die auf dem länglichen Tisch im Esszimmer ausgebreitet waren. Und das waren nur die Männer, die sie auf die Schnelle sehen konnten. Die Idylle des brennenden Ofens konnte nicht darüber hinwegtäuschen, dass Vater, nachdenklich und sich vollends der Situation bewusst, eine Flasche Schnaps geöffnet hatte. Ruhig saß er in der hintersten Ecke des Raumes auf einem Stuhl und beäugte argwöhnisch die Eindringlinge. Erstaunlich, dass sie ihn noch Alkohol trinken ließen. Vielleicht eine Art Henkersmahlzeit. In Russland gab es immerhin auch einen Schnaps, bevor einem die Augen verbunden wurden und die Schüsse des Kommandos krachten.

Rohn erlaubte sich einen weiteren kurzen Blick. »Ihre Gewehre haben sie gegen die Wand gelehnt. Wir könnten sie überraschen!«

Ein Nicken von Nikolas besiegelte das gewagte Vorhaben. Behutsam schlichen sie an der Wand entlang und sahen um die Ecke. Auch hier hatte niemand daran gedacht, Wachposten aufzustellen. Sie wiegten sich also in Sicherheit. Konnten sie etwa doch noch eine hauchzarte Chance ihr Eigen nennen?

Rohn hielt mit einer Hand die Waffe im Anschlag und mit der anderen den Knauf der Tür fest umschlossen. »Leise. Auf drei. Bist du bereit?«

Wie konnte man für so etwas bereit sein? Im Gegensatz zu Rohn war er keine fleischgewordene Tötungsmaschine. Erneut nickte Nikolas hastig.

»Also gut. Eins, zwei …«

»Drei.«

Das Wort war von einer Frauenstimme gesprochen worden. Es folgte das metallische Klicken einer Waffe. Eine Falle – natürlich. Wie hatten sie nur so dumm sein können, zu glauben, dass die Männer im Inneren ohne Bewachung ihre Pläne schmiedeten? Nikolas und Rohn ließen fast gleichzeitig ihre Waffen fallen, hoben die Hände und drehten sich um.

»Claire?«

Sie blickten in gleich zwei Läufe. Einer war auf Nikolas' Gesicht gerichtet, der andere auf die Brust von Rohn.

»*Bonjour.* Hattet ihr eine harte Nacht?« Claire zog einen Mundwinkel nach oben, lächelte mild und doch herausfordernd.

Nikolas bekam eine Gänsehaut, als er ihre Stimme und den französischen Akzent vernahm. »Claire, du bist … hier?« Ihm fiel nichts Besseres ein. Als sei das Sprachzentrum seines Gehirns kurzfristig nur zu Mumpitz fähig.

»*Parbleu*! Es gibt eine Menge zu tun.« Endlich verschwanden die Waffen im dunklen Schulterholster. Claire trug eine schwarze Hose und französische Armeestiefel. Ihre glänzenden brünetten Haare ruhten auf den Schultern und wurden nur von einem Stirnband zusammengehalten, welches ihre Ohren vor der Kälte schützte. Als er sich ihr näherte, bemerkte Nikolas, dass sie den engen schwarzen Rollkragenpullover trug, den sie so liebte.

Rohn schüttelte den Kopf und zog die zierliche Frau an sich. Sie reichte ihm nicht einmal bis zur Brust. »Verdammt, Claire. Musst du uns mit Waffen empfangen?«

»Ist ein Mistgefühl, oder?«, warf Nikolas ein. Rohns spezielle Begrüßung von letzter Nacht war noch nicht vergessen.

Der Feldwebel lächelte, hob ihre Waffen auf und blickte dann wieder zu Claire. »Was ist da drin los?«

»Bricks Freunde vom Geheimdienst, dazu ein paar desertierte Soldaten. *C'est une colonne bigarrée* – ein wirklich bunter Haufen. Die neuesten Entwicklungen haben sie – wie sagt man? – etwas nervös gemacht.«

»Soso, neueste Entwicklungen«, murmelte Rohn, öffnete die Tür und schrie: »Guten Morgen zusammen! Keine Angst, die Uniformen tragen wir nur, weil mir Schwarz so gut steht.«

Damit waren die Verhältnisse erst einmal klar. Wahrscheinlich hatte Bricks seine Männer schon vorgewarnt. Nikolas achtete nicht darauf, wie die Soldaten im Inneren reagierten, und steckte seine Pistole ein. Als er sich Claire wieder zuwandte, fühlte er sich wie versteinert und wusste nicht, ob er Hass oder Zuneigung empfinden sollte. »Hättest du abgedrückt, wenn wir die Waffen nicht niedergelegt hätten?«

Was für eine Frage. Selbstverständlich hätte sie das. Von den rehbraunen Augen und dem zarten Äußeren sollte niemand sich täuschen lassen. Bei der wunderschönen Fassade konnte man leicht vergessen, dass hinter dem Porzellangesicht der jungen Frau eine kühl berechnende Analytikerin steckte, die mit Vorliebe SS-Offiziere hinrichtete. Oftmals hatte sich Nikolas gefragt, was wohl aus ihr geworden wäre, wenn sie nicht den Tod ihrer Eltern durch die Hand deutscher Soldaten hätte mit ansehen müssen. Wäre sie dann nicht zu dem Todesboten mit dem Gesicht eines Engels geworden? Sie kam ganz nah an ihn heran, fast berührte ihre Wange die seine. »Das kannst du nie wissen, mein kleiner *boche*.«

Dieses Wort ließ ihn lächeln. Eigentlich war es eine sehr abwertende und beleidigende Bezeichnung der Franzosen für die Deutschen. Bei jedem anderen würde Claire es auch so meinen. Nur bei ihm nicht. Ohne aufzusehen, ging sie in das Haus und ließ Nikolas allein mit seinen Gedanken. Gott, diese Frau raubte ihm noch den Verstand.

Die Müdigkeit war wie weggefegt, als er das Haus betrat. Wärme schlug ihm entgegen und vermengte sich mit dem Stimmgewirr zu einer beruhigend-alltäglichen Mischung. Die Soldaten sahen kurz hoch, wurden aber dann von Claire und Rohn angehalten, sie auf den neuesten Stand zu bringen und ihnen ihre Ergebnisse auf der Karte zu zeigen. Was Nikolas von draußen nicht hatte sehen können, waren vier Männer in Anzügen, die in der Ecke standen. Er schnappte englische Wortfetzen auf, ehe die Männer verstummten. Der Geheimdienst war wie immer am besten gekleidet. Gerne hätte er weiter mit Claire geredet, doch sie war bereits beschäftigt.

Seit ihrem Gespräch in Haigerloch hatte sich einfach keine Möglichkeit mehr ergeben, über sie beide zu reden. Diese Zeit sei vielleicht einfach nicht für die Liebe gemacht, hatte sie gesagt und ihm einen Abschiedskuss gegeben. Mittlerweile glaubte er, dass sie recht behalten könnte. Der Krieg verschlang all das Gute und die Hoffnung. Übrig blieb nur ein kalter Hauch, der die Seelen der Menschen umfing. Er erdrückte die Gemüter, verbreitete Schrecken und Pein und ließ nichts zurück außer blanker Angst.

Nikolas nahm sich einen Stuhl und setzte sich neben seinen Vater.

»Was für ein Tollhaus«, brach es aus Eduard hervor. Er reicht seinem Sohn ein Glas, das bis zum Rand mit Schnaps gefüllt war. Nikolas lehnte ab. Seinem Magen wollte er nicht noch mehr zumuten.

»Sind sie schon lange hier?«

Eduard schnaubte abfällig. »Du warst gerade zwei Stunden aus dem Haus, als Bricks die Tür öffnete. Herein kamen dieser Zirkus und deine zwei Freundinnen.« Er nippte am Schnaps und schüttelte den Kopf. »Als sei der Name Brandenburg nicht sowieso für alle Zeiten beschmutzt, sitzt der

Ami jetzt schon neben uns und berät, wie er unserem Land den Garaus machen kann. Eine Schande, dass es so weit gekommen ist.«

Für jemanden, der sein Leben lang das Unrecht bekämpft hatte, musste diese surreale Situation wirklich blanker Hohn sein. Es war noch nicht allzu lange her, dass auch Nikolas den Arm gehoben und frenetisch des Führers Namen gerufen hatte. Lebensraum für Deutsche im Osten, der Polenfeldzug innerhalb von drei Tagen beendet, die Zustimmung zum Krieg in aller Munde – wie hätte man sich damals der Euphorie entziehen können?

»Meine zwei Freundinnen, sagtest du? Elsa ist hier?«

Nikolas wusste, dass sein Vater sie sehr mochte. Obwohl blinde Wut in ihm aufstieg, musste er aufpassen, dass er nun nichts Unüberlegtes sagte.

Eduard sah ihn an. »Sie ist mit dem Herrn Doktor nach oben gegangen. Ab und zu hört man ein paar Dielen knarren. Ich denke, du weißt, was das heißt. Es tut mir leid für dich.«

Das konnte nicht sein Ernst sein. Sein alter Herr spielte ihm einen Streich. Das musste ein Scherz sein. Andererseits, wann hatte sein Vater jemals einen Witz gemacht. Nikolas nahm seinem Vater das Glas aus der Hand und leerte es. Unter Umständen vermochte der Alkohol es, ihn wieder klar denken zu lassen. Er stand auf und stieg wie in Trance die Treppe hoch. Bricks lieferte ihm immer mehr Gründe, ihn zu töten. Erst hatte er ihm Claire weggeschnappt, sie dann beinahe ausgeliefert und jetzt Elsa … und das in seinem Bett! Er versuchte, Schmerz und Schwäche zu verdrängen, bis er die oberen Treppenstufen erreicht hatte. Gerade als er mit der Faust gegen den Rahmen hämmern wollte, öffnete sich das Türblatt.

»Mr. Brandenburg, Sie sind zurück. Waren Sie erfolgreich?«

Diese scheißfreundliche Art brachte Nikolas zum Kochen. Gerade erst knöpfte sich dieser Bastard das Hemd zu, Schweißperlen liefen von seinem Gesicht den Hals herab.

»Hatten Sie eine angenehme Nacht?«, fragte Nikolas schärfer, als er eigentlich wollte.

Bricks nickte leicht mit dem Kopf, als wäge er ab. »Ich habe mich hervorragend amüsiert, vielen Dank. Wie war die Ihrige?«

»Wundervoll«, presste Nikolas zwischen den Zähnen hervor und ging, zitternd vor Wut, auf den Mann zu. »Ein erfolgreiches Gespräch mit Goetsch, dann ein Bombenhagel aus Ihren Maschinen, Soldaten, die uns tot sehen wollten – sehr ereignisreich.«

Sein Blick war so fest auf Bricks gerichtet, dass Nikolas fast nicht mitbekam, wie sich eine zierliche Gestalt an dem Amerikaner vorbeischob. Elsa zog ihre weiße Bluse zurecht, die Wangen noch errötet vom Akt. Unbeholfen strich sie ihre blonden Haare hinter die Ohren und sah zu Boden, als sie aus dem Zimmer trat.

»Hallo, Nikolas«, wisperte sie und machte sich dann schnell daran, die Treppe hinabzuhuschen. Kurz drehte sie sich um. »Schön, dass es dir wieder besser geht.«

Für dieses Flittchen hatte er sein Leben riskiert. Wenigstens empfand sie noch so etwas wie Scham. In diesem Moment musste er an die Nächte in Elsas kleiner Wohnung denken. Auf der Flucht vor den Nazi-Schergen waren sie in einen See gefallen und hatten es anschließend gerade so in die Innenstadt Düsseldorfs geschafft. Dort hatte sie ihn geküsst und in einer der dunkelsten Nächte dieses Krieges ein Leuchtfeuer der Hoffnung entfacht. Herrgott, es war nur wenige Wochen her, seit sie *seinen* Körper gewärmt hatte! Und nicht den dieses blasierten Schmierlappens.

»In meinem Bett? Das kann nicht Ihr Ernst sein?«

»Eigentlich, Mr. Brandenburg, gehört dieser Unterschlupf der Résistance. Ihr Haus in Oberkassel steht schon seit einiger Zeit für jedermann offen.« Bricks nahm sein Jackett und zog es sich über die Schultern. »Seien Sie nicht so besitzergreifend. Die Dame suchte lediglich eine Schulter zum Anlehnen, und da Sie verhindert waren … Der Krieg tobt überall, und es kann morgen schon vorbei sein. Seine Tage auf dieser Erde sollte man genießen.«

Der Ausspruch kam ihm seltsam bekannt vor. Hatte Elsa ihm nicht genau dasselbe gesagt vor nicht allzu langer Zeit? In diesem Moment hasste er sich dafür, dass er ihr all seine intimsten Wünsche und Hoffnungen anvertraut hatte. Andererseits, sie war nur ehrlich gewesen. Wie konnte er auch nur ansatzweise über sie urteilen? »Ja, Sie haben recht. Es kann schneller vorbei sein, als man denkt.« Seine Hände formten Fäuste, als er einen weiteren Schritt auf Bricks zuging.

»Ach bitte …«, erwiderte der Doktor und kicherte, als würde ihn eine Karikatur aus der New York Times köstlich amüsieren. »Mit Ihren Händen könnten Sie nicht einmal einen Hasen zu Fall bringen.«

Das war genug. Nikolas hatte die Demütigungen endgültig satt. »Nein, aber hiermit wird es gehen.« Nikolas zog seine Pistole, lud sie durch und hielt den Lauf direkt auf Bricks' Kopf gerichtet. Endlich entgleisten dem Geheimdienstler die Gesichtszüge. Er schluckte, sogar seine Hände hob er leicht nach oben.

»Glauben Sie mir, das wollen Sie nicht.«

Es wäre so einfach. So verdammt einfach. Eine winzige Bewegung am Abzug, nicht der Rede wert, und dieses Aas würde für immer schweigen.

»Glauben Sie mir, das will ich mehr als viele andere Dinge.«

»Nikolas!«

Unter dem harschen Tonfall seines Vaters zuckte er zusammen. So war es schon in Kindertagen gewesen, als er mit seinen Freunden die Bäume der Nachbarn um zahlreiche Kirschen erleichtert hatte. Nikolas hörte am gleichmäßige Klacken der Gehhilfe und dem stoßweisen Atem, dass Eduard unter größter Mühe die Treppe emporstieg.

»Steck die Waffe ein«, befahl er auf halber Strecke.

»Sie haben es in meinem Bett getrieben. Dort, wo ich eigentlich Ruhe finden sollte.« Nikolas drehte sich halb um.

Sein Vater lehnte sich gegen die Wand und wischte sich mit seinem Taschentuch den Schweiß von der Stirn. »Stell dich nicht so an. Es passieren schlimmere Sachen als das. Und jetzt weg mit der Waffe.«

Nikolas' Hand zitterte, als er die Waffe einsteckte und zur Seite trat.

»Und jetzt scheren Sie sich weg«, wies Eduard Bricks mit harter Stimme an.

Als hätte er alle Zeit der Welt, zog der Amerikaner sein Jackett zurecht und ging an Nikolas vorbei die Treppe hinab. Es dauerte, bis sein Vater es zu ihm nach oben schaffte.

»Du lässt dich immer noch zu sehr von deinen Gefühlen leiten. Deshalb hast du auch damals den Fall mit der Wasserleiche am oberen Rhein nicht schnell genug gelöst.«

Eine Lektion von seinem Vater, der zu seiner Zeit so ziemlich jede Akte ohne offene Fragen geschlossen hatte – wunderbar, genau das, was Nikolas jetzt brauchte.

»Die Wasserleiche? Aber den Fall habe ich aufgeklärt!«

»Nach fünf Wochen, weil der Täter in der Pinte betrunken damit geprahlt hat. Das war Glück, kein Können.« Eduard tupfte sich wieder seine Stirn ab. »Hattest du Gelegenheit, mit Goetsch zu reden?«

»Ja, er wird alles in die Wege leiten. Zumindest, wenn er den Bombenangriff überlebt hat.«

»Guter Mann«, flüsterte Eduard. »Ich kenne ihn, er wird Erfolg haben.« Obwohl seine Stimme eisig klang wie eh und je, klopfte er seinem Sohn aufmunternd auf die Schulter. »Und jetzt geh nach draußen, ein wenig frische Luft schnappen. Das wird dir guttun. Danach solltest du dich schlafen legen und aufhören, an irgendwelche französischen Mädchen oder deutsche Studentinnen zu denken.«

Wie ein mürrisches Kind, das er auf das Zimmer schickte. Nikolas wunderte sich beinahe, dass sein alter Herr ihn nicht übers Knie legte, um seinen Po zu versohlen.

»Vater, ich bin wirklich müde, vielleicht sollte ich einfach …«

»Tu, was ich dir gesagt habe. Du bist wütend, und Wut ist ein schlechter Berater – und ein noch schlechterer Begleiter für den Schlaf.« Seine Stimme ließ keine Widerrede zu.

Mit einem kurzen Nicken ging Nikolas die Treppe hinab, würdigte die Anwesenden mit keinem Blick und trat vor die Tür. Die ersten Sonnenstrahlen krochen bereits über die Baumwipfel und verwandelten die Eisfläche über dem See zu einem glitzernden Spiegel. Er hasste es, wenn sein Vater recht hatte. Die Kühle und die Ruhe des Morgens ließen das lodernde Feuer in ihm langsam erlöschen.

Was für eine beschissene Situation. Bricks einfach abzuknallen wie einen räudigen Köter wäre zwar emotional befreiend gewesen, aber leider auch das Dümmste, was er hätte tun können. Dessen Verbindungen zum Oberkommando waren exzellent, die Organisation des Widerstands hatte er von Rohn nun vollends übernommen. Nikolas musste sich eingestehen, dass der andere definitiv am längeren Hebel saß. Und sich dementsprechend so benahm. Ganz davon abgesehen, dass um ihn herum die Welt zusammenbrach.

»Die berühmte Brandenburg'sche Denkerpose?«

Er hatte gar nicht bemerkt, dass Elsa ebenfalls herausgetreten war. Herausfordernd sah sie ihn an, als hätte nicht er eine Entschuldigung verdient, sondern sie. Die blonden Haare lagen auf dem roten Wintermantel auf. Ein Farbklecks in der sonst so weißgrauen Welt.

Nikolas nahm die Hand vom Kinn, steckte sie in die Tasche. »Manche Sachen ändern sich halt nie. Andere wiederum ganz schnell.«

Als hätte sie auf diese Aussage gewartet, griff sie in ihre Tasche. Zum Vorschein kam ein Päckchen Salem-No.-6-Zigaretten. Seine Marke, sie wusste es noch. Elsa öffnete die Packung, nahm sich einen Glimmstängel und zündete ihn an. Anschließend reichte sie Nikolas das Feuerzeug und die orange Schachtel. »Es ist ein Friedensangebot, Nikolas. Bitte, nimm es an.«

Sie wusste, wie sie ihn herumbekommen konnte. Wobei ihm nicht klar war, ob ihr Lächeln nicht einen gehörigen Anteil daran hatte. Es tat unendlich gut, den Rauch in den Lungen zu spüren. Ein Hauch von Normalität in einer kranken Welt, in der Mord und Hunger an der Tagesordnung waren.

»Sei mir nicht böse«, hauchte Elsa und stupste ihn mit der Schulter an. »Uns beiden war klar, dass unsere gemeinsame Zeit nicht für immer andauern würde. Es ist einfach passiert.« Elsa rauchte und blickte weit in die Ferne, als suche sie einen Punkt, an dem sie sich festhalten konnte. »Ich mag dich immer noch sehr.«

»Du hast eine schmerzhafte Art, das zu zeigen.« Nikolas inhalierte tief, blies den Rauch über ihren Kopf weg. »Hätte es nicht einer von den Dutzend Soldaten da drinnen sein können? Musste es ausgerechnet Bricks sein?«

Endlich sahen sie sich an. »Ich verlange nicht, dass du das verstehst. Aber er sieht gut aus, weiß, was er will. Er kann mit Frauen umgehen, hat diesen umwerfenden Blick und das gewisse Etwas.« Elsa kam näher und gab ihm einen Kuss auf die Wange. »Mit anderen Worten: Ihr beide seid euch ähnlicher, als du denkst. Tu mir einen Gefallen und rede mit ihm. Dich wird interessieren, was er zu sagen hat.« Sie ließ die Zigarette in den Schnee fallen und öffnete die Tür. Im letzten Moment drehte sie sich um. »Nikolas?«

»Ja?«

»Danke für eine wunderschöne Zeit.«

Zumindest klang es ehrlich. Auch wenn es immer noch schmerzte, saß der Stachel nicht mehr ganz so tief. Schon früher hatte er ihr keinen Wunsch abschlagen können, und wenn er genauer darüber nachdachte, hatte er weder den Anspruch noch das Recht, ihr irgendwelche Vorschriften zu machen. Nur warum tat es dann so verdammt weh, sie zusammen mit Bricks zu sehen?

Diesmal hörte er, wie die Tür geöffnet wurde. Betont gleichmütig zog er an seiner Zigarette. »Herr Bricks.«

»Mr. Brandenburg.« Der Doktor schlug den Kragen seines Mantels um, stellte sich neben Nikolas und spähte über den See. »Haben Sie noch eine für mich?«

Nikolas griff in das Päckchen, holte eine Zigarette hervor und hielt sie Bricks hin. Kurz bevor der Amerikaner sie nehmen konnte, ließ Nikolas sie in den Schnee fallen. »Verzeihung.« Dann verstaute er die Packung wieder in seiner Manteltasche. »Meine Hände zittern noch ein wenig. Muss am Bombardement der Tommys liegen.«

Bricks nickte und versuchte erst gar nicht, die Zigarette aus dem Schnee zu fischen. »Ja, unsere Brüder im Geiste über dem großen Teich können sehr nachtragend sein, wenn man versucht, ihre Hauptstadt in Schutt und Asche zu legen.«

Auf so eine Diskussion wollte Nikolas sich nicht einlassen. Er schnippte die Zigarette weg und drehte sich zu dem Amerikaner. »Was wollen Sie eigentlich, Bricks?«

»Die Frage ist, was Sie wollen.«

Dieser Mummenschanz wurde langsam zu einem Ärgernis. Nikolas atmete genervt aus. »Und was will ich?«

»Marie.«

Die Nennung ihres Namens löste etwas in ihm aus, das er nicht in Worte fassen konnte. Wut, gepaart mit dem einen Funken Hoffnung, der alles am Leben hielt. »Seien Sie jetzt ganz vorsichtig. Hier draußen ist niemand, der mich davon abhalten könnte, meine Waffe zu ziehen und eine riesige Dummheit zu begehen.«

»Vielleicht will ich ja, dass Sie eine riesige Dummheit begehen, Brandenburg. Was meinen Sie, woran die Leute da drinnen arbeiten?«

»Halten Sie mich nicht für dumm. Warum sollten Sie mir helfen?«

Bricks drehte sich um und legte die Hand auf den Türknauf. »Finden wir es gemeinsam heraus! Ich stecke voller Überraschungen.«

Mit federndem Gang schritt er ins Haus und ließ die Tür hinter sich offen. Das konnte nicht sein! Wenn es nur die kleinste Möglichkeit gab, dass sie noch am Leben war … Dieser Bastard wusste genau, wie er ihn ködern konnte. Nikolas spuckte in den Schnee, wartete einen Augenblick und trat durch die Tür.

KAPITEL 5

- DAS TOR ZUR HÖLLE -

Das hier war krank!

Krank und völlig lebensmüde. Genauso gut hätte er in das Foyer der Gestapo in Ratingen spazieren können. Das Ergebnis wäre dasselbe gewesen.

Das gleichmäßige Scheppern des Opel-Blitz-Transporters rief bei ihm Übelkeit hervor. Die meisten Männer um ihn herum waren eingeschlafen, als die Nacht wieder hereingebrochen war. Im Gegensatz zu ihm. Nur wenige Stunden war es ihm vergönnt gewesen, in die süße Erlösung des Traums abzugleiten, bis er von Rohn geweckt worden war. Und selbst dafür war er dankbar. Eigentlich hatte er damit gerechnet, überhaupt keine Ruhe zu finden, nachdem Bricks ihn in seine Pläne eingeweiht hatte.

Nikolas fuhr sich über den Kopf. Es war seltsam, nicht mehr sein volles Haar zu spüren, sondern die raspelkurzen Stoppeln, die der Rasierer übrig gelassen hatte. Auch der Anblick der gestreiften Häftlingskleidung war fremd. Grüne Dreiecke wiesen die meisten der desertierten Wehrmachtsangehörigen um sie herum als Kriminelle aus. Er selbst und Bricks trugen zwei rote Winkel. Von nun an waren sie politische Gefangene. Genau wie jene, die seit Hitlers Machtergreifung zu Tausenden in Konzentrationslagern interniert wurden. Die dicke Wolldecke, die über ihm lag, bot nicht einmal einen Hauch von Wärme. Ein Gefühl der Beklommenheit durchzog seinen Körper.

Sie mussten mittlerweile etliche Kilometer gefahren sein. Bis jetzt waren sie gut durchgekommen. Drei Kontrollpunkte, an denen Nikolas so getan hatte, als würde er schlafen. Ein Lichtkegel, der die Ladefläche erhellte, ein paar Worte des Wachhabenden, dann war der Transporter weitergeruckelt. Erneut war es Rohn gewesen, der die Soldaten angewiesen hatte, den Schlagbaum zu öffnen, nachdem er ihnen die gefälschten Ausweise vors Gesicht gehalten hatte. Es wirkte, als hätte er die Uniform eines Feldwebels nie ausgezogen. Nun hatte er wieder auf dem Beifahrersitz des Mannschaftstransporters Platz genommen und war sofort eingeschlafen, während zwei Soldaten des Widerstands den Wagen abwechselnd lenkten.

Nikolas wurde nur allzu deutlich bewusst, dass die Kommandokette der Deutschen gesprengt war. Informationen kamen gar nicht oder nur bruchstückhaft an, die Infrastruktur war dahin und selbst das Oberkommando wusste nicht vollends, wie viele Kompanien es noch zur Verfügung hatte. Zumindest wenn man den Worten der Résistance und Claires Glauben schenken konnte. Nur allzu gerne erinnerte er sich an Claires Gesicht, als sie ihm die Haare abrasiert hatten. Beim Abschied hatte sie plötzlich den Raum verlassen, um ein paar Runden um den See zu drehen. Was hätte er dafür gegeben, noch einmal ihre Lippen zu spüren.

»Nervös?«

Nikolas sah hoch zu seinem Gegenüber. Selbst mit kahlrasiertem Schädel und in der viel zu großen Häftlingskleidung strahlte Bricks einen gewissen Charme aus. Was man nicht unbedingt von dem Häufchen Elend behaupten konnte, das er selbst darstellte. Es überraschte Nikolas, dass Bricks mit einem Flachmann gegen seine Schulter klopfte und ihm Whiskey anbot. Eigentlich wollte er dankend ablehnen, aber Kälte und Ungewissheit waren größer als sein Stolz. Er nickte und ließ die Flüssigkeit seine Kehle hinablaufen. Dann kramte er in der Tasche, die zu seinen Füßen lag, und holte seine Zigaretten hervor. Diesmal zündete er zwei an und reichte Bricks einen der Glimmstängel.

»Wer ist dieser Karl Maria Wiligut?«, wollte Nikolas leise wissen, um die anderen nicht zu wecken. Für den morgigen Tag würden sie alle Kräfte brauchen.

Bricks gönnte sich einen Schluck. »Selbst für die Geheimdienste ist es schwierig, das zu beantworten. Wiligut benutzt etliche Pseudonyme und Pseudotitel, mehr Wunschdenken als seinem Lebenslauf entsprechend. Viele Unterlagen sind gefälscht, Wegbegleiter bezeichnen ihn als Okkultisten mit Hang zum Größenwahn.«

An diesen Mann sollten sie ihre Hoffnungen knüpfen? Nikolas streckte die Hand aus. Er brauchte noch einen Schnaps. »Er betet also den Teufel an?«

»Nicht ganz«, flüsterte Bricks und blickte nach draußen. Noch immer fiel Schnee, als wolle der Himmel die ganze Schande des Krieges bedecken. »Angeblich soll er beste Verbindungen zur Thule- und zur Edda-Gesellschaft pflegen. Auch mit verschiedenen Templerorden steht er in Kontakt.«

»Thule und Edda?«

»Geheimgesellschaften, die sich mit okkulten Kräften beschäftigen.«

Nikolas meinte, sich verhört zu haben, und ging die Worte im Kopf noch einmal durch. »Alte Männer in Roben, die in irgendwelchen Keller sitzen und antike Bücher anbeten?«

»So etwas in der Art. Was wir wissen, ist, dass Wiligut 1932 von Österreich nach Deutschland emigriert ist und sich in München schnell einen Namen als Runenforscher gemacht hat. Nachdem er Himmler vorgestellt worden war, stieg er schnell zu seinem engsten Ratgeber in mythologischen Fragen auf. Von der SS-Führung bekam er sogar den Namen ›Weisthor‹ verliehen.«

»Ein weiser Gott?«

»Bescheiden, nicht wahr?« Bricks schlug die Beine übereinander, rauchte und trank, als säße er in einer englischen Teestube statt auf der Ladefläche eines Transportfahrzeugs. »Himmler konsultierte Wiligut immer dann, wenn er schwierige Entscheidungen zu treffen hatte. Man könnte ihn als seinen ›Spiritus Rector‹ bezeichnen.«

Unwirklich – ein anderes Wort fiel Nikolas nicht dazu ein. »Schlachten, in denen Tausende Menschen ihr Leben ließen, Entscheidungen, die das Wohl ganzer Städte betrafen, und einer der höchsten Minister des Reichs konsultierte einen Wahrsager?«

»Wenn unsere Quellen stimmen, geht es mehr um spirituelle Beratung. Himmler machte Wiligut sogar zum Brigadeführer der SS. Er stand dem Archiv des Rasse- und Siedlungshauptamtes vor. Eine mächtige Position, bei der er Einblick in unzählige geheime Akten erhielt. Außerdem entwarf er den Totenkopfring der Schutzstaffel und wählte den Standort der Gralsburg aus.«

Nikolas sah nach draußen. Es konnte nicht mehr lange dauern, bis sie ihr Ziel erreicht hatten. »Und da schließt sich der Kreis.«

»Ganz genau«, bestätigte Bricks. »Wiligut musste die SS 1939 verlassen. Alkohol- und Medikamentenmissbrauch wurden bei der Elite von Ariern und Übermenschen nicht gerne gesehen. Dann wurde es lange Zeit still um ihn. Es gab Gerüchte, dass er wieder nach Österreich zurückgekehrt ist, andere Informanten wollen ihn in der Türkei gesehen haben.«

»Doch das ist nicht unser Ziel.«

»Nein.« Bricks schnippte die Zigarette nach draußen. »Mit zunehmendem Alter zog es ihn anscheinend dahin, wo er sein größtes Werk vollbrachte: zur Wewelsburg in Büren, wo es ihm gelang, einen sakralen Ort für die SS-Ideologie zu schaffen.«

»Gralsstätte der SS, hoch über dem Tal der Alme, Versammlungsort der Gruppenführer, ideologisches Zentrum der Welt und darüber hinaus schwer bewacht von der SS selbst. Ich habe den Bericht im Lichtspielhaus ebenfalls gesehen. Wurde uns in Paris gezeigt.« Nikolas fuhr sich über das Gesicht. Nichts anderes als der Tod würde dort auf sie warten.

»Alles korrekt bis auf eine Kleinigkeit.« Bricks lehnte sich nach vorn. »Die Schutzstaffel ist überall verstreut im Kriegseinsatz. Hitler benutzt die Waffen-SS, um Löcher an der Front zu stopfen. Bis auf den Verwaltungssitz ist die Wewelsburg verlassen. Sogar aus dem Konzentrationslager Niederhagen, nahe der Burg, wurden alle Häftlinge nach Sachsenhausen oder Buchenwald verlegt. Lediglich 50 *poor bastards* müssen dort noch schuften, um die Gebäude einigermaßen instand zu halten.«

Die Dämmerung brach an. Bald war es so weit. Sie hatten Paderborn hinter sich gelassen und würden nun jeden Augenblick die Ortschaft erreichen. »Gut, wir geben uns also als Häftlinge aus und finden Wiligut. Er weiß, wo Marie sich aufhält?«

»Er weiß, wo Luger sich aufhält«, korrigierte Bricks. »Doch wo Sturmbannführer Luger ist, dürfte die kleine Marie nicht weit sein.«

Mit wachsender Unsicherheit trommelten Nikolas' Fingerspitzen auf seine Beinen. Eine Frage hatte er über die gesamte Zeit vermieden. »Bricks, warum helfen Sie mir? Marie ist Ihnen doch völlig egal.«

Der Doktor setzte sein bestes Lächeln auf. »Sie unterschätzen mich, Brandenburg. Wie könnte mir das Schicksal eines kleinen Mädchens egal sein? Aber Sie haben recht. Wie ich bereits sagte, besaß Wiligut Zugriff auf etliche geheime Akten. Meine Auftraggeber sind sehr interessiert an seinen Ausführungen.«

Was Bricks oder das amerikanische Oberkommando mit den Aufzeichnungen eines irren Okkultisten wollte, war Nikolas völlig egal. Sollten sie ihre Informationen über Runenlesungen und Sterndeutungen bekommen, solange er Marie nur wieder in den Armen halten und sein Versprechen einlösen konnte. »Wenn Sie meinen …«

Als hätte Rohn nur auf dieses Stichwort gewartet, hörte Nikolas ihn gegen die Plane schlagen – das vereinbarte Signal. Schlagartig wurden die Männer wach, tranken noch einen Schluck oder rieben sich den Schlaf auf den Augen. Der Wagen verlor an Geschwindigkeit und rumpelte über einen Waldweg. Tief im Dickicht kam der Opel zum Stehen.

»Warum halten wir am Rande der Ortschaft?«, wollte Nikolas genervt wissen.

Bricks verstaute den Flachmann in seiner Tasche und erhob sich. »Es ist schon sehr verwunderlich, wie wenig manche Deutsche über den Krieg wissen.«

Gemeinsam stiegen sie aus. Der Waldboden war feucht, einige Tropfen fielen von den Baumkronen und landeten auf ihren stoppeligen Köpfen.

»Glauben Sie etwa, dass Häftlinge mit dem Wagen in ein anderes Lager chauffiert werden? Die jungen Männer an den Schlagbäumen kann man mit ein paar gefälschten Papieren und einem lauten Organ täuschen. Aber an den Standorten ist das nicht so einfach.«

Kein schlechter Gedanke. Zumindest musste man Bricks zugutehalten, dass er vorausschauend dachte. Seine Pläne hatten Hand und Fuß, die Organisation war straff geführt. Nur wieso hatte Nikolas die ganze Zeit das Gefühl, als würde Bricks ihm nicht die ganze Wahrheit sagen? Der Doktor war bestimmt einer der klügsten, aber auch gerissensten Menschen, die er kannte. Er würde das Spiel mitspielen, solange die Waage sich zu seinem Vorteil neigte.

»Haben alle die Fahrt gut überstanden?« Rohn schulterte sein Gewehr und befahl seinen beiden Wehrmachtssoldaten, den Transporter so gut es ging zu verstecken. »Gut, dann würde ich nun jeden bitten, die Schuhe auszuziehen. Ihr seid mir ohnehin zu wohlgenährt, und wir wollen keine schlafenden Hunde wecken.«

Daran hatte Nikolas nicht gedacht. Alles musste echt wirken. Wolldecke und Schuhe warf er auf die Ladefläche, bevor Rohn die vermeintlichen Sträflinge in einer Reihe antreten ließ. Der Wind hatte nachgelassen, und auch die Schneeflocken fielen nun lediglich vereinzelt auf ihre Köpfe, während die meisten Soldaten wegen der Kälte von einem Fuß auf den anderen traten. Glücklicherweise mussten sie nur wenige Kilometer bis zum Konzentrationslager hinter sich bringen. Kaum auszudenken, was diejenigen erdulden mussten, die wirklich in die tödliche Maschinerie der Nationalsozialisten geraten waren.

Zufrieden ging Rohn die Reihe ab, rückte seinen dicken grauen Wehrmachtsmantel zurecht und riss bei dem ein oder anderen noch einen Knopf an der Häftlingskleidung ab.

»Du gefällst dir richtig gut, oder?«, fragte Nikolas grinsend, als Rohn ihn erreicht hatte.

Der Feldwebel zwinkerte ihm zu, warf eine viel zu große Häftlingsmütze in seine Arme. »Gelernt ist gelernt.« Dann wandte er sich etwas lauter an die übrigen Männer: »Ihr müsst daran denken, die Mütze immer aufzuziehen, wenn ihr kein Dach über dem Kopf habt – ansonsten wird man euch töten. Sollte euch ein Deutscher ansprechen, müsst ihr die Mütze abnehmen, grüßen und strammstehen – ansonsten wird man euch töten. Dabei gilt es, besonders Offizieren nicht in die Augen zu sehen – ansonsten wird man euch töten. Ihr redet niemals untereinander, tut genau, was man euch sagt und haltet euch verdammt noch mal an den Plan – ansonsten ...«

»… backt man uns einen Kuchen.«

Zumindest hatte dieser Mann seinen Humor nicht verloren. Arthur hieß er, soweit sich Nikolas erinnern konnte. Die Männer lachten erschöpft auf. Selbst Rohn und Bricks hatten ein Lächeln auf den Lippen. Der junge Gefreite hatte sogar noch Scherze gemacht, als man ihm die blonden Locken abrasiert hatte. Er war groß gewachsen, muskulös gebaut – Elsa und Claire hatten große Augen gemacht, als der Mann die Wehrmachtsuniform ausgezogen hatte, um sie gegen die Häftlingskleidung zu tauschen. Nikolas und er hatten nur kurz miteinander geredet, aber das reichte aus, um zu wissen, dass Arthur eine Frohnatur war – und optimistisch. Inständig hoffte er, dass der Junge den Krieg überleben würde.

Rohn vollführte eine übertriebene Handbewegung. »Na dann, Gefangene, marsch!«

Langsam setzte sich der Tross in Bewegung. Rohn schritt vorneweg, seine zwei Wehrmachtsschützen flankierten den Zug. Nikolas ging direkt hinter dem Feldwebel. »Was meinst du, wie sind unsere Chancen?«

»Könnten besser sein«, antwortete der Hüne auf seine typische ehrliche Art. »Ihr seht einfach zu gut aus, um als Politische durchzugehen. So schlimm das klingen mag. Könnte sein, dass wir ein wenig Überzeugungsarbeit an der Pforte leisten müssen.« Rohn kramte in der Innentasche seines Mantels. »Die Verlegungspapiere sind gut gemacht. Ich sorge mich nur, dass du das Lager nicht überlebst. Selbst wenn es nur ein paar Tage sind.«

Ungläubig sah Nikolas hoch. »Was willst du damit sagen?«

»Damals in Polen … Selbst ein paar Tage in der Baracke verändern die Menschen. Und damit meine ich nicht nur die Gefangenen, sondern alle.«

Die Geschichten hatte er gehört. Eine grausamer als die andere. Früher, als er selbst Kriminalkommissar in Düsseldorf gewesen war, hatte er die Deportationen gesehen. Zwei-, manchmal dreimal in der Woche verließen die Züge den Hauptbahnhof in eine ungewisse Zukunft. Damals hatte er keine Fragen gestellt. Das schreckliche Bild hatte sich erst vervollständigt, als die Résistance ihm herausgeschmuggelte Berichte vorgelesen hatte. Wachsoldaten, die sich damit rühmten, wie viele Juden sie mit Kopfschuss hingerichtet hatten, ausgemergelte Menschen, mehr tot als lebendig, das Sterben ein ständiger Begleiter. Wenn die Realität nur halb so brutal war, wie aus den Berichten zu entnehmen, erwartete sie nichts anderes als das Tor zu Hölle. In der öffentlichen Wahrnehmung wurden die Lager meist ausgeblendet. Der allmächtigen Regierung durften keine Fragen gestellt werden. Nichts hören und nichts sehen. Dabei hatte sich der düsterte Schlund mitten unter ihnen aufgetan, um Tausende von Seelen in die Dunkelheit zu ziehen.

»Unser Vorteil ist, dass Niederhagen kein richtiges Lager mehr ist. Der größte Teil des Geländes liegt brach, die letzten Häftlinge werden mehr oder weniger gut versorgt, da sie Arbeiten an der Burg und den umliegenden Gebäuden durchführen müssen. Von der SS selbst ist nur eine Rumpfmannschaft vor Ort.«

»Und wieso …?«

»Still jetzt!«, schrie Rohn und ging etliche Schritte voraus.

Im nächsten Moment erkannte Nikolas, warum der Feldwebel so reagiert hatte. Das Dorf Büren lag vor ihnen. Geweißelte Fachwerkhäuser begrüßten sie in einer winterlichen Landschaft. Über der Ortschaft thronte das Bergschloss Wewelsburg. Drei mächtige Türme trotzten dem Schnee, als wollten sie für alle Zeiten dort stehen bleiben. Der dreieckige Grundriss wirkte imposant. Nur zu gut konnte Nikolas sich vorstellen, warum Graf von Arnsberg im Jahr 1123 hier seine Burg hatte errichten lassen. Herrschaftlich sah sie auf das Tal herab, bereit, jedem Feind zu widerstehen und in ihrer einfachen Schönheit Macht auszustrahlen.

»Schaut nach unten«, zischte Rohn.

Die ersten Bewohner waren bereits früh auf den Beinen. Eine von einem Pferd gezogene Milchkarre fuhr an ihnen vorbei. Der Mann, der darauf saß, hob kurz die rechte Hand, ließ sie aber genauso schnell wieder sinken. Kinder traten noch im Schlafrock vor die Tür, warfen den ein oder anderen Stein in Richtung Kolonne. Ein Geschoss traf Nikolas an der Schulter. Schmähungen und Flüche waren ihr Begleiter. Dann wurden die Jungen von ihrer Mutter ins Haus geholt. So viel Hass und Angst, nur weil er eine Häftlingsuniform trug. Die Propaganda hatte den deutschen Nachwuchs lange genug beeinflusst.

Wieder landete ein Stein vor seinen nackten Füßen. Obwohl die meisten Menschen einfach wegsahen, spürte er die stechenden, abwertenden Blicke. Auch hier waren einige Häuser ausgebombt. Wie schwarze Zacken ragten die verkohlten Dachstühle in den Morgenhimmel. Es war unbeschreiblich, was der Krieg aus den Menschen machte. Nikolas wünschte sich nichts anderes als ein Bett und Ruhe. Doch eine innere Stimme sagte ihm, dass er beides nicht so bald bekommen würde.

»Wir sind gleich da, haltet Abstand«, befahl Rohn und marschierte voran, als die Eingangspforte vor ihnen auftauchte.

»Bereit zu sterben?«

Nikolas sah zu Bricks. Er unterdrückte mit aller Macht ein Zittern. Kälte kroch an seinen Füßen hoch und fraß sich in ihn hinein. »Und Sie?«

»Da ist nicht mein erstes Rodeo, Brandenburg.«

Nikolas verkniff sich eine Antwort. Was auch immer Bricks' Aussage bedeuten sollte. Er sah zur Pforte. Rohn war bereits dort. Worte wurden getauscht, Zigaretten wechselten den Besitzer. Sein Freund lachte auf, scherzte mit den Unteroffizieren am Schlagbaum. Schulterklopfer folgten. Nach unendlich anmutenden Minuten kam Rohn zu ihnen zurück.

»So, ihr Dreckspack! Jetzt könnt ihr euch endlich nützlich machen.« Dabei griff er Nikolas am Kragen und warf ihn mühelos in den Schnee. Rohn spielte seine Rolle überzeugend. Verdammt überzeugend sogar. Schmerzverzerrt hielt Nikolas sich die linke Hand, rappelte sich nur mit Mühe auf. Ohne aufzublicken, ging er mit den anderen durch das Tor. Hinter ihnen fiel der Schlagbaum herab. Ein Scharführer der SS begleitete die Gruppe. Von einer Sekunde auf die andere war Nikolas kein Mensch mehr, der sich frei bewegen konnte, sondern ein Gefangener. Hilflos, in einer Welt aus Willkür und Gewalt.

»Ich hätte nicht gedacht, dass sie uns noch Leute schicken«, erklärte der Scharführer Rohn im Plauderton. Beide hatten ihre Gewehre locker über die Schultern gelegt, gingen nebeneinander her. »Die Arbeitskommandos sind gut ausgelastet, in der Verwaltung hier könnten wir aber noch ein paar Leute gebrauchen.«

Das hatte ihnen gerade noch gefehlt! Sie mussten unbedingt in die Burg und nicht in irgendein Lagergebäude in Büren. Hatten die nichts anderes zu tun? Die Amis waren lediglich 200 Kilometer entfernt und trotzdem verwalteten sie die letzten Bastionen.

Rohn drückte sein Kreuz durch und stöhnte leicht auf. »Beschissene Frontverletzung. Was die Gefangenen angeht: Die meisten sind Schreiner, Maurer, Steinmetze. Mit denen werdet ihr in der Verwaltung nicht viel anfangen können. Wir wurden geschickt, um die Burg zu befestigen.«

Der Soldat winkte ab. »Ja, stand ja in den Unterlagen. Macht Sinn.«

Rohn nickte zufrieden und fuhr freundlich fort: »Wie viele Luftangriffe bekommt ihr hier ab?«

»Nicht sehr viele. Keine Produktionen, keine Eisenbahnlinien, das meiste geht nördlich nach Paderborn.« Eine Handbewegung in Richtung der Burg folgte. Die Gruppe setzte sich in Bewegung. Es dauerte, bis sie den Exerzierplatz erreichten. Ein Galgen stand etwas abseits, Wind und Wetter hatten das Holz verwittert. Ein Schauer lief über Nikolas' Rücken. Wie viele Männer in den letzten Jahren dort gebaumelt hatten, wollte er sich gar nicht ausmalen. Das Gelände wirkte riesig, unzählige Baracken standen darauf. Die meisten in einem miserablen Zustand oder für andere Zwecke geplündert. Nikolas konnte sich kaum vorstellen, wie 4.000 Männer in diese Schuppen eingepfercht worden waren. Unbesetzte Wachtürme ragten an den Seiten des Zauns auf. Stoffreste hingen im Stacheldraht des Lagers. Wie vielen Menschen war die Haut von den spitzen Stacheln des Zauns zerfetzt worden? Wie viele hatten die scharfen Zähne von Schäferhunden spüren müssen, bis eine Kugel ihrem Martyrium ein Ende setzte? Nikolas sah hinunter in den Schnee.

»Seit 15 Monaten benutzen wir nur noch einen Teil des Geländes.« Der Soldat blieb stehen, zeigte mit zwei Fingern auf eine alte, verrußte Betonbebauung. »Das Krematorium haben wir beinahe abgebaut. Das Material wurde für andere Zwecke verwendet.« Er blies sich in die Hände und rieb seine Finger. »Das war ein Mist, kann ich dir sagen. Ständig dieser faulige Geruch in der Luft. Und die Scheiben der Autos mussten jeden Tag von Asche gereinigt werden. Aber die Arbeit wird ja jetzt in Sachsenhausen gemacht.«

Wie er darüber sprach. So gleichgültig, ruhig und überlegt, als wäre es das Normalste der Welt. Dabei war er kaum älter als Nikolas und wirkte nicht im Entferntesten wie ein Schlächter. Diese Menschen stellte man sich immer anderes vor. Mit blutunterlaufenen Augen und einem verrückten

Ausdruck im Gesicht. Sechs Jahre Krieg und Nikolas hatte sich noch immer nicht an den Tod gewöhnt.

Rohn schnalzte mit der Zunge. »Ihr habt es ja schön ruhig. Morgens das Pack zur Burg schaffen, ein paar Instandsetzungsarbeiten und abends wieder zurück?«

»So in der Art«, bestätigte der Scharführer. »Einige sind noch in der Küche, andere draußen und reparieren die Zäune.«

Rohn grinste breit. »Gut, dann können wir uns ja heute Abend das ein oder andere Bier gönnen.«

Jetzt lächelte auch der Soldat. »Ich glaube, im Dorf müssten noch ein paar Fässer zu finden sein.«

KAPITEL 6

- DAS ZENTRUM DER GEDANKEN -

Nikolas war sich sicher: Wäre Rohn nicht gewesen, hätte sein letztes Stündlein geschlagen. Nachdem sie den ganzen Tag Zäune repariert hatten, bekamen sie abends eine dünne Suppe und ein paar Krumen verschimmeltes Brot. Wenigstens mussten sie sich nicht ausziehen und auf Flöhe untersuchen lassen, wie Bricks es bei der Besprechung angedeutet hatte. Um einen ordentlichen Begrüßungsprozess für die Neuankömmlinge auszurichten, war das Lager zu klein geworden. Ungläubig, fast ängstlich hatten die anderen Gefangenen sie angesehen. Die Männer waren lebende Leichen, ihre Körper mit Hämatomen und Schürfwunden übersät. Eiter trat aus manch klaffender Wunde. Anfangs noch vorsichtig, wagten sich die Kräftigsten schließlich an die Neuankömmlinge heran. Sie wollten über die Welt draußen alles wissen. Wo verlief die Front? Wann würde das Reich kapitulieren? Wann wären die Amerikaner hier?

Nikolas und Bricks beantworteten die Fragen mit einer gewissen Vorsicht. Einige der Männer hatten Jahre in verschiedenen Lagern verbracht. Für ein Stück Brot oder eine zweite Decke waren viele zum Verrat bereit. Wer konnte es ihnen verübeln? Der Krieg brachte das Schlechteste aus den Menschen hervor. Besonders die Tatsache, dass die Neuen wohlgenährt waren, sorgte für Argwohn. Die vorher einstudierte Geschichte, dass sie in Paris aufgegriffen worden waren, erzählten sie an diesem Tag viele Male. Zumindest dann, wenn kein SS-Soldat in der Nähe war.

In der Nacht fühlte sich Nikolas hundeelend. Hunger und Durst ließen ihn fast rasend werden. Den ganzen Tag hatte er draußen den Stacheldrahtzaun gezogen, seine Hände waren übersät mit Schrammen, und die Kälte war zu einem ständigen, unbarmherzigen Begleiter geworden. Selbst in der Nacht fanden sie keine Ruhe. Trotz der Minusgrade wurde ihnen befohlen, die Gefängnisjacke auszuziehen. Ein weiteres Mittel der totalen Gewalt über die Gefangenen. Jeder sollte sofort wissen, dass man keine Entscheidungsfreiheit, keine Kontrolle oder gar Macht mehr über das eigene Leben besaß.

Das Einzige, was sich zwischen ihm und dem Holzbalken befand, auf dem er lag, war eine dünne Decke. Und selbst das war mehr, als die Menschen hier noch vor Jahren gehabt hatten, wie ihnen ein Gefangener berichtete. Damals, als noch unzählige Häftlinge hier eingesperrt gewesen waren, hatten sie sich die Betten teilen müssen. Teilweise mehrere Mann. Doch eins hatte sich nicht verändert – die schreckliche Hand des allgegenwärtigen Terrors, welche Nikolas nun am eigenen Leib spüren musste. Mitten in der Nacht ließen zwei betrunkene Wachposten die halbe Baracke hinaus in die Dunkelheit treten. Wahrscheinlich wollten sie den Neuen auf diese Weise zeigen, wer hier das Sagen hatte, oder sie einfach mürbemachen. Als Nikolas auf dem Exerzierplatz stand, nur mit der viel zu großen Häftlingshose bekleidet, und die Schneeflocken auf seinem nackten Oberkörper spürte, erfuhr er die erdrückende Willkür am eigenen Leib. Das hier konnte nichts anderes als die Hölle sein. Die Gesichter der SS-Männer hatte er nie zuvor gesehen. Er wollte sich ihre Augen einprägen, sie hassen und irgendwann Rache nehmen, doch als plötzlich eiskaltes Wasser über sie geschüttet wurde, schien es, als wäre jegliche Emotion aus seinem Körper gewichen. Sie waren erst einen Tag hier, nur einen verdammten Tag, und schon brach er zusammen wie ein Streichholz, das man benutzt hatte und nun wegwarf. Er zitterte wie Espenlaub, als er bewusstlos auf den harten Boden aufschlug. Alles um ihn herum hatte seinen Sinn verloren, Schwäche und Pein formten sich zu einem übermächtigen Gegner, der ihn in die Knie zwang und ihn den Tod herbeiwünschen ließ. Dies war eine von Menschenhand geschaffene Hölle. Seine Kraft war aufgebraucht, der Mut erloschen, jedwede Lebenskraft aus seinen Adern verschwunden. Claire, Elsa, sein Vater … Sogar Marie spielte in diesem Augenblick keine Rolle mehr. Als er hochsah, blitzte die Pistole im Halfter des SS-Mannes verführerisch. Wenn er sie doch nur ziehen und abdrücken würde …

Irgendwann, als den Wachmännern der Spaß vergangen war, war Rohn betrunken auf den Platz getorkelt. Scherze drangen über seine Lippen – oder waren es Beleidigungen? Die Worte erreichten Nikolas' Verstand nicht mehr. Er bekam nur mit, dass laut gelacht wurde und ihn schließlich vier kalte Hände packten. Erst am Morgen, als ein junger Aufseher mit schriller Stimme in die Baracke trat, kam er wieder zu Sinnen. Sein Körper war steif vor Kälte. Nikolas versuchte, sein Hemd vom Boden aufzuheben, aber hatte Mühe, es zu greifen.

»Was ist gestern passiert?«, wollte er mit schwacher Stimme von Bricks wissen.

Auch er sah nicht gut aus. »Sie sind umgekippt. Einfach so, mit dem Kopf auf einen Stein. Die Beule ist bereits zu sehen, und sie wird noch wachsen.« Der Ami schien agiler zu sein als Nikolas. Er half ihm, das Hemd anzuziehen, und sorgte sogar dafür, dass die Mütze richtig saß. »Durchhalten, Brandenburg. Bis zum Abend, dann bekommen Sie etwas zu beißen.«

Bis zum Abend … Wie sich das anhörte. Kein Wunder, dass die Männer hier aussahen wie der leibhaftige Tod. Diese Behandlung würde jeden brechen, innerhalb kürzester Zeit. In Nikolas flammte Hass auf. Bilder von Zügen tauchten vor seinem geistigen Auge auf, die von Düsseldorf aus in die Lager fuhren. Er hatte sie selbst gesehen. Zum Teufel, jeder hatte sie gesehen. Deutschland konnte den Krieg gar nicht schnell genug verlieren.

Nach dem Appell bekamen die Häftlinge eine Tasse Kaffee zum Frühstück. Zumindest schimpften die Soldaten es so. Eine dünne Flüssigkeit aus Getreide, gestreckt mit Margarine und Mehl. Muckefuck, wie die anderen Gefangenen es nannten. Es war das widerwärtigste Gebräu, das Nikolas jemals probiert hatte. Und selbst das schlürfte er bis auf den letzten Tropfen und leckte das Gefäß aus. Erst als Bricks ihm die Hälfte seiner Ration abgab, fühlte er sich zumindest ansatzweise imstande, den Tag durchzustehen.

Erneut mussten sie eine Stunde auf dem Appellplatz strammstehen. Erst dann kamen die SS-Männer aus ihren Baracken. Der Gänsemarsch zur Burg war anstrengend und doch eine willkommene Unterbrechung des ständigen Stehens. Nikolas war getrieben von dem Gedanken, dieses Lager endlich hinter sich lassen zu können. Nach einem kurzen Marsch durch das Dorf erreichten sie ein kleines Wäldchen. Die reguläre Wachmannschaft ging voraus, sodass Rohn sich etwas zurückfallen lassen konnte.

»Schlimme Nacht gehabt?«

Schlimm? Nikolas hatte bereits unendlich finstere Nächte hinter sich. Doch diese Nacht würde einen Ehrenplatz in dieser Reihe einnehmen. Allein der Gedanke, mehrere Jahre in so einem Lager zu verbringen, ließ das Blut in seinen Adern gefrieren.

»Du Torfkopf hättest das Ganze auch früher unterbinden können.«

Rohn nickte unmerklich, sah zu Bricks. »Es war wichtig, dass wir den Schein wahren. Viele Männer stehen morgens auf und gehen abends nicht wieder ins Bett. Hätte ich euch sanfter angepackt, hätten wir den Argwohn der Soldaten auf uns gezogen.«

»Es war richtig«, ergänzte Bricks. »Nur so konnten wir sicherstellen, dass wir in die Burg gelangen. Die Fluktuation ist hoch, viele Menschen sterben hier, und neue Gefangene werden von umliegenden Lagern hergebracht. Sie brauchen nur diese Handvoll Menschen, und leider sind die Arbeitskräfte eine Ware, über die sie nach Belieben bestimmen können.«

Wie um alles in der Welt hatte es nur so weit kommen können? In Paris behandelte die Wehrmacht bei ihren gefürchteten Blockdurchsuchungen die Bevölkerung schon wie Menschen zweiter Klasse. Nikolas erinnerte sich nur zu gut an ihr Vorgehen. Dutzende Mannschaftswagen sperrten einen Bezirk ab, Soldaten stürmten jede Wohnung, jeden Keller, jede Nische und trieben die Menschen zusammen, wie bei einer Treibjagd. Etliche wurden mitgenommen und kamen nie wieder frei. Es war ein engmaschiges Netz, welches sich immer mehr zusammenzog.

Das hier war eine ganz andere Welt, voller Schrecken und Angst, in der man nicht wusste, ob man den nächsten Sonnenaufgang noch erleben würde.

»Wie geht es jetzt weiter?«

Rohn lehnte sich zu ihnen hinüber. »Wir passieren die Kontrollen, ihr arbeitet und ich versuche herauszufinden, wo Wiligut steckt. Dann hole ich euch und wir verhören ihn.« Dabei sprach er das Wort »verhören« eine Nuance höher aus.

Nikolas wusste, was das bedeutete. »Wenn wir die Informationen haben, die wir wollen, spazieren wir ganz einfach mit dem Trupp wieder aus der Burg.« Er hatte Mühe, einen Fuß vor den anderen zu setzen. Seine Stimme war leise und brüchig. »Im Waldstück werden wir mithilfe der anderen die SS-Mannschaften überwältigen, und bevor sie am Abend unser Fehlen im Lager bemerken, sind wir bereits wieder unterwegs nach Düsseldorf.« Er sah sich um, aber niemand hörte ihm zu. Die Blicke seiner Mitstreiter gingen starr zu Boden. Auch die Körper der anderen mussten der gestrigen Behandlung Tribut zollen. »Sie werden sicher nach uns suchen.«

»Nicht ganz«, entgegnete Bricks. »Sie werden nach geflohenen Häftlingen suchen. Deshalb haben wir zivile Kleidung oder zur Not auch Uniformen der Wehrmacht im Transporter deponiert.«

Ein beruhigendes Gefühl breitete sich in Nikolas aus. Es tat gut zu wissen, dass er in der heutigen Nacht bereits im eigenen Bett schlafen konnte und etwas Normales zu essen bekommen würde. Schrecklich, dass er bereits nach einem Tag so empfand. Was mussten die armen Hunde fühlen, die Jahre in diesen Lagern verbrachten? Nikolas wollte gar nicht darüber nachdenken. Manche Gedanken schmerzten einfach zu sehr.

Sie kamen an einer Wohnsiedlung für SS-Offiziere vorbei, dann an einem nicht genutzten Wachhaus am Burgvorplatz und einem sehr einsam wirkenden Stabsgebäude. Es war nicht zu übersehen, dass Himmler mit der Burg Großes vorgehabt hatte und nur die Niederlagen seinem Größenwahn Einhalt geboten hatten. Als sie endlich den steinernen Ostflügel erreichten, waren Nikolas' Füße genauso durchgefroren wie in der Nacht. Wenigstens hatten sie Schuhe bekommen. Seine waren viel zu klein und drückten an den Seiten. Was das Schicksal für den ursprünglichen Besitzer bereitgehalten hatte, verdrängte er.

Nikolas blickte für einen Herzschlag hoch. Der prachtvolle Rundturm wirkte von Nahem noch beeindruckender als aus der Ferne. Riesige Hakenkreuzbanner wehten im leicht aufkommenden Wind. Explosionen in der Nähe hatten ein gutes Dutzend Fenster zersplittern lassen. Ansonsten war die

Gralsburg noch vollends intakt. Gelangweilt winkten sechs SS-Schützen am Burgtor die Häftlinge durch. Befohlen wurden sie lediglich von einem Junker. Unter der Zugangsbrücke verlief ein gut gepflegter Weg. Der Rasen war von Reif überzogen. Dämonische Wasserspeier blickten auf sie herab, ihre Fratzen schockierten und faszinierten Nikolas zugleich. Welch Gräueltaten hatten sie wohl miterlebt, als einst Hexenbefragungen im Verhörraum der Burg stattfanden und die Cautio Criminalis als Hexenprozessordnung vorherrschte? Noch bevor Nikolas weitere Überlegungen anstellen konnte, befand er sich im Innenhof des Areals. Auch hier war die dreieckige Form vorherrschend.

»Die Gefangenen 119.224 und 105.873 zu mir!«, befahl Rohn mit fester Stimme.

Nikolas beobachtete das Geschehen um sich herum. Kisten wurden an der einen Seite des Hofs verladen, zwei höhere SS-Offiziere rauchten am anderen Ende. Keiner schenkte ihnen Beachtung. Es herrschte so etwas wie Aufbruchsstimmung. Sie lag beinahe greifbar in der Luft, als wüsste jeder, was als Nächstes passierte. Natürlich, die meisten Offiziere waren entweder an der Front oder suchten Schutz in einem unterirdischen Bunker und nicht in einer Burg, die gut auszumachen war. Nikolas' Augen rasten von einem Flügel zum nächsten. Sie würden Wiligut nie rechtzeitig finden und den Rest ihrer Tage hier verbringen. Sie würden …

Schmerzhaft wurde er von Bricks angerempelt. »Das sind wir!«

Nikolas blickte ihn an. Wohl hatte er gehört, was Rohn gesagt hatte, aber er hatte die Bedeutung seiner Worte nicht erfasst. Er war 119.224. Aus Namen, Geschichten und Lebensläufen wurden nichts anderes als starre Nummern. Er war nicht gewöhnt, so angesprochen zu werden. Selbst in der Avenue Foch, dem gefürchteten Hauptquartier der

Gestapo in Frankreich, hatten sie ihn zumindest mit seinem Namen und Rang angesprochen. Nikolas blieb nichts anderes übrig, als Bricks schleunigst zu folgen, vor Rohn strammzustehen und die Mütze abzunehmen.

»Die Gefangenen 119.224 und 105.873 melden sich, wie befohlen.«

Rohn nahm Bricks' Kinn zwischen zwei Finger. »Du Schmierlappen kannst dich aber auch mal rasieren. Wenn ich die Stoppeln morgen noch sehe, weißt du, was dir blüht, oder?«

Bricks zuckte zusammen, stand noch strammer vor Rohn. »Jawohl, Herr Oberscharführer!«

»Gut, und jetzt mitkommen!« Er drehte sich um und wandte seinen Kopf in Richtung der Wachmannschaften. »Ihr kümmert euch um das Pack, und ich klopfe die Politischen weich wie Schnitzel!«

Erst jetzt erinnerte sich Nikolas, dass er einen roten Winkel auf seiner Lagerkleidung trug, der ihn als politischen Gefangenen auswies. Erneut Gelächter unter den SS-Soldaten.

Der Scharführer, der sie gestern begrüßt hatte, hielt sich seine Koppel vor Lachen. Es dauerte, bis er sich beruhigte. »Gestern beim Saufen sagtest du, die beiden sind Schreiner?«

Rohn nickte.

»Gut, dann alle Schreiner und Tischler zum Oberscharführer. Wir gehen nach oben. Es wartet viel Arbeit auf euch.«

Sieben weitere Männer meldeten sich. Fünf aus der alten Kolonne, zwei von Bricks Männern. Der Scharführer öffnete die Tür und ging voran, Rohn und ein desertierter Wehrmachtsangehöriger in SS-Uniform bildeten das Schlusslicht. Es war eine schmale, dunkle Treppe, die sie hochsteigen mussten. Wahrscheinlich waren hier unter Graf von Arnsberg Bedienstete ein und aus gegangen, damit sie die Haupteingänge nicht benutzten, dachte Nikolas und konzentrierte sich darauf, nicht zu stürzen. Nur mit großer Anstrengung konnte er seine Glieder bewegen. Hier drinnen war es beinahe so kalt wie draußen. Ein eisiger Wind pfiff durch das Gemäuer.

Eine Alkoholfahne stieg Nikolas in die Nase, als Rohn zielstrebig nach oben schritt. Endlich traten sie aus der Dunkelheit in einen lichtdurchfluteten Flur. In der Burg waren wenige SS-Männer anwesend, es waren nur dumpfe Geräusche zu hören. Für Nikolas' Empfinden war es hier sogar zu still, als forderten die Gebeine der Toten ihre Ruhe. Kaum Zeit blieb ihm, um die wundervoll gearbeiteten Statuen zu bewundern oder das filigrane Werk an den Glasfenstern, an denen sie vorüberkamen. Sie wurden weitergeführt, in einen unendlich anmutenden Raum. Die Decken waren hoch, verziert mit Stuck und ließen ihre Schritte widerhallen.

»Die Bibliothek der Burg«, erklärte der Scharführer Rohn. »Laut Reichsführer-SS sollte hier eigentlich einmal die umfangreichste Sammlung der Werke der arischen Rasse stehen, ideologisch wertvolle Literatur, zum Formen seiner Oberst-Gruppenführer.« Er breitete die Arme aus. »Der Chef hat aber anscheinend andere Pläne.«

Nikolas konnte kaum glauben, was er da sah. Nicht ein einziges Buch war hier zu finden, stattdessen säumten unzählige leere Holzregale die Wände, vier Leitern standen in der Ecke, daneben altes, abgenutztes Werkzeug. In diesem Raum gab es nichts, was auf seine geplante Verwendung hinwies. Das Zentrum der Ideologie – leer gefegt!

Rohn schien denselben Gedanken zu haben. »Ziemlich wenig Bücher für die größte Bibliothek der Welt.«

»Natürlich. Auf Befehl des Reichsführers sind die Werke an einem sicheren Ort gelagert. Zum Schutz vor den Fliegerbomben der Kapitalisten.« Er klang enttäuscht, ging zum Fenster und sah hinaus in die trügerische Winteridylle.

»Zumindest bis zum Endsieg, dann wird hier eine der schönsten Bibliotheken der Welt zu finden sein.«

Nikolas fragte sich, ob der Mann an seine eigenen Worte glaubte? Vor vielen Monaten wäre er sicherlich von jeder Silbe überzeugt gewesen. Sein Blick ging weit hinaus, über die Berge dieser malerischen Landschaft. Nikolas kannte dieses Verhalten nur allzu gut aus seinen Tagen als Reichskriminalkommissar. Verdächtige handelten oft so, wenn sie erwischt wurden. Nikolas wusste zu gut, was der Scharführer gerade dachte. Es war der letzte Funken Hoffnung, an den man sich klammerte, wenn alles verloren schien und nur dieser eine Silberstreif blieb. Vielleicht käme ja doch alles anders? Hitler, der allmächtige Führer, würde sie doch nicht enttäuschen? Irgendwann würden seine Wunderwaffen kommen und dem Feind Einhalt gebieten.

Vergebene Hoffnung in einer grausamen Welt.

»Ihr werdet die Holzregale abbauen und nach unten in den Keller schleppen«, schrie der Scharführer mit einem Mal, wahrscheinlich, um sich von seinen Gedanken loszureißen. »Wie ihr Ratten sehen könnt, haben deutsche Männer sehr viel Zeit und Schweiß in die Holzarbeiten investiert. Reichsführer Himmler will die Regale in wenigen Monaten hier montiert wissen. Ihr baut sie ab und tragt sie nach unten in das Verlies.« Er kam näher, sah jedem von ihnen eindringlich in die Augen. »Wenn mir auch nur ein Kratzer in das Holz kommt, werde ich euch in ein tiefes Loch werfen und so lange bearbeiten, bis euch im Vergleich dazu die Arbeitsdienste wie ein Besuch im Süßigkeitenladen vorkommen!«

Plötzlich wurde seine Stimme milde, beinahe ein wenig unterwürfig. »Du kommst hier klar mit denen?«

Rohn nickte. »Ich werde die Kerle schon zu beschäftigen wissen.«

»Gut, ich bin unten und kümmere mich um den restlichen

Misthaufen.« Der Scharführer hob den Arm, Rohn grüßte zurück und damit waren sie endlich allein.

Nikolas' Schultern sanken sofort ein paar Zentimeter nach unten, er atmete lang gezogen aus. Es war eine Tortur, die ganze Zeit strammzustehen, sich nicht zu bewegen und sich auf keinen Fall an der Nase zu kratzen. Ihm war schleierhaft, wie Menschen das über Stunden aushalten konnten.

»Gut, dann macht euch mal an die Arbeit.« Rohns Ton war harsch, aber nicht feindselig. »Wir wollen doch dem Herrn Scharführer heute Abend Ergebnisse präsentieren.« Rohn wandte sich an den Wehrmachtssoldaten: »Ich werde mal schauen, ob ich nicht etwas zu essen auftreiben kann. Du behältst die Männer hier im Auge.«

Ein kurzes Nicken folgte, dann war auch Rohn verschwunden. Bricks machte sich sofort daran, die Holzregale auseinanderzuschrauben, ging dafür aber in die hinterste Ecke. Beflissen arbeiteten die anderen vor sich hin, während ihr Bewacher am Fenster lehnte und sich eine Zigarette drehte. Diese Aufbauten waren für Nikolas böhmische Dörfer. Seine Hände waren weich und filigran, nie im Leben hatte er etwas erfolgreich zusammengeschraubt, sehr zum Leidwesen seines Vaters. Immer wieder hatte Eduard ihn dazu angehalten und war enttäuscht gewesen, wenn die Finger seines Sohnes geblutet hatten, das Vogelhäuschen dafür nicht mal im Ansatz fertig gewesen war. Bricks hingegen schien ein Talent dafür zu haben. Nikolas gesellte sich zu ihm und tat so, als ob er arbeiten würde.

»Wie lange wird er brauchen?«, flüsterte Nikolas leise.

»Schwer zu sagen. Wiligut hat keine offizielle Stellung mehr innerhalb der Schutzstaffel. Es ist lediglich eine Art Gnadenbrot, Dankbarkeit für seine Dienste, dass er hier vegetieren darf.«

»Vegetieren?«, hakte Nikolas nach.

Bricks zog geschickt die Hölzer aus den Regalen und reichte sie Nikolas. »Angeblich soll er nicht ganz bei Sinnen sein. Der lange Aufenthalt in einer Nervenheilanstalt, Alkohol, Pervitin. Es könnte lange dauern, ihn zu finden. Und selbst wenn …«

Nikolas unterdrückte einen Fluch. »Dann ist längst nicht klar, in welchem Zustand er sich befindet.« Ausgerechnet Pervitin. Die Wunderpille aus den Temmler-Werken wurde Soldaten tausendfach mit ins Marschgepäck gegeben. Sie verdrängte Angst, machte leistungsfähiger, Hunger und Durst waren wie weggeblasen, zumindest bis der Schlaf dann doch zu übermächtig wurde. Studenten nahmen es, um länger lernen zu können, sogar Hausfrauen, damit die Arbeit leichter von der Hand ging. Die blau-rote Runddose hatte lange Zeit bei keiner Ermittlung der Kriminalpolizei gefehlt, bis man erste Nebenwirkungen der »Panzerschokolade« registriert hatte. Herzversagen, Sucht, Halluzinationen – schnell hatte der Reichsgesundheitsführer das Präparat unter das Reichsopiumgesetz gestellt. Was natürlich niemanden davon abhielt, es weiterhin an die Soldaten auszugeben.

»Und was machen wir jetzt?«

Bricks hechelte vor Anstrengung. Die gestrige Nacht hatte also auch bei ihm Spuren hinterlassen. »Wir arbeiten, was denken Sie denn?«

KAPITEL 7

- ASGARDS DIENER -

Er hatte das Gefühl, als wolle sein Körper sich gegen die Arbeit mit aller Macht wehren. Jede Treppenstufe war eine Qual, der Wille weiterzumachen beinahe nicht mehr vorhanden. Nikolas hatte aufgehört zu zählen, wie oft er die Treppen herab- und hinaufgestiegen war. Das Verlies aus der fürstbischöflichen Zeit im Keller der Wewelsburg war eigentlich nur ein enger Raum mit scharfen Steinen an den Wänden. Nicht größer als Nikolas' Refugium in Ratingen. Einzig die schwere Eisenkette, welche in die Wand eingelassen war, erinnerte daran, dass an diesem Ort einmal Menschen ihren Tod erwartet hatten. Nikolas hätte alles dafür gegeben, hier ein paar Stunden Ruhe zu finden. Doch der Scharführer war unbarmherzig. Ab und zu kontrollierte er die Arbeiten, verteilte Hiebe und war dann so schnell wieder verschwunden, wie er gekommen war.

Rohn hatte er seit dem Morgen nicht mehr gesehen. Wenn Nikolas wieder einmal mit Holz beladen den schmalen Gang hinabstieg, meinte er, dessen hallendes Lachen zu hören. Hunger und Durst mussten seine Empfindungen benebelt haben, so sehr zehrte die Arbeit an ihm. Als die Sonne am späten Nachmittag die Wipfel der Bäume berührte und langsam unterging, schmerzte sein Magen so sehr, dass er sich den Unterleib halten musste.

»Wie weit sind wir?«, wollte Nikolas wissen, als er in die Bibliothek trat und sich neben Bricks kniete. Schweißperlen standen auf seiner Stirn, die Fingerkuppen waren blutig.

»Genau so weit, wie wir sein wollten.«

»Was meinen Sie?«

Bricks machte eine kurze Pause. »Die Männer haben nicht Monate im Lager überlebt, weil sie so schnell arbeiten, wie sie können, Brandenburg. Sie müssen sich Ihre Kräfte einteilen. Achten Sie nur auf die Wachposten und sehen Sie beschäftigt aus.«

Bricks hatte recht. Die Arbeiter waren geschickt, legten sich Holzregale zurecht, damit sie diese im Notfall schnell packen und nach unten verschwinden konnten, wenn die Knute des Scharführers mal wieder allzu locker saß. Ein Viertel aller Regale war abgebaut, gerade so viel, dass niemand mit ihrer Arbeit unzufrieden sein konnte.

»Alle herhören! Die Gefangenen 119.224 und 105.873 zu mir, aber flott!«

Nikolas erschrak, als Rohn plötzlich in der Tür stand und Befehle brüllte. Diesmal wusste er jedoch, dass er gemeint war. Er wischte sich die Hände an der Häftlingshose ab, nahm seine Mütze in die Hand und stand stramm. »Die Gefangenen 119...«

»Ja, ist mir einerlei«, unterbrach Rohn und machte eine abwertende Handbewegung. »Mitkommen. Sonderaufgabe.«

Endlich war es so weit. Obwohl er es nicht für möglich gehalten hatte, floss mit diesem Befehl ein wenig Lebenskraft zurück in Nikolas' Adern. Rohn ging schnell voran, wankte ein wenig, fing sich dann aber wieder. Erneut war seine Alkoholfahne nicht zu leugnen. Das konnte nicht sein! Während sie arbeiteten, hatte er die ganze Zeit gesoffen.

Nikolas wagte sich vorsichtig an seinen Freund. »Rohn, hast du einem im Tee?«

Ein Rülpsen war seine Antwort, dem er noch ein »Jawohl!« hinterherschickte. Rohn ging weiter, ohne sich umzuschauen, griff dann in die Innentasche seines Mantels. Zum Vorschein kamen ein Stück Wurst und etwas Brot. »Kleiner Gruß vom Scharführer, hab ich ihm geklaut.«

»Wissen Sie, wo Wiligut ist?«, wollte Bricks zwischen zwei schnellen Bissen wissen.

Rohn nickte. »Hat ein wenig gedauert, aber irgendwann gegen Nachtmittag haben die anderen Soldaten etwas von einem komischen Kauz im Ostflügel berichtet. Ich glaube, das ist unser Okkultist.«

Nikolas schlang das Essen runter. »Weißt du, wo es langgeht?«

Rohns Stimme war von Alkohol durchtränkt. »Jawohl, Herr Kommissar.«

Nikolas sah sich um. Glücklicherweise hatte sie bis jetzt niemand bemerkt. Eine von Rohns herausragendsten Eigenschaften war es, sich immer und überall Freunde zu machen. Oder Feinde, je nach Standpunkt und Alkoholpegel.

Nur wenige Sekunden später standen sie vor einer ausladenden Holztür. Wie passend. Wiligut hatte sich im höchsten Turmzimmer niedergelassen. Als ob er eine moderne Verkörperung von Archimedes darstellen wollte. Es hätte Nikolas nicht gewundert, wenn Wiligut mit langem Bart vor die Tür getreten wäre und etwas von Kreisen, die man nicht stören sollte, gefaselt hätte.

Hastig sah Nikolas hinter sich in den schmalen Gang. Keiner der SS-Männer war zu sehen. Schutt und Holz türmten sich an den Seiten auf, als ob alle Rückbauarbeiten schon getan wären. Der Flur lag im Dunkeln, weder spendete elektrisches Licht etwas Helligkeit noch waren Kerzen entzündet. Auf einmal konnte Nikolas sich nur allzu gut vorstellen, welch düstere Szenerie hier vor etlichen hundert Jahren geherrscht haben musste. Fehlten nur noch die Ritterrüstungen an den Gängen.

»Hier muss es sein«, lallte Rohn und wollte kräftig an die Tür klopfen.

Nikolas wollte ihn aufhalten, aber zu spät. Donnernd sauste Rohns Faust gegen das Holz. »Großartig! So, wie ihr Wiligut beschrieben habt, ist er keinen Besuch gewöhnt. Das Letzte, was wir brauchen, ist ein alter Kauz, der sich aus der Tür lehnt und um Hilfe ruft.«

»Einen Moment bitte!«

Zittrig war die Stimme des Mannes und doch bestimmt, wie bei jemandem, der lange damit gerechnet hat, dass er aufgesucht wird.

Bricks lehnte sich nach vorn. »Wir bringen Ihr Essen, Herr Wiligut.«

Fast gleichzeitig sausten Nikolas' und Rohns Blicke zu Bricks. Hilflos zuckte der mit den Schultern. »Was sollte ich sagen?«

Sie warteten. Die Zeit verging so langsam, dass Nikolas sich fragte, ob sie stehen geblieben sei. Es musste schon beinahe eine ganze Minute verstrichen sein.

Rohn stützte sich am Türrahmen ab, schlug sich auf die Brust und rülpste herzhaft. »Und was schlägst du vor?«

Nikolas trat an das Türblatt und drückte vorsichtig die Klinke herunter. Mit einem lauten Knarren öffnete sich die Tür.

»Besser als Ihre Idee«, kommentierte Bricks und schritt als Erster hinein.

Der Vergleich zu Archimedes drängte sich jetzt beinahe zwanghaft auf. Unzählige Bücher, obskure Versuchsanordnungen, dreckiges Geschirr und Dutzende Artefakte waren überall im Raum verstreut. Etwas Süßlich-Herbes lag in der Luft, wie der Geruch von verbrannten Maronen.

Bricks war nun nicht mehr zu halten. Wie ein wildgewordener Eber schoss er durch den Raum und sammelte die am Boden verstreuten Dokumente ein. Er überflog sie und raffte zusammen, was er kriegen konnte. Nikolas erkannte den sonst so kühlen und überlegten Mann gar nicht wieder.

»Unglaublich. Das muss ich weiterleiten. Das könnte interessant sein …« Fieberhaft redete der Doktor mit sich selbst, als wäre er und nicht Wiligut der Verrückte in diesem Turm. Nikolas wandte den Blick von Bricks ab und ließ ihn schweifen. Das Gemäuer konnte man nicht mehr erkennen, so hoch türmten sich Bücher und Zeitungen auf. Als ob man die Bibliothek kurzerhand hierhin verlegt hätte. Sogar einen Ofen hatte Wiligut einbauen lassen. Zwei alte Teekannen hingen an ihren Henkeln neben einer Feuerstelle. Sie mussten aufpassen, dass sie nicht auf die verschiedensten Schriftstücke traten oder eine der Kerze umwarfen, die überall verteilt waren. Zeichen, die Nikolas noch nie zuvor gesehen hatte, bestimmten die Erscheinung des Raums. Verschnörkelte Runen, abgewandelte Hakenkreuze, Totenköpfe überall. Dieser Okkultist musste wahrlich von Sinnen sein! Nikolas sah sich eine Apparatur genauer an. Anscheinend war Wiligut vielfach interessiert. In mehreren verschmutzten Gläsern konnte er allerlei Flüssigkeiten jeglicher Farbe ausmachen. Nur von dem Mann selbst fehlte jede Spur. Eine weitere Tür ging vom Raum ab, wahrscheinlich der Abort. Dort musste er sich verschanzt haben.

»Herr Wiligut?«, fragte Rohn mit belegter Stimme.

»Gehen Sie weg, ich habe keinen Hunger und mache mir mein Essen immer selbst.«

Verdammt! Aber sie hatten nicht ahnen können, dass Wiligut so paranoid war und sich seine Speisen selbst zubereitete. Ein toller Kommissar war er. Jeder Schutzmann hätte gewusst, dass die wenigen Sekunden zwischen Anklopfen und Eintreten gereicht hatten, um wichtige Beweise verschwinden zu lassen. In diesem Chaos würden sie ohne die Hilfe von Wiligut nie etwas finden. Erst jetzt bemerkte Nikolas ein paar Körner neben dem Ofen. Zwei dampfende Teigtaschen waren achtlos auf einen großen Tisch in der Mitte des Raums geworfen worden. Daneben befanden sich ein Krug Wasser und Reste von Mehl. Sogar dieses mahlte er eigenhändig. Er würde das Getreide wohl kaum selbst anbauen. Sein Gnadenbrot bekam er also noch von der SS. Bei dem Anblick knurrte Nikolas der Magen.

»Wir haben nicht viel Zeit«, gab er zu bedenken.

Rohn schoss auf die Tür des zweiten Raumes zu und rüttelte an der Klinke. »Es ist wirklich dringend, Herr Wiligut. Fliegeralarm wurde ausgelöst.«

Nikolas klopfte Bricks auf die Schulter. *Das* wäre einige Minuten zuvor eine gute Idee gewesen, um schnell in Wiliguts Refugium einzudringen.

»Das ist mir einerlei«, ertönt es hinter der massiven Holztür. »Ich bleibe hier und gehe nicht weg.« Plötzlich klang die Stimme schrill und trotzig wie die eines Kindes, das nicht ins Bett gehen wollte. Sie konnten ein zischendes Flüstern vernehmen, gefolgt von Klopfen.

Rohn warf sein ganzes Gewicht gegen das Türblatt und ächzte im nächsten Moment auf. Der Feldwebel Heinz Rohn in Bestform hätte die Tür innerhalb eines Wimpernschlags in zwei Teile gebrochen. Doch Wunden und Anstrengungen hinterließen selbst bei dem Hünen Spuren. Noch einmal nahm er Anlauf und donnerte mit seiner Schulter gegen die Tür. Endlich gab das Holz ein paar Zoll nach. »Er hat irgendetwas dahinter gestellt.«

»Leise«, mahnte Bricks, während er weitere Dokumente überflog.

»Sie können es ja versuchen«, hechelte Rohn und legte seine SS-Mütze auf den Tisch. Mit aufgeblähten Wangen atmete er durch. Ein Stier, der nur darauf wartete, mit dem Kopf durch die Wand zu brechen.

Schleifende Geräusche hinter der Tür ließen die drei aufhorchen. Versuchte er, die Tür weiter zu sichern? Ihnen rannte die Zeit davon.

»Mist!« Fluchend nahm Rohn Anlauf. Er fletschte seine Zähne, ein tiefes Knurren erfüllte den Raum. Mit der Schulter voraus schoss er der Tür entgegen. Nikolas war sich sicher, der laute Knall vom Aufprall würde zwei Stockwerke höher noch zu hören sein. Er hielt den Atem an.

»Was zum …?« Kurz bevor Rohn das Holz erreichte, wurde die Tür geöffnet. Erschrocken riss Wiligut die Augen auf, konnte gerade noch zur Seite springen, bevor Rohn mit rudernden Armen in den Raum trampelte.

Der Feldwebel wollte sich fangen, stieß mit dem Schienbein gegen einen Schrank und rammte die Wand. Mit schmerzerfülltem Gesicht rieb er sich die Schulter. »Karl Maria Wiligut?«

Der beleibte Mann nickte. Fröhlich, als hätte er gerade die humoristischen Seiten einer frivolen Kompaniezeitung gefunden, grinste er übers ganze Gesicht. »Eine interessante Einlage, das muss ich sagen. Kabarett vom Feinsten. Nicht zu derb, vielleicht etwas unbeholfen, aber trotzdem amüsant.« Er rieb sich über den Bauch, sah sich mit scharfen Augen Nikolas und Bricks an, bis sein Blick wieder zu Rohn wanderte und er zu lachen begann. »Wirklich, nicht von schlechten Eltern. Zwei Zebras und ein Eber!«

»Er ist verrückt, komplett verrückt«, flüsterte Nikolas und beäugte ihn vorsichtig. Der Mann trug eine ausgewaschene Hose, deren Träger achtlos an den Seiten herabhingen, sodass sie viel zu tief saß. Dazu ein graues Hemd, das bis zur Brust aufgeknöpft war. Zu allem Überfluss lief er barfuß in dem Raum umher.

Bricks ignorierte Wiliguts Auftreten und schien selbst wie ausgewechselt, als er dem Mann gegenüberstand. Er ging auf ihn zu, packte ihn an der Schulter und drückte ihn herab auf einen Stuhl. Das Verhör konnte beginnen. »Guten Abend, Herr Wiligut. Ist es richtig, dass sie ab Oktober 1934 im Rasse- und Siedlungshauptamt mit Sonderaufgaben betraut waren?«

Wiligut musterte Bricks mit fasziniertem Ausdruck. Den Mund halb geöffnet nickte er. »Ein Amerikaner, interessant. Dieses Stück wird ja immer besser!« Er klatschte in die Hände und sah zur Tür. »Ein Kabarett wird es wohl nicht werden, oder doch? Wo sind die Tänzerinnen?«

»Lassen Sie es gut sein«, stöhnte Rohn an Bricks gewandt, als er in den Raum trat, seine Schulter rieb und die Mütze wieder aufsetzte. »Der gehört in die Geschlossene!«

Bricks ließ sich nicht beirren. »Ist es richtig, dass Sie bis zum heutigen Tage noch engen Kontakt zum Propagandaminister Joseph Goebbels unterhalten und ihn in weltanschaulichen Fragen beraten?«

»Nicht mehr, nicht mehr«, flüsterte der alte Mann mit viel zu hoher Stimme. Wild gestikulierend beugte er sich nach hinten. »Ich bin uninteressant, ein Risiko, wissen Sie.«

Bricks zog eine Zeitung aus dem Stapel von Papieren und hielt sie Wiligut vor das Gesicht. »Die Edda-Gesellschaft und der Thule-Ring: Wie weit sind Ihre Forschungen fortgeschritten?«

Auf einmal nahm Wiliguts Gesprächigkeit rapide ab. Er verschränkte die Arme, wirkte plötzlich klar.

Bricks versuchte es erneut, hielt die Seiten wenige Zoll vor Wiliguts Gesicht. Mit zusammengekniffenen Zähnen zischte er: »Sie waren der Verbindungsmann der Gesellschaften zu Goebbels, Sie hatten beste Kontakte, um genug Geld zu beschaffen. Also, ich frage Sie ein letztes Mal: Die Vril-Kraft, wie weit ist sie fortgeschritten?«

Nikolas verstand die Welt nicht mehr. Ein kurzer Blick zu Rohn offenbarte, dass dieser genauso ahnungslos war. Vorsichtig nahm Nikolas die Zeitung aus Bricks' Händen, während der Amerikaner Wiligut weiter bearbeitete. Ihm verschlug es den Atem, als er die ersten Zeilen überflog.

»Vril. Die kosmische Urkraft«, las er leise vor, damit Rohn

es ebenfalls mitbekam. »Von Johannes Täufer. Wiedergeburt von Atlantis, im Auftrag der Reichsarbeitsgemeinschaft ›Das kommende Deutschland‹, Zentralbüro Berlin, 1930.« Nikolas blätterte weiter. »Mechanotechnik und Bio-Dynamik, die psycho-physischen Welten des Perpetuum mobile … Verdammt, was machen wir hier eigentlich?«

»Seien Sie ruhig!«, fuhr Bricks ihn an und stützte sich mit beiden Händen auf die Lehnen des Stuhls, auf dem Wiligut saß. »Hat Goebbels Sie bei Ihren Forschungen unterstützt? Ist die Vril-Kraft einsatzbereit?«

»Das war sie immer«, wisperte Wiligut kaum hörbar. »Sie umgibt alles, war immer da und wird immer sein. Man muss sie sich nur zunutze machen.«

»Ist es dem Oberkommando gelungen?«

Wiligut winkte ab.

»Sagen Sie mir, was Sie wissen!«

Bricks Kopf war rot angelaufen, Panik lag in seiner Stimme. Teufel noch eins, dieser Mann war Physiker, er besaß einen Doktortitel aus Harvard. Wie um alles in der Welt konnte er an so etwas glauben? Hastig überflog Nikolas die Seiten der Herausgabe. Dutzende Formeln standen dort, von schwirrenden Atomen war die Rede und negativer Aktivität. Von einem schöpferischen Makrokosmos, der durch einen Stülpungsprozess unter Kontrolle gebracht werden konnte.

»Genug mit diesem Mumpitz!« Nikolas schubste Bricks zur Seite, beugte sich zu dem Mann herab. »Wo ist Marie?«

»Welche Marie?«

»Marie Stuckmann. Ein junges Mädchen, das sich in den Händen von Luger befindet.«

Wiligut presste beide Hände auf die Schläfen. »Ein junges Mädchen, soso. Deshalb das ganze Theater.«

Nikolas riss der Geduldsfaden. »Sie Hornochse! So ist das nicht!«

»Selbstverständlich.« Ein dreckiges Lachen entfuhr Wiliguts Kehle. »Es ist doch niemals so, oder?«

Das reichte endgültig. Nikolas packte das schmutzige Hemd des Mannes und zog ihn zu sich. »Wo ist Sturmbannführer Luger, verdammt?«

»Luger, natürlich.« Wieder dieses Lachen, dem der Hauch des Verrückten beiwohnte. »Ich wäre lieber mit einem Rudel Hunde zusammen als mit diesem einen Wolf.«

Zumindest, was das anging, waren sie sich einig. »Wo ist er?«, brüllte Nikolas dem Mann ins Gesicht.

Wiliguts Lippen waren wie versiegelt. Nur der stechende Blick aus durchdringenden Augen bohrte sich in ihn.

Es war Rohn, der die nervenzehrende Stille brach. »Unter diesen Umständen sollten wir vielleicht etwas Gewalt anwenden.« Wie zum Beweis ließ er seine Fingerknochen knacken.

»Ich bitte darum.« Wiligut hob sein Kinn, ließ seine Arme seitlich herabhängen. »Das Mittel der Unwissenden ist immer die Gewalt. Auf diese Weise reagiert jedes Lebewesen auf Dinge, die es nicht versteht.«

So würden sie nie weiterkommen. Auch Bricks schüttelte wutentbrannt den Kopf. Es schien, als hätte er sich wieder gefangen. »Das würde beileibe zu viel Lärm verursachen. Außerdem wird er kein Wort sagen.«

»Kluger Junge«, kommentierte Wiligut und legte die Hände in den Schoß, gespannt abwartend, was als Nächstes passieren würde.

Nikolas schlug die Hände über dem Kopf zusammen, ging im Raum umher. Die ganze Aktion durfte nicht umsonst sein. Er mahnte sich zur Konzentration. Dies war nicht sein erstes Verhör und Wiligut nicht der erste Verrückte, den er zu befragen hatte. Zweifelsfrei hatte dieser Mann einen Sprung in der Schüssel. Aber er war gleichermaßen intelligent und verrückt. Und sie vereinte der Hass auf Luger. Karten, die es geschickt auszuspielen galt. Nur so hatten sie eine Chance.

»War Luger daran beteiligt, dass man Sie aus der Schutzstaffel entließ, Herr Brigadeführer?« Nikolas sprach ihn wohlweislich mit seinem alten Rang an. Der Mann sah hoch. Zumindest war ihm nun dessen Aufmerksamkeit sicher. »Jahrelang waren Sie für Himmler ein loyaler und treuer Berater, bis Sie wegen Lappalien in den Ruhestand versetzt wurden, oder?«

Abfällig schnaubte Wiligut. »Alkohol, Medikamente … Es war nötig, um die Forschungen zu beschleunigen.«

»Offensichtlich«, sagte Nikolas und kniete sich herab. »Dabei haben Sie so viel für ihn getan, oder? Sie waren sein Führer in einer dunklen Welt. Nur durch Ihre Weisheit konnte die Burg zum ideologischen Zentrum werden. Sie entwarfen die Totenkopfringe und machten aus der SS eine Bruderschaft, eine Elite, die Nachfahren der germanischen Armeen.«

Unmerklich, fast unsichtbar nickte Wiligut, die Augen weit aufgerissen. Seine Stimme war nicht mehr als ein Flüstern. »Wir stammen direkt von ihnen ab, wissen Sie. Von den Asen – einem nordischen Göttergeschlecht, das auf uns herabblickt. Wir sind ihre Herolde und müssen uns würdig zeigen, um am Ende unserer Tage an ihrem Tisch Platz zu nehmen.«

Nikolas lächelte. Er sprang tatsächlich darauf an. »Dann helfen Sie mir, mich würdig zu zeigen. Helfen Sie mir, Luger zu finden … Weisthor.«

Wiligut rieb sich die Hände, als stünde er vor einem großen Schatz. Kerzenschein tauchte sein Gesicht in ein feuriges Rot. Die Flammen begannen zu tanzen durch den Wind, der durch die Gemäuer zog. Ihre Schatten wurden bedrohlich an die Wände geworfen. Diesmal funkelten Wiliguts Augen. Das Schimmern in den dunklen Pupillen ließ Nikolas einen Schauer über den Rücken laufen. »Er ist nicht mehr hier.«

»Und wo ist er dann?«

»Steht alles in meinen Aufzeichnungen. Die Asen verlangen Bericht über die Zeit auf dieser Erde, bis wir vor ihnen in Asgard auf die Knie sinken und um Aufnahme in Walhalla bitten.«

»Wo sind Ihre Aufzeichnungen?«

»Oh, diese wiederum sind hier. Aber Sie werden sie niemals finden.« Er presste Daumen und Zeigefinger der linken Hand zusammen und zog sie über die Lippen, um anzudeuten, dass sie für ewig verschlossen sein würden.

Rohn hatte sich anscheinend lange genug zurückgehalten. Mit einer Hand packte er den rechten Arm von Wiligut und drehte ihn auf den Rücken. Die andere presste er auf den Mund des Mannes. »Sag uns, wo du die Aufzeichnungen versteckst.«

Doch anstatt vor Schmerzen zu schreien, erklang nur ein keuchendes Lachen.

»Helfen Sie suchen!«, befahl Bricks Rohn und Nikolas und durchwühlte eine Kiste mit Artefakten. »Wir haben nicht mehr viel Zeit, bis die Gefangenen zurück ins Lager getrieben werden.«

Sichtlich zornig ließ Rohn von Wiligut ab und nahm sich ein Regal mit Büchern vor. Er begann mit dem ersten der oberen Reihe, blätterte es durch und ließ es dann achtlos zu Boden fallen. Eine lächerliche Strategie, um die Aufzeichnungen zu finden, dachte Nikolas und sah sich um. Wiligut hatte nur wenige Sekunden gehabt, bevor sie durch die Tür getreten waren. Er hütete die Aufzeichnungen wie seinen Augapfel und deshalb würden sie nicht weit sein, dessen war Nikolas sich sicher. Irgendeinen Hinweis musste es doch geben. Während Bricks und Rohn wie wild durch den Raum hetzten und alles umdrehten, was sie in die Finger bekamen, stützte sich Nikolas mit beiden Händen auf dem Tisch ab, um zu überlegen. Der Duft der Teigtaschen stieg ihm in die

Nase. Die Welt um ihn herum schien sich langsamer zu drehen. Hier in diesem warmen Gemäuer packten ihn Müdigkeit und Schwäche schneller, als ihm lieb war. Mit zittrigen Fingern nahm er eine Teigtasche an sich. Sie war weich, nicht wirklich warm und war an etlichen Stellen klebrig. Nikolas' Instinkt regte sich. Vorsichtig biss er eine Ecke ab und kaute auf dem weichen Teig. Er konnte gar nicht anders, als die säuerliche Masse auf den Tisch zu spucken.

Ein Gericht, was beileibe noch nicht gar war. Nikolas beobachtete Wiligut, dessen Augen sich weiteten. Er war auf der richtigen Spur.

»Ist alles in Ordnung mit Ihnen?« Wenigstens war Bricks klug genug, keine Namen zu nennen.

Ohne ihn weiter zu beachten, ging Nikolas zum Ofen und öffnete die schwere Messingtür. Tatsächlich. Anscheinend hatten sie den Kriminalkommissar noch nicht ganz aus ihm herausgeprügelt. Eine dicke Akte kam zum Vorschein. Nikolas wusste, dass Glück hierbei eine gewisse Rolle gespielt hatte. Trotzdem sah er Wiligut mit einem Anflug von Genugtuung an. »Das werden Sie Ihren Asen wohl erklären müssen.«

»Wie können Sie nur?« Unvermittelt war Wiligut aufgestanden. Sein Bauch bebte, als er auf Nikolas zuschoss. Sofort war Rohn zur Stelle und packte den Mann am Hals. »Das sind heilige Unterlagen, nicht für Ihre schändlichen Augen bestimmt!«

»Steht da drin, wo Luger sich aufhält?« Nikolas' Tonfall nahm an Aggressivität zu.

»Und wenn schon! Sie werden es nicht aufhalten können, niemand kann das!«

»Er wird mir zu laut.« Bricks nahm die Unterlagen an sich und klopfte Rohn auf die Schulter. »Kümmern Sie sich um dieses Problem.« Dann begann er zu lesen.

Das Grinsen auf den Lippen des ehemaligen Feldwebels

kannte Nikolas nur allzu gut. Seine massigen Unterarme spannte er an, der Griff um den Hals von Wiligut wurde enger. Angstvoll ruderte dieser mit den Armen, versuchte, die Hände zu lockern, doch es war vergebens. Die Gesichtsfarbe des Mannes wechselte von Feuerrot zu einem leichten Blau.

Nikolas wollte das nicht beobachten. Er hatte schon einige Tote gesehen, und jeder einzelne war einer zu viel gewesen. Die Schatten an der Wand vollführten einen seltsamen Tanz. Eng umschlungen verschmolzen sie zu einem großen Schatten, dessen vordere Hälfte sich verzweifelt wand, während die hintere starr wie Eisen war. Nur Herzschläge später sackte der vordere Schatten zusammen.

»Das reicht«, sagte Bricks mit kühler Stimme, ganz in die Unterlagen vertieft. »Bringen Sie ihn nicht um. Das würde noch mehr Aufmerksamkeit erregen. Eine Kopfverletzung genügt völlig. Wenn ich bitten dürfte.«

Rohn lockerte seinen Griff und fühlte den Puls. Anscheinend war Wiligut tatsächlich noch am Leben. Mit der Präzision eines Chirurgen packte er dessen Kopf und schlug ihn gegen die Kante des Ofens. Sofort platzte die Haut auf, Blut suchte sich einen Weg die Stirn herab.

»Er wird es überleben.« Rohn versetzte ihm einen leichten Tritt mit seinen Stiefeln. »Denke ich.«

»Sie wollen, dass es wie ein Unfall aussieht?«

»Zumindest verschafft es uns einen Vorsprung, Brandenburg. Mit etwas Glück glaubt dem Verrückten niemand, dass zwei Häftlinge und ein Aufseher seine Unterlagen gestohlen haben. Ein Unfall, nicht mehr. Zumindest besser als ein toter ehemaliger Brigadeführer der SS.«

Keine schlechte Idee. Trotzdem – etwas musste noch besprochen werden. Nikolas stemmte die Hände auf die Hüften, trat vor Bricks. »Steht in den Unterlagen, wo Luger sich aufhält?«

»Ich kann Sie beruhigen. Das tut es.«

Zumindest eine gute Nachricht. »Gut. Und was sollte der Mist bezüglich dieser Vril-Kraft?«

Nikolas hob die Zeitschrift auf, doch Bricks sah nicht einmal hin. »*None of your business*«, hauchte er gedankenverloren und las einfach weiter.

»Was?«

»Das geht Sie einen feuchten Dreck an!« Bricks schlug die Akte zu und funkelte ihn an. »Es gibt wichtigere Dinge auf dieser Welt als Marie und das kleine Versprechen einem toten Freund gegenüber.«

Natürlich. Er hätte es wissen müssen. Nikolas atmete schnaubend aus. »Sie haben das von Anfang an geplant. Sie wussten, dass ich nur mitkommen würde, wenn Sie Marie ins Spiel bringen. Was wollen Sie wirklich?«

Die Spannung zwischen den beiden Männern war beinahe greifbar. Erst als Rohn sie an den Schultern fasste, ließen sie voneinander ab. »Dafür ist jetzt keine Zeit. Die Kolonne setzt sich in Bewegung.«

Nikolas riss sich los, rannte zum Fenster. Gerade noch so konnte er die letzten Gefangenen erkennen, die über die Brücke gingen.

»Was? Wieso das?«, wollte Bricks wissen.

»Wahrscheinlich drängte der Scharführer zum Aufbruch«, entgegnete Rohn.

Bricks schlug mit der Faust gegen das Mauerwerk. »*Dammit*! Das wirkt verdächtig.«

»Dann sollten wir uns sputen.« Nikolas eilte zur Tür, öffnete sie einen Spalt und lugte hinaus. »Niemand auf dem Gang. Los jetzt!«

Doch Bricks hatte sich wieder in die Unterlagen vertieft und bewegte sich kein Stück. »Wir brauchen einen funktionierenden Fernsprecher. Rohn, haben Sie während Ihres Trinkgelages einen gesehen?«

»Das ist nicht Ihr Ernst«, schimpfte Nikolas mit gepresster Stimme. »Wir haben die Unterlagen und sollten uns beeilen, die Männer zu erreichen, damit wir den Plan in die Tat umsetzen können.«

»Um dann im Lager mal eben ein Telefon zu benutzen? Das ist lächerlich, Brandenburg. Nein, die Meldung muss jetzt erfolgen. Also, wo ist der Fernsprecher?« Er klang gehetzt und aggressiv.

Wieso waren ein paar Spinner, die in ihrer Freizeit Runen lasen, so wichtig für die Amerikaner?

»Ich habe einen älteren Tischapparat der Reichspost von Groos und Graf im Studierzimmer gesehen. Es grenzt an den Flur der Bibliothek. Wenn wir Glück haben, ist die Verbindung noch intakt.«

»Dann los«, befahl Bricks mit harter Stimme und steckte die Unterlagen in seine Hose.

Rohn nahm seine Waffe und ging vorweg. Als Bricks sich an Nikolas vorbeischieben wollte, ergriff dieser den Oberarm des Amerikaners. »Das hier ist noch nicht zu Ende.«

Bricks riss sich los. Seine Lippen formten lediglich einen dünnen Strich. »Ich hoffe doch.«

KAPITEL 8

- DER HAUCH VON WAHRHEIT -

»Wir sind zu spät.«

Rohn hätte diese Worte nicht aussprechen müssen, doch Nikolas war froh, dass überhaupt jemand eine Silbe herausbrachte. Bricks Telefonat hatte einfach zu lange gedauert. Fast 20 Minuten hatten sie in der Studierstube ausharren und mit ansehen müssen, wie Bricks aus der Akte vorgelesen, verschwörerisch geflüstert und abgewartet hatte. Er hatte sich zu einem angeblichen Onkel durchstellen lassen. Die wenigen Fetzen, die Nikolas mitbekommen hatte, waren sinnfrei gewesen. Anscheinend hatten Bricks und derjenige am anderen Ende der Leitung eine spezielle Chiffre genutzt, falls das Gespräch abgehört wurde. Bricks wirkte noch nervöser als zuvor, als Rohn die beiden Gefangenen aus der Burg eskortierte. Bei den Wachmannschaften verabschiedete sich der Hüne mit Handschlag, nicht ohne den Kommentar, nach dem Endsieg mal richtig einen draufzumachen. Allem Anschein nach hatte er in den Männern Freunde fürs Leben gefunden. Zumindest spielte er diese Tragödie gut, sie kauften ihm die Rolle vollends ab. Den Rest der Strecke legten sie im Laufschritt zurück, in der Hoffnung, die Gruppe noch vor dem Lager zu erreichen, obwohl ihnen allen bewusst war, dass dies ein hoffnungsloses Unterfangen war. Der eigentliche Plan war gewesen, die wenigen Männer auf dem Weg zum Lager zu überwältigen, sich zum Lastkraftwagen durchzuschlagen und mit allen verfügbaren Informationen nach Düsseldorf aufzumachen.

Nikolas wischte sich den Schweiß von der Stirn. Das war gründlich fehlgeschlagen. Obwohl sein Körper glühte, wurde er das Gefühl der Kälte in seinen Füßen nicht los. Mehr und mehr machte ihm die Anstrengung zu schaffen. Lange würde er das nicht mehr durchhalten. Erneut schmerzten die zwei fehlenden Finger seiner linken Hand. Als er sie berühren wollte, griff er ins Leere. Wie konnte einem etwas wehtun, was gar nicht mehr da war? Schwer atmend kämpften sie sich in das Wäldchen vor dem Haupttor, nur um festzustellen, dass ihre Finte misslungen war – sie hatten den Argwohn der Wachmannschaft geweckt.

Das Haupttor war nicht mehr wiederzuerkennen. Vielleicht hatte der Scharführer Lunte gerochen? Am gestrigen Tage noch hatte die Pforte eher der Einlasskontrolle in Lichtspielhäusern geglichen, wenn samstags die Wochenschau über die Leinwände flimmerte. Ticket abreißen, gelangweilt nicken, durchwinken. Heute war alles anders. Mehrere Mannschaftswagen parkten vor dem doppelten Stacheldrahtzaun, Befehle wurden gebrüllt, SS-Männer liefen wild umher. Der ganze Bereich war beleuchtet. Sogar die Wachtürme waren wieder besetzt und suchten mit Leuchtkegeln das Areal ab. Hunde bellten in der Dunkelheit, der Appellplatz war taghell erleuchtet. Nikolas konnte sie nur schwer erkennen, doch die schwarz-weißen Punkte, welche stramm in der eisigen Kälte dort auf kargem Stein standen und befragt wurden, waren nichts anderes als ihre Mitstreiter. Natürlich bildete er sich das ein, aber er meinte sogar, die blonden Locken von Arthur auszumachen, obwohl diese von seinem Kopf geschoren worden waren. Der Schönling mit dem feinen Gesicht, dem die Frauen zu Füßen lagen und der vor wenigen Stunden noch so herrlich gescherzt hatte. Sie hatten versagt und damit das Schicksal dieser Männer besiegelt. Diesen Fehler galt es rückgängig zu machen. Irgendwie …

»Können Sie Verstärkung anfordern?«, flüsterte Nikolas. »Vielleicht einen Luftangriff, während wir mit den Waffen aus dem Opel einen Angriff wagen?«

»Und wie sollen wir Kontakt aufnehmen?«, fragte Bricks schroff zurück. »Man kann sich nicht einfach zum Oberkommando durchstellen lassen und einen Luftschlag anfordern. Auch die Piloten setzen ihr Leben aufs Spiel. Alles muss sorgsam geplant und abgewogen werden.«

»Es wäre aber eine Möglichkeit, oder?«, pflichtete Rohn seinem Freund bei. »Wir können die Männer nicht einfach ihrem Schicksal überlassen. Bis ihr Amis hier seid, können noch Wochen vergehen.«

Nikolas berührte Bricks an der Schulter, damit dieser ihn ansah. »Vielleicht länger, wenn Hitler die Rheinbrücken sprengen lässt.«

»Glauben Sie mir, meine Herren, das wird er sicherlich.« Bricks sah wieder nach vorn. Sein Blick war zwar auf das Lager gerichtet, doch mit den Gedanken schien er weit weg zu sein. Er streichelte über die Unterlagen, die er in den Bund seiner dünnen Hose gesteckt hatte. Nur eine Kordel hielt den Stoff davon ab zu rutschen. »Begeben wir uns zu unserem Lastwagen. Dort können wir uns neu sortieren, einkleiden und etwas essen.«

»Und die Männer?«, wollte Nikolas wissen.

Ohne ein weiteres Wort zu sagen, kroch Bricks durch das Dickicht. Auch Rohn erhob sich.

»Andere Kleidung für euch wäre nicht schlecht. Etwas zwischen die Zähne und Waffen. Viele Waffen.« Die Männer nickten sich zu, dann setzten auch sie sich in Bewegung und verschwanden im finsteren Forst. Ein letztes Mal sah Nikolas zurück, auf den hell erleuchteten Fleck vor ihnen. Egal, was da gerade vor seinen Augen passierte – sie mussten etwas unternehmen.

*

»Ich könnte zur Pforte torkeln, etwas Blut im Gesicht, rumschreien, dass Gefangene geflüchtet sind, und das Gros der Truppe in den Wald führen.« Rohn war in seinem Element. Er sprach hastig, gestikulierte wild, in der einen Hand einen Laib Brot, in der anderen seine Waffe. »Wir haben noch drei Granaten. Ihr könntet euch von hinten nähern, ein Loch in den Zaun sprengen und so die Männer befreien.«

Nikolas nickte eifrig. »Wenn wir es schaffen würden, könnten wir Waffen mitbringen und anschließend mit den anderen Insassen den Trupp überwältigen, den du in den Wald geführt hast.«

Rohn riss mit den Zähnen ein großes Stück Brot ab. »Könnte funktionieren. Wenn wir nur noch ein paar Sprengfallen bauen könnten.«

Obwohl sie voller Euphorie von dem Vorhaben sprachen, wussten beide, dass dies eine Selbstmordmission der besonderen Art war. Gemeinsam hatten sie schon viel Mist erlebt, waren aus Situationen herausgekommen, in denen Nikolas schon den sicheren Tod vor Augen gehabt hatte. Ein Angriff mit drei Mann auf ein bewachtes Lager in Alarmbereitschaft war eine ganz andere Dimension. Schmerzlich wurde sich Nikolas bewusst, dass dies wahrscheinlich sein letzter Abend auf Erden sein würde.

Schnell hatten sie das mitgebrachte Essen heruntergeschlungen, sich Decken übergeworfen und die Waffen geladen. Während Nikolas und Rohn Pläne schmiedeten, hatte sich Bricks auf dem hinteren Teil der Ladefläche niedergelassen. Im kargen Schein einer Lampe studierte der Physiker unablässig die Unterlagen. Dabei kaute er Brot, Käse und ein bisschen Wurst.

»Wir haben eine Handvoll Mauser-98-Gewehren, vier ERMA-MP-40-Maschinenpistolen, drei Handgranaten und die Pistolen, die wir bei uns tragen«, resümierte Rohn und strich fast zärtlich über die vor ihnen ausgebreiteten Waffen. »Kommissar, das könnte zu wenig sein.«

»Bekommen wir woanders noch Waffen her? Unterstützung durch den Widerstand?

Rohn setzte sich ächzend auf und rieb seine verletzte Schulter. »Das Dorf ist voll mit kleinen Jungs, die die HJ-Uniform tragen. Fanatische kleine Knilche, die für Hitler durch die Hölle und zurück gehen würden.«

Nikolas erhoffte sich einen Kommentar von Bricks, vielleicht ein kurzer Wink, wie sie an mehr Männer oder Waffen kommen würden. Ein »Deus ex Machina« in Form eines Luftangriffes der Tommys. Doch der Amerikaner blieb stumm wie ein Fisch.

»Die Dorfbewohner werden uns also nicht helfen?«, wollte Nikolas wissen.

Rohn schüttelte den Kopf. »Willst du einfach an die Haustüren klopfen und um Unterstützung bitten? Sei nicht albern, Kommissar. Versetz dich in ihre Lage. Sie haben alles verloren, Luftangriffe peinigen sie und Nahrungsmittel werden von Tag zu Tag knapper. Die meisten sind froh, wenn der Krieg endlich vorbei ist, und niemand ist so dumm, jetzt noch den Mund aufzumachen und zu sterben.« Rohn biss erneut vom Brot ab und stopfte sich zusätzlich ein Stückchen Käse in den Mund. »Im Gegenteil, das macht es für uns umso gefährlicher.«

Nikolas verstand. Menschen, die nichts zu verlieren hatten, konnten alles riskieren. Doch die wenigen Übriggebliebenen hatten wenigstens noch ihr Leben. »Du meinst die alten Greise des Volkssturms und die viel zu jungen Braunhemden der Hitlerjugend?«

Rohn schluckte die kaum gekaute Masse hinab und nickte bedächtig. »Ob man sich eine Kugel von einem SS-Offizier einfängt oder durch einen Pimpf der HJ macht keinen Unterschied. Der Tod ist derselbe. Sieh es ein. Wir sind auf uns allein gestellt.«

Nikolas ergriff seine Walther PKK, die er einst von Luger überreicht bekommen hatte. Verdammt, als junger Kommissar hatte er zu dem Mann aufgesehen. Er fegte den Gedanken mit aller Macht beiseite, zog die Lampe zu sich und lehnte sich nach vorn. »Also, wir sind hier. Die Wachtürme sind nicht alle besetzt.« Auch Rohn sah nach unten, stützte sich ab. Patronen mussten als Markierungen auf der Karte herhalten, mit Brotkrummen grenzte Nikolas den Waldesrand ab.

»Wenn du es schaffst, einen großen Trupp aus dem Lager zu schleusen, und wir uns von hinten nähern …«

»… müssen wir immer noch an den Hunden vorbei.«

»Was meinst du, wie viele Hundeführer haben sie zusammengezogen?«

»Schwer zu sagen, ich sah …«

Plötzlich entgleisten Rohns Gesichtszüge. Ein dumpfer Laut drang an Nikolas' Ohren, dann klappte der Feldwebel zusammen. Klirrende Patronen rollten über die Ladefläche des Opel Blitz. Rohn regte sich kein Stück mehr.

Im zuckenden Licht der Petroleumlampe stand Bricks, den Lauf seiner Pistole fest in den Fingern. Sein Gesicht war wie in Stein gemeißelt. »Genug davon!«

Nikolas benötigte ein paar Sekunden, um zu begreifen, was gerade passiert war. Er rappelte sich auf und richtete seine Waffe auf Bricks. Seine Stimme überschlug sich beinahe. »Für wen arbeiten Sie?«

Auch Bricks hob die Pistole. »Wie ich bereits sagte: für den amerikanischen Geheimdienst. Und dafür, dass dieser Krieg nicht noch länger andauert.«

Nikolas' Herz schlug bis zum Hals. Hunderte Fragen schossen gleichzeitig durch seinen Kopf, der Lauf seiner Waffe zitterte. »Zum Teufel, was für ein Spiel ist das hier, Bricks?«

»Kein Spiel«, antwortete dieser kühl. »Allerdings musste ich diese Farce beenden. Der Angriff würde die ganze Mission gefährden. Und verstehen Sie mich bitte nicht falsch, um die Männer tut es mir leid. Es sind gute Kerle, die sich für das Richtige einsetzen, aber sie kannten das Risiko.« Er schüttelte den Kopf. »Mit drei Mann gegen eine Übermacht. Kommen Sie, Brandenburg. Wir beide wissen, wie das ausgeht.«

Sie sahen hinab zu Rohn. Nikolas fühlte mit der freien Hand dessen Puls. Er war noch am Leben.

»Keine Angst. Ihnen ist doch bekannt, dass ich in Harvard geboxt habe. Ich weiß, wie man einem Gegner ausknockt, ohne größeren Schaden anzurichten.« Er überprüfte Rohns Pupillen. »Ein paar Stunden wird er im Land der Träume bleiben und dann mit Kopfschmerzen aufwachen. Kein Unterschied zu seinen üblichen Katern.«

»So sehen Sie uns also. Als Gegner?«

»Nein.« Bedrohlich zog der Mann einen Mundwinkel nach oben. »Aber ich musste Ihre Fantasien unterbinden. Hier geht es um etwas viel Größeres.«

Nikolas schnaufte verächtlich. »Ich frage Sie nochmals: Es ging niemals um Marie, oder?«

»Zugegeben, ein positiver Nebeneffekt«, antwortete Bricks und wiegte den Kopf. »Es war einfach, Sie damit zu ködern. Elsa erzählte mir, wie schmerzlich der Bruch des Versprechens gegenüber Ihrem besten Freund für Sie ist. Das Angebot an loyalen Deutschen mit Beziehungen zum Polizeidienst ist nicht gerade groß.«

Nikolas hatte die Augen vor einer offensichtlichen Lüge verschlossen. Der Gedanke, Marie zu retten, war einfach zu verlockend gewesen. »Sie brauchen jemanden, den Sie zur Not opfern können.«

»Und der dumm genug ist, bei so einer Mission den Kopf hinzuhalten, wenn es nötig ist – ja.«

Endlich fielen die Masken. Sollte Nikolas einfach abdrücken? Diesem ganzen Drama ein Ende setzen? Zu gerne hätte er den Abzug betätigt, doch dann würde er nie Antworten erhalten. »Warum das alles? Wegen der Aufzeichnungen eines Irren?«

»Eines Irren mit besten Kontakten«, korrigierte Bricks. Die Spannung wich aus seinem Körper, als er sich auf die Bank fallen ließ wie in einen gemütlichen Sessel in einem Herrenhaus. Formvollendet schlug er die Beine übereinander und legte die Hand mit der Waffe auf sein Knie. »Wir wollen immer noch das Gleiche, wenn auch aus verschiedenen Gründen.«

»Luger.« Allein diesen Namen auszusprechen, kostete Überwindung.

»Ganz genau. Wir wussten, dass Wiligut penibel seine Aufzeichnungen hütet. Noch immer zieht Goebbels ihn zurate. Besonders, wenn es um die letzten Wunderwaffen geht.«

»Wir haben die sogenannten Wunderwaffen gesehen, Bricks. Hirngespinste, halb fertige Anlagen und Wunschträume eines sterbenden Regimes! Das Sarin-Giftgas war für den Krieg nicht geeignet, die Bombe nur ein Gedankenspiel, das alles ist Propaganda. Sie sollten das am besten wissen! Machen Sie die Augen …«

»Diese vielleicht nicht!«, unterbrach ihn Bricks schroff. Langsam legte er die Unterlagen neben sich auf die Bank. »Luger befindet sich in Oranienburg, in der Nähe des Lagers Sachsenhausen, 25 Meilen nördlich von Berlin. Er residiert in einem Haus auf dem Gelände des Werksflughafens der Heinkel-Werke.« Bricks legte die Pistole neben sich. Er kramte in seinen Sachen, holte einen Flachmann hervor und nahm einen großen Schluck. Dann wartete er ab.

Jetzt kam es auf Nikolas' Reaktion an. War es eine weitere Finte von Bricks, um ihn noch tiefer in die Hölle zu schicken? »Sie wussten das, von Anfang an.«

»Selbstverständlich. Ein Mann wie Luger hinterlässt Spuren. Die Bereitschaft der Deutschen, diesen Krieg zu beenden, nimmt von Tag zu Tag zu.«

Nikolas wurde von Schwindelgefühl befallen. Alles, was aus dem Mund dieses Amis kam, waren Lügen. Mittlerweile war er sich nicht einmal sicher, ob er wirklich der Mann war, der er vorgab zu sein. »Warum um alles in der Welt sind wir dann hier? Warum nicht direkt Oranienburg? Wieso bombardieren Ihre Freunde von der Air Force nicht einfach den Flughafen und machen alles dem Erdboden gleich?«

»Das ist nicht so einfach zu verstehen.« Augenblicklich änderte Bricks sein Verhalten. Er lehnte sich vor, atmete tief. Tatsächlich wirkte er angeschlagen, als kämpfe er mit sich selbst. »Weil ich gehofft hatte, dass es nicht wahr ist. Genug Leid für das Tausendjährige Reich, finden Sie nicht?«

Nikolas nickte zu dem Lager hinüber. »Was ist mit dem Leid der Männer dort drüben?«

»Ein kalkuliertes Risiko.«

»Wussten die Männer, warum sie hier sind?«

Bricks kaute auf seiner Lippe und nahm noch einen Schluck aus seinem Flachmann. »Ihnen wurde gesagt, dass Sie sich auf einer wichtigen Mission befinden. Informationen sammeln, den Feind auskundschaften. Die beste Lüge ist immer noch die Halbwahrheit.«

»Und Rohn, war er im Bilde?«

»Nein, natürlich nicht. Der Höllenhund hätte das Lager noch ganz alleine gestürmt, wenn ich ihn nicht aufgehalten hätte. Sie werden verstehen, dass ich das unterbinden musste.«

»Natürlich«, hauchte Nikolas voller Sarkasmus. Sein Blick fiel auf die Unterlagen. »Sie meinten, Sie hatten gehofft, es sei nicht wahr. Bricks, sagen Sie ein Mal die Wahrheit: Warum sind wir hier? Warum waren wir wirklich bei Wiligut? Doch nicht etwa wegen einer obskuren Kraft?«

Erneut dieses ungläubige Kopfschütteln, als glaubte der Doktor seine eigenen Worte nicht. »Genau deshalb.« Das Licht der Petroleumlampe flackerte, Bricks Gesicht wechselte zwischen feurigem Rot und schwarzen Schatten. »Ich hatte gehofft, dass wir in Wiliguts Unterlagen etwas finden, was diese Theorien entkräftet. Papiere, die besagen, dass Vril ein Hirngespinst ist. Eine Masche, um noch mehr Anhänger für die Thule-Gemeinschaft zu rekrutieren.«

Das konnte nicht sein, das durfte nicht sein!

»Mechanotechnik und Bio-Dynamik«, erinnerte sich Nikolas an die Inhaltsangabe des Pamphlets. »Bricks, zum Teufel, Sie sind Physiker. Ein Perpetuum mobile? Die unbegrenzte Vril-Kraft? Wie zum Teufel können Sie daran glauben?«

»Ich kann es nicht.« Der Amerikaner erhob sich, kniff die Augen zusammen. »Ich dürfte es nicht. Aber ich kann meine Augen auch nicht vor den Tatsachen verschließen.«

Nikolas spürte, wie sein Arm schwächer wurde. Dieser Bastard wusste immer noch, mit welchen Worten er ihn ködern konnte. Langsam sank der Lauf seiner Pistole. »Was für Tatsachen?«

»Beobachtungen, Brandenburg. Und ich rede nicht von Lichtblitzen, die den Nachthimmel erhellen, sondern von verifizierten Informationen aus mehreren Quellen. Flugscheiben, die schneller fliegen als eine Me 262. Wendiger, stärker, mit mehr Waffen bestückt.«

Es wurde mit jeder Minute unglaublicher. »Schneller als eine Messerschmitt? Das modernste Flugzeug der Luftwaffe?«

»Dieses Ding hat die ME 262 stehen lassen wie einen Heißluftballon«, flüsterte Bricks.

Zum ersten Mal bemerkte Nikolas etwas in dessen Stimme, was ihm gar nicht gefiel: nackte Angst.

»Und damit nicht genug«, fuhr Bricks genauso leise fort. »Nach unseren Informationen arbeiten Ingenieure der Gothaer Waggonfabrik und die Gebrüder Horten an einem Amerikabomber. Auf dem Radar nicht zu erkennen, mit unbegrenzter Reichweite und riesiger Bombenlast. Entwickelt im Sonderkommando IX, auf direkten Befehl von Luftmarschall Göring.«

Nikolas musste sich setzen. Schwäche, Leid und Bricks' bedrohliche Worte formten sich zu einer gefährlichen Mischung. Das Schwindelgefühl nahm zu. Er musste endlich schlafen, ihm war eiskalt, und zu allem Überfluss hörte er sich Ammenmärchen von einem Doktor an. Doch das Schlimmste war, dass dieser Mann es todernst meinte.

»Sie wollen diesen Flieger mit eigenen Augen sehen«, stellte Nikolas nach einer Weile fest. »Diese Scheibe studieren, Luger befragen und herausfinden, wie real die Bedrohung durch diese Vril-Kraft ist. Deshalb ist eine komplette Bombardierung ausgeschlossen.«

»Schlägt man einen Kopf der Hydra ab, wächst ein anderer nach.« Bricks setzte sich neben Nikolas. »Es nützt nichts, wenn wir ein Flugfeld zerstören, aber von einem Dutzend anderen aus diese Flugscheiben zum Großangriff auf Manhattan starten. Unsere Hinweise führen alle nach Oranienburg. Gott alleine weiß, wie viele es von diesen Dingern gibt. Ein Tier, das in die Ecke gedrängt wird, ist am gefährlichsten.« Er reichte Nikolas den Flachmann. »Haben Sie Ihre Zigaretten noch?«

Mit zittrigen Fingern griff Nikolas in seinen Rucksack mit der Zivilkleidung. Gemeinsam zündeten sie sich einen Glimmstängel an. Ein surreales Bild gaben sie ab. Vor ihnen lag der bewusstlose Rohn, sie rauchten und tranken, nicht weit von einem Lager entfernt, in dem gerade ihre Mitstreiter befragt und gefoltert wurden. Und daran konnten sie rein gar nichts ändern. Nikolas fuhr sich über das Gesicht.

»Und deshalb brauchten Sie mich. Sie wussten, dass ich Ihr Ziel genauso fanatisch verfolgen würde, wie Sie es tun.« Wo Luger war, hielt sich auch Nikolas' ehemalige Verlobte Lisa auf und, sollte sie noch leben, Marie. »Warum sollte er dort sein?«

Bricks neigte geheimnisvoll den Kopf. »Wissen Sie denn nicht, welche Position Ihr persönlicher Freund innehat? Seine Beförderung zum Sturmbannführer ist nicht ohne Grund erfolgt. Er leitete die Gruppe der Horten- und Gothaer-Ingenieure, koordiniert die Testflüge, hält Kontakt zum Oberkommando und ist Goebbels direkt unterstellt.«

Beinahe schon anerkennend pfiff Nikolas. »Ein steiler Aufstieg für einen ehemals kleinen Schutzmann aus Düsseldorf.« Er blies den Rauch gegen die Schutzabdeckung des Opels. »Diese Vril-Kraft, was kann sie? Warum haben Sie so viel Angst vor ihr?«

»Theoretisch ist alles denkbar. Ein Antrieb, eine Waffe ... oder eine Bombe, die New York in Schutt und Asche legt.«

Zumindest konnte er Bricks' Beweggründe nachvollziehen. »Also, wie geht es weiter?«

»Bebra«, war das einzige Wort, was Bricks dazu sagte.

»Noch nie gehört.«

»Ein kleiner Ort in Kurhessen, circa 70 Meilen von hier.«

»Und was ist besonders an dieser Gemeinde? Luger ist nördlich von Berlin und nicht in Kurhessen«, entgegnete Nikolas.

»Ein funktionstüchtiger Kreuzungsbahnhof.« Beinahe triumphierend lächelte Bricks. »Sogar einer der größten in der Region. Noch starten Züge in alle Richtungen. Bebra wurde bereits früh in das Diesel-Schnelltriebwagennetz der Deutschen Reichsbahn eingebunden. Für unsere Bomber ist das Dorf von minderer Priorität, aber der Bahnhof ...«

»Wenig Kontrollen, kein Frontverlauf, kaum stationierte Truppen.« Nikolas verstand, worauf Bricks hinauswollte.

»Wir können nicht einfach einen Fahrschein lösen und mit dem Zug gemütlich nach Berlin fahren. Das Militär hat absoluten Vorrang, und selbst wenn, eure Freunde von der Royal Air Force legen täglich das Streckennetz lahm.«

»Ein Risiko, mit dem wir leben müssen«, antwortete Bricks und erhob sich. Anschließend zog er sich das gestreifte Oberteil der Häftlingsuniform aus und breitete Wehrmachtskleidung auf der Bank aus. »Sonderzüge für Industrielle, hochrangige Offiziere und Unabkömmliche fahren immer noch. Das Netz wird notdürftig geflickt. Jetzt, da jeder Deutsche im totalen Kriegseinsatz in die Pflicht genommen wird, sind genug Arbeiter vorhanden.« Seine Stimme triefte vor Sarkasmus. »Nicht zu vergessen die ganzen Zwangsarbeiter, die sie seit Jahren ausbeuten.« Er zog sich ein Unterhemd an und warf Nikolas einen Sack mit Kleidung zu. »Hemden, ein Anzug, neue Schuhe. Ziehen Sie das morgen an. Wir sollten gut aussehen, wenn wir als Unabkömmliche durchgehen wollen.«

Nikolas hätte es wissen müssen. Ein kehliges Lachen drang über seine Lippen. »Das war von langer Hand geplant.«

»Natürlich. Die Operation sah vor, Wiligut zu befragen und, wenn nötig, genau diesen einen Zug von Bebra nach Oranienburg zu nehmen. Wir treffen unsere Kontaktleute am Bahnhof. Geld, Ausweise und Passierscheine inklusive. Und jetzt ziehen Sie sich die Soldatenkleidung über. Für jede Party das passende Outfit. Wenn wir noch etwas schlafen wollen, sollten wir bis zum Mittag bei unserer Kontaktperson in Bebra sein. Der Nachtzug fährt auch ohne uns.«

Nikolas schnippte die Zigarette weg, zog sich die Häftlingskleidung aus. »Und was ist, wenn wir mit dem Transporter gestoppt werden?«

»Dann sind wir tot.« Nur kurz sah Bricks hoch. »Aber wie Sie schon sagten, in der Provinz sollten sich wenig Truppen aufhalten. Mit ein wenig Glück erreichen wir die Stadt ohne größeres Aufsehen.«

Nikolas legte den Sack mit ziviler Kleidung auf den Boden und zog die Wehrmachtshose an. Das war Wahnsinn, nichts anderes! Er hielt inne. »Warum tun Sie das alles?«

»Brandenburg, ich weiß, dass Sie eine gewisse Antipathie meiner Person gegenüber empfinden.«

»Das ist leicht untertrieben«, schnaubte er.

»Doch wir haben dasselbe Ziel: diesen Krieg endlich zu beenden und den Preis dafür zu bezahlen, so hoch er auch sein mag. Wir beide haben einfach zu viel verloren.« Seine Stimme zitterte beim letzten Satz.

Zum ersten Mal blitzte bei Bricks etwas durch, was Nikolas nicht einordnen konnte. »Was haben Sie erlebt, dass Sie so ein Risiko eingehen? Ich muss Ihnen nicht erklären, was passiert, wenn wir von der Gestapo aufgegriffen werden.«

Erneut sah Bricks hoch, wartete einen Moment und zog sich dann die graue Uniformjacke eines Oberleutnants der Wehrmacht an. »Beeilen Sie sich. Die Männer im Lager werden bald schon unsere Position verraten. Bis dahin sollten wir weg sein.«

Nikolas hakte nicht weiter nach. Was lauerte hinter der Fassade des Physikers? In welche Abgründe mochte er geblickt haben? Er konnte nur erahnen, was diesen Mann antrieb. Zu oft hatte er das Gefühl, dass Bricks ihm nicht alles sagte. Es war nur ein Hauch von Wahrheit in einer Welt voller Lügen.

KAPITEL 9

- SCHARFE KONTRASTE -

Bald würde die Nacht hereinbrechen.

Kauend sah Nikolas aus dem Fenster. Nicht mehr lang und es war so weit.

»Noch etwas Tee?« Die Frau gab sich wirklich Mühe, ihre Gäste zu verwöhnen.

»Gerne, Frau Schneider.« Schnell trank Nikolas den letzten Schluck und hob die Tasse, damit sie nachfüllen konnte. Sogar ein Lächeln rang sie sich dabei ab.

Für einen Moment schloss Nikolas die Augen und genoss den bitteren Geschmack auf seiner Zunge. Echter Tee aus richtigen Porzellantassen schmeckte um ein Vielfaches besser als jegliche Ersatzprodukte, welche die Deutsche Arbeitsfront vorschlug. Selbstverständlich waren auch in der Küche der Familie Schneider drei Kochbücher der DAF zu finden. Ganz so, wie es sich für aufrechte Deutsche gehört, dachte Nikolas und nahm sich noch ein Plätzchen. Zimtsterne ohne Mandeln und Nüsse, dafür mit synthetischem Zimtersatz. In Kriegszeiten war alles so weit rationalisiert worden, dass man auf im Reich hergestellte Produkte zurückgreifen müsste. Pfefferersatz, Zimtersatz, Kaffee-Ersatz – alles aus dem Hause Müller & Peemüller. Nikolas wollte gar nicht wissen, wie die Umsätze des Lebensmittelherstellers aussahen. Dessen braunen Tütchen waren schon seit Jahren aus keinem Haushalt mehr wegzudenken. Die meisten Menschen litten, doch wenige profitierten sogar vom Krieg.

Nikolas schüttelte den Kopf und genoss die Zimtsterne trotzdem. Selbst wenn sie nicht mal im Ansatz so schmeckten wie bei seiner Mutter damals.

»Soll ich den Herren auch noch nachschenken?«, wollte Frau Schneider in Richtung Bricks und Rohn wissen. Ihr fülliger Körper wippte dabei mit jeder Bewegung.

Bricks winkte freundlich ab, während Rohn auf die Tischplatte starrte, nickte und sich weiter belegte Brote in den Mund schaufelte. Die Schneiders hatten anscheinend ihre letzten Reserven geplündert. War es Angst, die sie umtrieb? Oder die Versprechungen von einem Leben nach »Der Partei«? Herr Schneider saß zwar mit ihnen am Tisch, sagte aber kein Wort und beobachtete seine illustren Gäste. Nikolas wusste nicht viel von dem Mann. Laut Bricks war er erst spät Mitglied geworden, hatte einen Sohn an der Westfront und zwei in Stalingrad verloren. Die Schneiders besaßen eine Schenke unten im Wohnhaus, und als sie vor zwei Jahren fälschlicherweise als Juden bezeichnet worden waren, hatte die Bevölkerung mithilfe der SA aus dem Interieur Kleinholz gemacht. Erst zwei Tage später hatte die Sache aufgeklärt werden können, und doch, ein Makel blieb. Also engagierte sich Schneider besonders in der örtlichen Partei, war sogar zum Schriftführer aufgestiegen. Als der Widerstand mit ihm Kontakt aufgenommen hatte, schien er beinahe erleichtert zu sein. Sah er so die Möglichkeit, sein Gewissen zu reinigen? Oder war es eine willkommene Möglichkeit, vorzusorgen für die Zeit nach dem Krieg, wenn der Amerikaner das Sagen haben würde? Nikolas überlegte einen Moment lang, was sie ihm wohl versprachen. Ein Posten als Beamter in der neuen Regierung? Grundstücke oder gar Geld? Vielleicht würde es Deutschland auch gar nicht mehr geben. Das Rheinland, eine Provinz des Vereinten Königreichs – alles war möglich. Zumindest die Schneiders hätten dann vorgesorgt.

Lediglich die Tatsache, dass Bricks diesem Mann vertraute,

ließ Nikolas so ruhig an diesem Tisch sitzen, von dem aus sie einen perfekten Blick auf den Bebraer Bahnhof hatten. Der beleibte Mann mit dem Vollbart und den karger werdenden Haaren, die er sich sorgsam nach hinten gekämmt hatte, sah besorgt aus. Wahrscheinlich würde er drei Kreuze machen, wenn sie am Abend endlich sein Haus verließen. Immerhin beherbergte er drei Verbrecher, auf die der Galgen wartete.

Nikolas nahm die Tasse mit der linken Hand und hatte Mühe, nichts zu verschütten. Alles war anders mit nur drei Fingern. Frau Schneider hatte seinen Verband erneuert. Auch dabei hatte sich Nikolas die Stümpfe nicht ansehen wollen. Er fragte sich, wie lange er diesen Moment noch hinauszögern konnte.

Rohn sah mitgenommen aus. Den hinterrücks ausgeführten Schlag hatte er Bricks nicht verziehen. Schon vier Stunden später war er aufgewacht und hatte mit beiden Fäusten gegen die Metallbegrenzung des Opels getrommelt. Laut schreiend hatte er darauf bestanden, dass sie umdrehten und einen Versuch wagten, die Männer zu befreien. Es hatte die gesamten Überredungskünste von Bricks und Nikolas benötigt, um Rohn schließlich zu beruhigen. Gerade rechtzeitig, als sie die erste Kontrolle passierten. Erneut war Fortuna ihnen hold gewesen, denn die Soldaten hatten sie durchgewinkt, als sie erkannt hatten, dass Offiziere vorn im Wagen saßen. In den frühen Morgenstunden hatten sie endlich Bebra erreicht, leicht zu erkennen an der markanten Lage am Fuldaknie. Die Stadt schien vom Krieg weitestgehend verschont geblieben zu sein. Zumindest bis vor sechs Wochen, als Bomber den so wichtigen Bahnhof ins Visier genommen hatten. Aufgrund der Wetterlage hatte die todbringende Fracht ihr Ziel verfehlt. Das traurige Fazit waren drei zerstörte Kirchen, 43 gesprengte Wohnungen und der Tod von Dutzenden Menschen. So zumindest hatte es Frau Schneider berichtet, bevor diese sie in den Keller geführt hatte, wo sie den Tag über endlich etwas Schlaf hatten finden können. Ihre Gastgeber hatten darauf bestanden, dass sie sich frühestens in der Dämmerung am Nachmittag in der Wohnung aufhalten durften. Erst als Herr Schneider die Fensterbretter geschlossen hatte, hatten sie am Tisch Platz genommen. Ein Spalt musste reichen, um den Bahnhof im Auge zu behalten.

Es war eine Wohltat gewesen, endlich zu duschen und die frische Kleidung anzuziehen, die Bricks für sie besorgt hatte. Nikolas' dunkler Anzug saß perfekt, als hätte der Amerikaner diesen für ihn maßschneidern lassen. Rohn wirkte in dem edlen Stoff eher wie ein Halunke, der Geld für eine Größe der Unterwelt eintrieb. Mit solchen Leuten hatte Nikolas es in Düsseldorf oft zu tun gehabt. Sie konnten anziehen, was sie wollten, und sahen immer noch so aus, als würden sie einem gleich den Hals umdrehen. Das komplette Gegenteil war Bricks. Auch sein Anzug schmiegte sich wie eine zweite Haut an seinen Leib. Nachdenklich trank er seinen Tee, den er mit etwas Whiskey verfeinert hatte.

»Und die Züge kommen pünktlich?«, wollte Bricks wie aus dem Nichts wissen.

Schneider nickte. »Der Bahnhof wird immer wichtiger.«

Die Stimme des Mannes war brüchig. Nikolas konnte es ihm nicht verübeln. Er selbst hatte aufgehört zu zählen, wie viele Bahnhöfe und Streckenabschnitte mittlerweile zerstört worden waren. Ein funktionierendes Schienennetz war selten, noch dazu mit einem großen Rangierbahnhof. Die Reichsbahn würde nun immer mehr Züge über Bebra und die Strecke bis Hannover und Berlin umleiten, bis der kleine Ort auf der Prioritätenliste der Lancaster-Bomber ganz oben war. Gefährlich, wenn das eigene Hab und Gut nur einen Steinwurf von den Gleisen entfernt lag.

»Wann treffen wir auf unsere Kontaktpersonen?«, flüsterte Nikolas leise über den Tisch.

Sofort erhob sich Schneider und entfernte sich nach unten, damit sie ungestört reden konnten. Die beste Lüge war immer noch die halbe Wahrheit, dachte Nikolas und erinnerte sich an etliche Verhöre, die er selbst geführt hatte. Nur so konnte man glaubhaft leugnen.

»Gegen 18 Uhr«, antworte Bricks, nahm den Henkel der Tasse zwischen Daumen und Zeigefinger und setzte das Porzellan an die gespitzten Lippen. »Nach meinen Informationen soll um dieselbe Zeit ein ganz spezieller Nachtzug hier eintreffen. Unterstützt und gefördert vom Oberkommando, auf direkten Befehl von Dorpmüller.«

Wenn der Generaldirektor der Reichsbahn sich persönlich dafür eingesetzt hatte, dass der Zug fuhr, musste es wichtig sein. Immerhin war Julius Dorpmüller nicht irgendwer, sondern ein Mann mit den besten Verbindungen, er besaß Kontakte bis in die Kanzlei des Führers.

»Der Zug steht unter besonderem Schutz der Wehrmacht. Wir haben also mit vielen Uniformträgern zu rechnen. In ihm werden sich ausschließlich Gäste befinden, die gute Verbindungen zur Partei haben oder selbst hochrangige Mitglieder sind.« Bricks schwenkte seinen Löffel, als dirigiere er ein Orchester. »Nennen Sie es eine Evakuierung von Industriellen, wichtigen Geschäftspartnern und Militärs vor den bösen Amis und dem unheimlichen Griff des Kapitalismus.«

Es sollte witzig klingen, doch Nikolas war beileibe nicht zum Lachen zumute. Rohn war auf Bricks sowieso nicht gut zu sprechen, sodass der Amerikaner allein auflachte. Erneut sah Nikolas aus dem Fenster. Er wollte gar nicht wissen, was sie erwartete. Innerhalb der nächsten Minuten würde er es ohnehin herausfinden.

*

Auf dem leeren Bahnsteig hinterließen ihre Schuhe Spuren im Schnee. Nikolas wurde das Gefühl nicht los, dass die Mäntel ihrer Zivilkleidung nicht einmal im Ansatz Wärme spendeten. Würde dieser viel zu dunkle Winter denn nie aufhören?

»Unser Zug fährt ein.« Rohn hatte seinen Hut tief ins Gesicht gezogen und starrte in die Dunkelheit vor ihnen.

Erst etliche Sekunden später entdeckte auch Nikolas ein schwaches Licht, welches sich von Weitem näherte. Aufgrund der Verdunkelungsmaßnahmen fuhren die Züge wegen der geringen Sichtweite nicht mit voller Kraft – wenn sie denn überhaupt rollten.

»Das ist nicht Ihr Zug.« Schneider hatte sich zurückgezogen, stand einige Meter entfernt von ihnen. Es machte den Anschein, als wollte er nichts mit den drei Herren zu tun haben, die ohne Gepäck etwas hilflos wirkend am Bahnsteig lungerten und deren Hände tief in den Taschen vergraben waren.

»Woher wissen Sie das?«, erkundigte sich Bricks mit kalter Stimme und kniff die Augen zusammen.

Schneider sah nicht einmal hin, als der Zug näher kam. »Ist ein Gefangenentransport«, erläuterte er und blies sich warme Luft in die Hände. »Die klingen anders.«

Wenn man jahrelang neben einem Bahnhof wohnte, entwickelte man allem Anschein nach ein besonderes Gehör für Züge. Schneider war kurz angebunden, wirkte traurig, niedergeschlagen. Als ob er ahnen würde, was noch kommen könnte. Umso mehr überraschte es Nikolas, als er sich dann doch einige Schritte auf sie zu bewegte.

»Gehen Sie zurück. Der Zug wird sehr langsam, wenn er durch den Bahnhof fährt.«

Lächerlich, dachte Nikolas und blieb stehen. Auch Rohn und Bricks reagierten nicht auf die Aufforderung, sondern starrten weiterhin gebannt auf das näher kommende Licht.

Die weiten Wälder von Bebra schluckten jedes Geräusch. Erst als der Zug in den Bahnhof einfuhr, drang das Schnaufen der Dampflokomotive an ihre Ohren.

»Eine DR-52«, erklärte Schneider mit respektvollem Abstand. Seine Stimme wurde lauter, die Augen glänzten beim Anblick des Kolosses. »Wird nur noch nachts gefahren, damit sie von den Bombern nicht so leicht zu erkennen ist. Man sieht die Verdunkelungsblenden auf den Loklaternen. Früher fuhren Dutzende von denen durch den Bahnhof.«

Dies alles interessierte Nikolas nicht. Er hörte dem Mann nur mit halbem Ohr zu. Er trat näher an die Gleise heran. Helligkeit im Bahnhof war beinahe nicht existent, nur drei abgeklebte Lampen spendeten ein wenig Licht. Es sah so aus, als seien die einzelnen Waggons beschädigt. Spitze Metallstäbe ragten aus den Viehtransportern heraus. Nikolas trat noch näher. Nein, das waren keine Stäbe. Es waren Arme. Arme von lebenden Menschen.

Der Zug wurde so langsam, dass man ihn im Gehen leicht hätte überholen können. Nur kleine, mit Stacheldraht gesicherte Fenster gewährten Einblick ins Innere der Wagen. Anscheinend nahmen die Menschen drinnen ihn auch wahr. Erst waren es nur vereinzelte Rufe, voller Verzweiflung, doch bald schon wurde der Geräuschpegel ohrenbetäubend. Die Menschen streckten ihre Arme durch die Fenster, rissen sich die Haut am Stacheldraht auf. Es schien ihnen egal zu sein. Sie riefen nach Essen, etwas Wasser, einem Stück Stoff, um sich vor der Kälte zu schützen. Nikolas konnte nur für einige Herzschläge in verschiedene Augenpaare blicken. Nichts anderes als pure Angst um ihr Leben war darin zu lesen. Es waren so viele …

Hände griffen nach ihm, versuchten, ihn zu erreichen. Zwei bekamen ihn zu fassen, rissen ihn mit. Gerade so konnte er sich fangen und losreißen. Er duckte sich weg, kramte in seinen Taschen: Zigaretten, die Ausweise, etwas Geld, eine halb leere Streichholzschachtel. Nichts, womit er den Menschen helfen konnte.

Rohn und Bricks hatten bereits Abstand genommen. Mit offenen Mündern beobachteten sie, wie die Menschen an ihnen vorbeifuhren. Selbst die hartgesottenen Militärs hatten so etwas noch nicht gesehen.

»Haben wir irgendetwas, das wir ihnen geben können?« Nikolas blickte seine Mitstreiter Hilfe suchend an.

Sie wühlten in den Mänteln. Bricks schüttelte den Kopf, doch Rohn hatte daran gedacht, sich für die Reise mit Butterbroten einzudecken. Mit weit ausgestrecktem Arm hielt er das harte Brot den Menschen entgegen. Sofort wurde es ihm entrissen und schnell durch das Fenster gezogen. Die Rufe wurden so laut, dass Nikolas kurz davor war, sich die Ohren zuzuhalten. Während er Rohn dabei beobachtete, wie dieser den Gefangenen Nahrung reichte, näherte sich der letzte Waggon. Plötzlich wurde er von Händen gepackt. Sie rissen an seinem Hut, griffen ihn am Hinterkopf. Weitere Finger hielten seinen Mantel fest. Fast wurde ihm dieser ausgezogen, als die Massen ihn mitschleiften. Die Gleise kamen näher, und seine Füße fanden keinen Halt auf dem schneebedeckten Bahnsteig. Nur noch wenige Meter und er würde auf die Gleise fallen, wo die rollenden Tonnen ihn zermalmen würden. Panik erfasste ihn. Nikolas schlug um sich, hieb die Hände von seinem Körper weg. Gerade so bekamen Bricks und Rohn ihn zu fassen und konnten ihn im letzten Moment festhalten. Nikolas' Herz raste, als er an Rohns Schulter gelehnt den letzten Waggon passieren sah.

Die drei sagten kein Wort. Nur Schneider ging behäbig den Bahnsteig entlang, hob Nikolas' Hut auf und reichte ihm diesen. »Ich habe doch gesagt, dass Sie zurücktreten sollen.«

Hastig zog Nikolas Luft in seine Lungen. Wut überkam

ihn wie ein Traum, der ihn verfolgte und sich für immer tief in seine Erinnerungen fressen sollte. Noch immer sah er dem Zug hinterher, während Rohn ihm auf die Schulter klopfte. »Wenn wir Erfolg haben, ist es bald vorbei.«

Sie durften nicht versagen. Wenn eine Nation zu so etwas fähig war, konnten sie es sich einfach nicht erlauben zu scheitern. Die Zivilbevölkerung hatte nichts mehr: kein Brot, kein Obdach, oftmals keine Familie mehr. Doch was den Menschen in diesen Zügen widerfuhr, konnte der Allmächtige nicht vorgesehen haben. Das war falsch, so falsch wie überhaupt nur etwas auf dieser Erde sein konnte.

»Sie verlegen die Insassen in andere Lager. Es ist ihre letzte Reise«, erläuterte Schneider tonlos, wieder an seiner alten Position verharrend. »Diese Züge kommen jetzt oft. Viel zu oft.«

Es dauerte, bis Nikolas sich gefangen hatte und sich mit zittriger Hand eine Zigarette ansteckte. Die Minuten vergingen, ohne dass ein Wort gesagt wurde. Rohn, der alte Haudegen, von dem Nikolas gedacht hatte, dass er schon alles gesehen hatte, schlurfte nachdenklich durch den Schnee. Den Hut hatte er jetzt so tief ins Gesicht gezogen, dass Nikolas nicht einmal seine Augen sehen konnte. Dachte er an die Menschen im Zug, an die, die sie im Lager zurücklassen mussten, oder an das Ende, welches unweigerlich näher kam?

Auch Bricks hatte sich in seine eigenen Gedanken zurückgezogen. Etwas abseits stand er auf dem Bahnsteig, sich mit einer Hand am Kinn reibend. Welche Geheimnisse verbarg dieser Mann? Nikolas war sich nicht einmal sicher, ob er es wissen wollte.

Schneider lehnte indes an der Backsteinwand des Bahnhofsgebäudes. Es war ihm anzusehen, dass er die unliebsamen Gäste so schnell wie möglich in den Zug steigen sehen wollte, damit er seine Aufgabe als erfüllt ansehen konnte und bekam, was Bricks ihm auch immer versprochen hatte.

Nikolas schnippte den Stummel weg. Allmählich füllte sich der Bahnhof. Es war, als hätten die Menschen nur darauf gewartet, dass der Gefangenentransport die Stadt passierte, um danach in die Dunkelheit der Nacht treten zu können. Augenblicklich stieg seine Nervosität an. Dies waren nicht irgendwelche Soldaten, die Schutz und Heil woanders suchten. Es waren hochrangige Offiziere mit ihrer Entourage. Wehrmacht, SS, SA, alles war dabei, was auch nur ansatzweise Beziehungen hatte. Mindestens zwei Dutzend Menschen bevölkerten plötzlich diesen so wichtigen Knotenpunkt.

»Ich verabschiede mich«, hauchte Schneider leise und von ihnen abgewandt. Ohne ein weiteres Wort zu verlieren, bog der Mann um die Ecke. Eine kluge Entscheidung. Alles war besser, als mit ihnen gesehen zu werden.

»Ganz schön viel Eichenlaub.« Rohn war wieder zu sich gekommen und gesellte sich zu Nikolas.

Der nickte still. Auch er sah die Schulterstücke auf den dicken Wehrmachtsmänteln blitzen. Die Eichenlaubhalbkränze mit den Schwingen waren deutlich in der Überzahl. Leutnants, Majore, Oberste, er meinte sogar, einen Oberführer der SS auszumachen. Hinzu gesellten sich etliche Zivilisten in teurer Pelzkleidung. Industrielle oder erfolgreiche Geschäftsleute samt Familien. Kinder spielten auf dem Bahnsteig, einige versuchten gar, einen Schneemann zu bauen, während sie auf den Sonderzug warteten. Gut, dass Nikolas, Rohn und Bricks durch ihre Kleidung zumindest einigermaßen den Anschein erweckten, als gehörten sie zu ihnen. Nikolas machte ein paar Schritte nach vorn, schlug den Kragen seines Mantels um. Nicht jeder sollte sein Gesicht sofort erkennen können. Als er sich zu Rohn umdrehen wollte, traf ihn ein Schlag an der Schulter.

»Oh, Verzeihung!«

Nur mit Mühe konnte Nikolas sich auf den Beinen halten. Seine Wut schluckte er sofort runter, knallte die Hacken zusammen und hob den rechten Arm. »Nichts passiert, Herr Oberstleutnant.« Der andere Mann hatte feine Gesichtszüge, dazu ein markantes Kinn. Blonde Spitzen lugten an der Seite unter seiner Schirmmütze hervor, die er zur Begrüßung anhob und damit den Blick auf militärisch zurückgekämmte Haare freigab. Ein dicker Mantel der Wehrmacht schützte ihn vor der Kälte. Begleitet wurde der Offizier von zwei Soldaten. Anscheinend seine persönliche Leibgarde oder ihm abgestellte Männer.

»Das freut mich«, sagte der Mann und klopfte Nikolas auf die gestoßene Schulter. Sofort drang diesem der Geruch von neuen Lederhandschuhen in die Nase. Der Offizier lächelte einladend. »Wie es aussieht, nehmen wir denselben Zug. Ost oder West?«

Nikolas hatte nicht die geringste Ahnung, was der Kerl von ihm wollte. Inständig hoffte er, dass er einfach weitergehen und er ihn nie wieder zu Gesicht bekommen würde. »Wie meinen?«

»Ihre Hand«, sagte der Oberstleutnant und deutete nach unten.

Nikolas versteckte den Arm hinter seinem Rücken. Die Kragenspiegel des Mannes blitzten bedrohlich im kargen Licht, dazu schimmerte der goldene Stern auf den Schulterstücken des Mannes. Die zwei Soldaten waren jeder mit einer MP 40 ausgestattet. Noch standen sie gelangweilt auf dem Bahnsteig, in gebührendem Abstand zu ihrem Chef. »Ähm, das ist nicht so einfach …«

»Weder noch.« Bricks' Ton war beinahe unterwürfig, er machte sich kleiner, als er war, und senkte das Gesicht. »Dörper & Dunkel Sanitärtechnik, habe die Ehre! Mein Name ist Hans Dörper, das ist Adolf Dunkel.« Dabei schüttelte er die Hand des Mannes.

»Sanitärtechnik?«, hakte der Offizier nach. »Das ist ja interessant.«

»Unbedingt! Mein Geschäftspartner war bei einem unserer Aufträge etwas unvorsichtig. Wissen Sie, viele unsere Mitarbeiter verteidigen heldenhaft unser Vaterland. Da müssen selbst die Chefs noch mal ran.« Bricks deutete auf Nikolas' Hand. »Man kommt hinter dem Schreibtisch natürlich allmählich aus der Übung, und da ist es wohl passiert.«

Der Oberstleutnant nickte. »Aha, und was …?«

»Alles!« Bricks grinste über beide Wangen. »Vom Klosett bis zu den Armaturen. Wir versorgen ganze Städte mit unserer Technik. Auch in der Nacht und selbst am heiligen Sonntag!« Bricks lehnte sich zu dem Offizier. »Wenn es plitscht und platscht, kommen Dörper und Dunkel.« Er lachte hell und künstlich auf, klopfte dabei Nikolas auf den Arm. »Nicht wahr?«

Dieser musste alle Kraft aufwenden, um mit Bricks über diesen albernen Spruch zu lachen, den er sich wahrscheinlich schon lange ausgedacht hatte.

Endlich kicherte auch der Offizier. »Vorzüglich meine Herren, wirklich.« Er hielt sich die behandschuhten Finger vor die schneeweißen Zähne. »Ein absoluter Gassenhauer … Wenn es plitscht und platscht … Das bleibt direkt im Ohr. Oberstleutnant Marius von Stauden. Ich freue mich sehr, Ihre Bekanntschaft zu machen. Solch Fahrten können mitunter recht ermüdend sein, wenn man nur mit Gefolge unterwegs ist.« Nikolas hätte schwören können, dass er dabei kurz Rohn ansah, bevor er sich wieder auf ihn fokussierte.

»Sagen Sie, kenne ich Sie irgendwoher? Ihr Gesicht kommt mir seltsam bekannt vor.«

»Ausgeschlossen«, antwortete Nikolas. Verdammt, hatte der Offizier etwas bemerkt? »Es sei denn, Ihr Klosett ist des Öfteren verstopft.«

Ein Schmunzeln ging über das Gesicht des Offiziers. Anscheinend verfolge er den Gedanken nicht weiter. »Reisen Sie alleine?«

»Selbstverständlich nicht«, antworte Bricks. »Unsere Gattinnen sollten eigentlich schon eingetroffen sein. Aber sie kennen ja die Frauenzimmer. Immer ein wenig zu spät.«

»Oh, da sagen Sie was, verehrter Herr Dörper. Es hatte wohl einen Grund, warum der liebe Gott die Frauen kurz vor Toresschluss gemacht hat.«

Wieder lachten die beiden. Kaum zu glauben, dass dieser Oberstleutnant von Stauden auf die überkandidelte Art von Bricks ansprang. Andererseits musste man dem Amerikaner lassen, dass er ein überaus geschickter Spieler war, dessen Show an Perfektion grenzte. Noch bemerkenswerter war allerdings, dass er seinen Akzent fast gänzlich unterdrückte und die Worte so schludrig und lang gezogen aussprach, dass man fast meinen könnte, er stamme vom Niederrhein.

»Der Zug fährt ein, Herr Dörper«, sagte Rohn und legte seine Pranke dabei auf Bricks' Schulter. Die Botschaft war klar – er sollte nicht den ganzen Bahnsteig mit dem lauten Gelächter unterhalten. Auch wenn dieser genau das gerade für die beste Taktik zu halten schien.

»Vielen Dank, Heinz.« Mit dem Daumen deutete er auf Rohn und wandte sich wieder an von Stauden. »Einer unserer Arbeiter. Nicht ganz helle, aber er schuftet wie ein Brauereipferd.« Bricks hielt die Hand vor seinen Mund, tat so, als würde er dem Offizier ein Geheimnis anvertrauen. »Und oftmals riecht er auch so.«

Gemeinsam amüsierten sie sich über diesen Scherz. Nikolas rang sich erneut ein Lächeln ab, nur Rohn verzog keine Miene und tat so, als hätte er die Worte nicht vernommen.

»Nun, dann sehen wir uns bestimmt später, meine Herren.« Von Stauden deutete einen Diener an, griff sich dabei an die Schirmmütze und ging, von den Soldaten eskortiert, zur Mitte des Bahnsteigs.

Nikolas drehte sich um. Erneut schimmerte das Licht der Lokomotive nur ganz undeutlich in der Nacht.

»Adolf Dunkel?«, wollte Nikolas an Bricks gewandt wissen.

»Wir sollten bei unseren Decknamen bleiben, sonst verplappern Sie sich noch. Das können Sie sich einfach besser merken, nehme ich an.«

»Sehr zuvorkommend«, antwortete Nikolas, den kleinen Seitenhieb einfach übergehend. »Gut, dass der Kerl weg ist. Von Sanitäranlagen habe ich leider Gottes nicht die geringste Ahnung.« Die Bahn kam näher. Das metallische Quietschen der Bremsen ließ sie ihre Gesichter verziehen. »Wo sind unsere Fahrtkarten?«

Mehrmals sah Bricks sich um. Er wirkte nunmehr nervös. »Die haben unsere Kontaktleute. Was meinen Sie, an wie vielen Türen wir klopfen mussten, um die Fahrkarten zu bekommen, und wie viel Einfluss nötig war, einen Eintrag auf dieser speziellen Liste zu bekommen.«

»Und Sie haben diesen Einfluss?«, knurrte Rohn, selbstredend noch immer nicht gut auf den Amerikaner zu sprechen.

Bricks schnalzte mit der Zunge. »Sagen wir mal so, auch die Bereitschaft der Reichsbahn nimmt ab, diesen Krieg zu unterstützen. Trotzdem wäre es förderlich, wenn sie langsam eintreffen würden, wir wollen schließlich kein Aufsehen erregen.«

Zuerst glaubte Nikolas an einen Scherz. Zu seinem Bedauern blieben Bricks' Züge starr. »Ist das Ihr Ernst? Und das sagen Sie uns jetzt?«

»Leider ja«, entgegnete er. »Ich wollte Sie nicht beunruhigen.«

Allmählich kam die Lokomotive zum Stehen. Die Männer gingen direkt auf den ersten Waggon zu. Nikolas hatte

Mühe, seine Stimme zu dämpfen. »Hier stehen überall Offiziere aus allen Institutionen, Dutzende Soldaten gehören zum Gefolge dieser Männer, und wir sind gesuchte Kriegsverbrecher. Glauben Sie mir, ich bin bereits dezent beunruhigt.«

»Und was machen wir jetzt?« Rohn ließ seine Fingerknochen knacken. »Mit Gewalt wäre alles umsonst.«

»Deshalb versuchen wir es mit Diplomatie«, entgegnete Bricks und hielt federnden Schrittes auf die Tür zu. Nikolas folgte mit etwas Abstand. Dieser Wagen … Er hatte etwas Ungewöhnliches an sich. Sofort stieg ihm der süßliche Qualm einer Pfeife in die Nase, und er roch Alkohol. Die Fenster der Waggons waren mit schwarzen Leinentüchern verhängt, doch Nikolas konnte durch einen kleinen Spalt lugen. Das Fenster war minimal geöffnet, Frauenlachen drang gedämpft nach draußen. Mehrere Männer prosteten sich zu, das Geräusch von klirrenden Gläsern folgte.

»Was geht hier vor sich?«

»Ich sagte doch, ein Sonderzug, direkter Befehl von Dorpmüller.« Bricks schüttelte angewidert den Kopf. »Sie denken doch nicht etwa, dass es diesem reichen Pack an irgendetwas mangelt.«

Für einen Moment glaubte Nikolas, Bricks würde gleich auf den Bahnsteig spucken, doch selbstverständlich ziemte sich das nicht für einen Doktor aus Harvard. Ganz davon abgesehen, wurde Nikolas das Gefühl nicht los, dass auch die Familie Bricks nicht von der Hand in den Mund lebte.

Der Zug war nun endgültig zum Stehen gekommen. Ganz leise vernahm er einen schmutzigen Herrenwitz, dann wieder lautes Gelächter. Als der Kontrolleur die Tür öffnete, grinste er breit. Der Mann war weit über 40, flankiert von zwei jungen Soldaten mit Maschinenpistolen. Drei silberne Sterne auf dem Schulterstück der Uniform wiesen ihn als einen Reichsbahnassistenten aus. Drei weitere Soldaten lungerten im Inneren des Zuges herum, wie Nikolas durch die geöffnete Tür sah, und buhlten um die Gunst einer jungen Dame des BDM. Dorpmüller hatte gut für seine kostbare Fracht gesorgt. Im Schnauzbart des Kontrolleurs waren Spuren von Bierschaum auszumachen. Seine Nase war rot und er schwankte bedrohlich, als er auf den Bahnsteig trat, die Soldaten neben ihn.

»Vornehm geht die Welt zugrunde«, flüsterte Bricks und lächelte genauso dümmlich, wie er es eben bei dem Offizier getan hatte.

Das musste ein Traum sein. Ein schrecklicher Albtraum voller grotesker Geschichten. Es war noch nicht allzu lange her, dass genau auf diesen Gleisen ein Zug entlanggefahren war, dessen Insassen wie Vieh eingesperrt gewesen waren. Und hier feierten sie mit römischer Dekadenz das nahende Ende des Krieges – ihren eigenen Untergang.

»Aber richtig nobel«, bekräftigte Nikolas leise und stellte sich neben Bricks. Dabei lächelte er so freundlich, wie er es eben noch aushalten konnte, ohne sich direkt übergeben zu müssen. Noch bevor er zuordnen konnte, von welchem deutschen Dichter diese Textzeile stammte, hielt der Mann in seiner blauen Dienstuniform der Reichsbahn schon die Hand auf.

»Fahrscheine und Namen, bitte.«

»Hans Dörper, mein Geschäftspartner Adolf Dunkel, guten Abend. Wir müssten auf der Liste stehen.«

Der Reichsbahnassistent fuhr mit dem Finger sein Klemmbrett ab, nickte und rieb sich erneut die Nase. »Ja, stehen drauf.«

»Gut, dann ist ja alles in Ordnung.« Bricks' Stimme war fest. Er wirkte selbstbewusst, als er den ersten Schritt auf die Stufe setzte.

»Herr Dörper, ich bräuchte trotzdem noch die Fahrscheine.«

Die Hand des Mannes hielt Bricks auf. Innerlich verfluchte Nikolas die bürokratische Korrektheit der Reichsbahn in einer in sich zerfallenden Welt. »Ist das wirklich nötig? Wir stehen doch auf der Liste. Was wollen Sie denn noch?«

»Verzeihung, Herr Dunkel, aber die Fahrscheine sind persönlich abgezeichnet und mit einer Prüfziffer versehen.« Der Ton des Kontrolleurs war gleichgültig, Nikolas meinte fast, Langeweile herauszuhören. »Am Ende der Fahrt werden diese gesammelt übergeben. Wenn Fahrscheine fehlen, fällt das auf mich zurück, denn ich habe Order, alles genau zu kontrollieren.« Er zuckte mit den Schultern, sah dabei zu, wie seine Kollegen die Menschen nach und nach in die anderen Waggons ließen. »Sie werden sicherlich verstehen, dass diese Art von Passagierzug nicht mehr oft verkehrt. Vor allem, weil das Militär absoluten Vorrang hat. Die Sicherheitsmaßnahmen sind deshalb nötig.«

Warum um Himmels willen hatten sie an so einen Bürokraten geraten müssen?

»Selbstverständlich verstehe ich das«, antwortete Bricks. Jetzt war auch er verunsichert. »Unsere Frauen müssen die Fahrscheine verlegt haben. Sie wissen ja, wie die Damen manchmal sind.«

»Nein, weiß ich nicht«, antwortete der Mann kühl. »Meine Gattin schmiert mir seit Jahrzehnten um Punkt 6 Uhr meine Stulle, verlegt nie etwas und heftet alles ordnungsgemäß ab.« Er zuckte erneut mit den Schultern. »Gerade wenn es sich um so wichtige Dokumente handelt.«

Für eine Sekunde lief der Alltag der beiden vor Nikolas geistigem Auge ab. Frau und Herr Überkorrekt. Er lächelte. Schon komisch, an was man in Situationen dachte, wenn einem das Herz bis zum Hals schlug. Die Soldaten traten näher, zogen halb interessiert, halb vorsichtig die Augenbrauen zusammen und nahmen ihre Maschinenpistolen von den Schultern. Zwei Familien standen hinter Nikolas und Bricks, begannen, die Situation kritisch zu beäugen. Rohn postierte sich bereits etwas abseits und griff in seine Manteltasche. Nicht schwer zu erraten, dass er gerade den Schaft seiner Sauer-Pistole befühlte.

»Was ist hier los?«

Dieser Knilch hatte ihnen gerade noch gefehlt. Mit seinem perfekten Lächeln und hinter dem Rücken verschränkten Armen gesellte sich Oberstleutnant Marius von Stauden zu der Gruppe.

»Den Herren fehlen die Fahrscheine«, antwortete der Reichsbahner so lustlos wie korrekt.

Bricks wirkte nun immer hilfloser. »Sie wissen, unsere Frauen müssen diese verlegt haben.«

»Das ist schlecht.« Plötzlich war der Offizier nicht mehr so freundlich. Quälend langsam sah er in ihre Gesichter. Auch seine Soldaten näherten sich. Ein Feuergefecht würden sie in jedem Fall verlieren.

»Sie stehen aber auf der Liste?«, wollte von Stauden wissen.

»Das tun sie.«

Nun hatte jeder der Soldaten seine MP 40 in der Hand. Keiner von ihnen sagte ein Wort, stattdessen bohrten sich ihre wachsamen Blicke in die Leiber von Bricks und Nikolas.

Von Stauden kniff seine Augen zusammen. »Gut, dann werden wir die Personalien überprüfen. Damit sollte das Problem schnell aus der Welt zu schaffen sein.«

Damit hatte er ihr Todesurteil gesprochen. Rohns Hand zuckte bedrohlich. Er wartete nur darauf, den Männern ins Gesicht zu schießen. Auch Bricks' Finger wanderte unter seinen dicken Mantel. Nikolas befühlte den Griff seiner Walther, seit von Stauden aufgetaucht war. Das Blut in seinen Adern schien schneller zu rauschen. Kälte und Müdigkeit waren wie weggeblasen. Er atmete durch. Nicht mehr lange und hier würde die Hölle losbrechen. Schnell und unbarmherzig. Am Ende würde der schneeweiße Bahnsteig mit viel Blut getränkt sein.

Von Stauden öffnete den Knopf seines ledernen Waffenholsters. »Wenn ich die Herren bitten dürfte, mit ins Bahnhofsgebäude zu treten. Dort klären wir alles Weitere.«

Nikolas sah, wie Rohn im Begriff war, seine Waffe zu ziehen. Dann begann es also …

»Das ist nicht nötig!« Eine helle Frauenstimme hallte über den Platz. Alle drehten sich um, und Nikolas erkannte, wer gerade über den Bahnsteig hetzte.

»Verzeihung, wir kommen ein wenig zu spät«, hauchte Elsa, einen großen Koffer hinter sich herziehend.

»Die ganzen Kontrollposten und die fleißigen jungen Männer machen einen ja ganz verrückt«, bekräftige Claire und ließ ihren Koffer fallen. Zwei andere Gepäckstücke hatten sie etwas weiter hinten zurückgelassen. Sie schenkten der Gruppe ihr schönstes Lächeln. Zwei Engel mit einer hauchzarten Schneeschicht auf der Kleidung, wie von Puderzucker bedeckt, in ihren Händen die Fahrscheine. Die Damen hatten ihre Lippen rot bemalt. Üppige Pelzmäntel und extravagante Hüte schützten sie vor der Kälte. Ihre Röcke reichten gerade so bis zu den Knien, Seidenstrümpfe schmiegten sich an ihre makellosen Beine.

Elsa legte den Kopf zur Seite. Ihre blonden Haare fielen dabei über die Schulter. »Verzeihen Sie bitte die Unannehmlichkeiten, die mein Mann Ihnen bereitet hat«, wisperte sie wie die leibhaftige Unschuld und drückte Bricks einen langen Kuss auf die Lippen. »Elsa Dörper, es freut mich, Ihre Bekanntschaft zu machen.«

Claires Begrüßung fiel deutlich kühler aus. Ein gehauchter Kuss auf Nikolas' Wange, dann drehte sie sich zu von Stauden. »Sie müssen entschuldigen, da waren wir beide wohl etwas schusselig.« Claire lachte auf, spielte mit einer Haarsträhne und schenkte dem Oberstleutnant ein Lächeln, das Eisen zum Schmelzen hätte bringen können. Sie war die pure Verführung. Nikolas beobachtete, wie sich die Pupillen des Offiziers weiteten. Sanft legte Claire die Hand auf seine breiten Schultern.

»Wären Sie dann so freundlich und würden Ihre Soldaten bitten, unsere Koffer in unser Abteil zu tragen?« Ihre Stimme wurde leiser, sie hielt sich lächelnd eine Hand vor den Mund. »Mein Mann kann leider nicht mehr so richtig seit der Sache mit den Fingern. Er ist ein wenig schwächlich auf der Brust.«

Obwohl sie die Silben leise sprach, waren sie für jeden gut hörbar. Was für eine Demütigung, und doch blieb Nikolas nichts anderes übrig, als so zu tun, als hätte er nichts gehört. Sie sprach über ihn wie einen Hund, einen räudigen Köter, um dessen Hals eine Leine baumelte. Wut stieg in ihm auf.

Nein, nein, der beißt nicht. Ja, er ist mir zugelaufen und ich hatte Mitleid. Er ist ein wenig dumm, aber er hört schon auf meine Befehle. Komm her, ein Stück Wurst für dich!

Von Stauden schnippte mit den Fingern. Sofort schulterten seine Vasallen ihre Maschinenpistolen und spurteten zu den Koffern.

Während Bricks dem Kontrolleur die Fahrscheine übergab und das Organisatorische regelte, bezirzte Claire von Stauden unverhohlen und mit wachsendem Interesse. »Claire Dunkel, angenehm. Und wie ist Ihr werter Name?« Sie zog den Handschuh aus, damit ihr der Offizier einen Kuss auf den Handrücken geben konnte.

»Oberstleutnant Marius von Stauden. Aber Sie können selbstverständlich Marius sagen.« Wieder diese lächerliche Verbeugung des Mannes. »Ihr Akzent – französisch?«

»*Oui*!« Claire tat überrascht, ging fast in die Knie. »Das haben Sie herausgehört?« Als ob das nicht offensichtlich war. »Vor dem heldenhaften Krieg sind meine Eltern nach Deutschland geflüchtet. Anschließend wurde ich mit ihm verheiratet. Mein Vater war nur ein Schullehrer, müssen Sie wissen, Marius. Er suchte eine gute Partie mit viel Geld.« Claire berührte den Rücken des Mannes und flüsterte die Worte beinahe in sein Ohr. »Wenn es nach mir ginge, hätte ich einen strammen deutschen Soldaten geheiratet.«

Erneut küsste von Stauden ihren Handdrücken, den er schon die ganze Zeit streichelte. »Vielleicht sollten Sie dann jemanden heiraten, der beides ist. Wohlhabend und Soldat.«

Claire warf den Kopf in den Nacken, lachte auf und strich über ihren langen brünetten Zopf. Auch wenn Nikolas sie gerade hasste, Claire war einfach hinreißend. Falls Gott existierte, musste er einen feinen Sinn für Humor haben. Ihre vollen roten Lippen, die feine elfenbeinweiße Haut, die langen glänzenden Haare, dazu dieser Akzent, der nicht nur ihn in den Wahnsinn trieb. Claire schien entschlossen, den Kampf um das Betreten dieses Zugs mit der halben Wehrmacht auszufechten. Und der Allmächtige hatte ihr alle Waffen gegeben, die sie dafür benötigte.

Claire täuschte vor, dass ihre Knie einknickten, und schmiegte sich an die Brust des Mannes. »Pardon, dieses Herumrennen macht mich ganz schummrig.« Mit einem tiefen Augenaufschlag sah sie zum Kontrolleur. »Dürfen wir eintreten? Ich würde mich gerne etwas ausruhen.«

Endlich war auch auf den Lippen des Mannes ein Lächeln zu erkennen. »Ist alles korrekt. Ich habe nichts mehr zu beanstanden, gnädige Frau.«

So sehr Nikolas die Situation auch mitnahm, er musste Claire dankbar sein.

Endlich konnten sie den Zug betreten. Wie selbstverständlich bot von Stauden Claire seinen Arm an und geleitete sie über die Stufen. Es ging sogar so weit, dass ein Scherge des

Offiziers Nikolas fragte, ob er beim Einsteigen Hilfe benötigte. Claire hatte ganze Arbeit geleistet. Sie hielten ihn für einen von Idiotie befallenen Grenzdebilen, ganz abgesehen von der körperlichen Versehrtheit.

Als die Tür zum Salonwaggon geöffnet wurde, stockte Nikolas der Atem. Es war noch viel dekadenter, als es von draußen den Anschein machte. Rauchschwaden lagen in der Luft, zwei Keller schütteten Champagner in Kristallgläser. Alle Tische waren besetzt, zusätzlich standen mehrere Männer und Frauen mitten im Gang und unterhielten sich laut. Der Musikus-Plattenspieler von Telefunken untermalte dieses Besäufnis mit Swing-Musik von Teddy Stauffer. Die Offiziere hatten ihre Waffenröcke abgelegt und versuchten, die Damen in feinsten Kleidern zum Tanz zu animieren. Verschwitzte Körper wurden aneinandergepresst, Finger suchten sich ihren Weg zu Po und Busen. Als der Zug anfuhr und ein Ruck durch die Anwesenden ging, nutzten diese die willkommene Gelegenheit, um sich zuzuprosten und Wangenküsse zu verteilen. Jemand orderte eine Flasche Sekt, die Atmosphäre war elektrisiert, alles war beengt und voll von Lust und Begierde. War den Offizieren und Industriellen in ihren feinen Van-Laack-Hemden bewusst, dass es für einige von ihnen die letzte Feier in ihrem Leben sein könnte? Männer, die nichts mehr zu verlieren hatten, konnten alles setzen. Und so wie die Herren mit Geldscheinen um sich warfen, konnte das Ende nicht weit sein. Auch wenn der Kontrast der beiden Züge nicht größer hätte sein können, eins hatten sie definitiv gemein: Für einige war es die letzte Reise.

»Die Schlafabteile sind etwas weiter hinten«, erklärte der Reichsbahnassistent mit so hoher Stimme, als hätte er Kreide gefressen. Dabei hatte er nur Augen für Elsa und Claire. »Ich habe die Ehre, Sie begleiten zu dürfen?«

»Aber selbstverständlich«, hauchte Elsa und zog sich die Winterkleidung aus. Auch Claire legte ihren Mantel, den Hut und die Handschuhe ab. Ein traumhaft geschnittenes schwarzes Kleid kam zum Vorschein, das ihre makellose Figur betonte. Elsa stand ihr ins nichts nach. Die blonden Haare fielen auf das blaue Samtkleid. Die Ausschnitte der beiden Kleider waren viel zu tief. Es gab Frauen, die verdrehten jedermann beim ersten Anblick den Kopf. Diese beiden brachen einem das Genick.

Die Soldaten und Reichsbahner um sie herum kamen aus dem Glotzen gar nicht mehr heraus. Als es ihm zu bunt wurde, sah Nikolas zu Bricks und zog eine Augenbraue hoch. Zumindest in diesem Moment verstanden sie sich.

»Speck für die Mäuse«, flüsterte Rohn, während er die Anwesenden kritisch beäugte.

Endlich riss sich der Kontrolleur von dem Anblick los und geleitete sie durch den engen Korridor. Männer und Frauen rutschten halb aufeinander, als die Koffer von den Soldaten vorbeigetragen wurden. Im nächsten Abteil wurde es endlich etwas ruhiger, und auch der Qualm ließ nach.

»Falls Sie dinieren möchten, der Essenswaggon befindet sich im hinteren Teil des Zuges.«

Der Gang fiel nach links ab, auf der rechten Seite waren zwei Türen auszumachen. Der penible Reichsbahnassistent fühlte sich genötigt, auch dieses zu erklären – nicht ohne Stolz in der Stimme. »Küche und Vorratsraum. Wissen Sie, einige Wagen wurden eigens von der Waggonfabrik Fuchs in Heidelberg für Reichsmarschall Göring gefertigt.« Er deutete mit dem Daumen nach hinten. »Im Salonwagen und in einigen Schlafabteilen hat er sogar schon genächtigt.« Er drehte sich zu Nikolas. »Sie können also von einer großen Ehre sprechen, mit diesem ganz besonderen Zug zu fahren.«

Sie wandelten also auf geheiligtem Boden, dachte Nikolas, triefend vor Zynismus. Reichsmarschall – ein Rang, extra für Göring geschaffen, nur damit er allen anderen Generalfeldmarschällen überlegen war. Nikolas kam nicht umhin, bei dem Gedanken an den immer fetter werdenden Oberbefehlshaber der Luftwaffe einen Würgereiz unterdrücken zu müssen. Er fragte sich, wie dieser Fleischkloß sich im Großen Krieg Ansehen als Jagdflieger verdienen hatte können. Reichsluftfahrtminister, Reichsjägermeister, Präsident des Preußischen Staatsrates – Nikolas hatte aufgehört zu zählen, wie viele Posten, Reichtümer und Orden der Goldfasan sich noch unter den Nagel gerissen hatte.

Er spürte Rohns Hand auf seiner Schulter. Die Aussicht auf Alkohol und ein wenig Ruhe hatten dessen Stimmung allem Anschein nach verbessert. Er schien denselben Gedankengang zu haben. »Ts, der Lametta-Heini passt doch kaum durch die Zugtüren.«

Egal, wie ernst und aussichtslos die Situation war, bei Rohns Scherzen konnte Nikolas sich ein Schmunzeln nicht verkneifen. Er sprach leise und mit tiefer Stimme dicht an Nikolas' Ohr. »Kommissar, kennste den schon? Weißt du, warum Göring letztes Weihnachten nackt durch Berlin laufen wollte?«

Nikolas biss sich auf die Lippen. Wie um alles in der Welt schaffte Rohn es, sich seinen schrecklich mitreißenden Humor zu bewahren? Er wollte nichts sagen, sondern zwang sich, starr nach vorn zu gucken. Sie hatten so viel Leid erlebt und Männer zurückgelassen – verdammt, er durfte nicht lachen. Doch irgendetwas ließ ihn seinen Kopf drehen. »Warum?«

»Damit die Bevölkerung endlich wieder Fett und Speck sieht.«

Nikolas hatte Mühe, sich ein Grinsen zu verkneifen. Dies lenkte ihn sogar davon ab, dass von Stauden immer noch mit Claire turtelte. Kurz konnte er einen Blick in ihre Augen erhaschen, als er sich umdrehte. Die beiden wirkten wie frisch verliebt und unterhielten sich prächtig.

»Dies sind die Schlafwaggons«, erklärte der Kontrolleur und machte dabei eine so würdevolle Geste, als zeigte er seinen Gästen den Salon eines Herrenhauses. »Herr Dunkel, für Sie und Ihre Gemahlin ist dieses Abteil reserviert worden. Alle anderen nächtigen einen Waggon weiter.«

Er öffnete die Tür. Sofort stellten die Soldaten die Koffer in den geräumigen Raum. Göring hatte es sich anscheinend gut gehen lassen. Ein großes Bett für zwei Personen stand in dem Schlafabteil, ein paar Lampen, ein kleiner Schreibtisch, den man hochklappen konnte, zusätzlich zwei Sessel mit rotem Bezug.

»Zu schade, dass unsere Schlafplätze so weit auseinanderliegen«, sagte Oberstleutnant von Stauden ganz unverhohlen zu Claire. Endlich ließ er ihren Arm los. Sie lächelte verlegen und von Stauden ergänzte an Nikolas gewandt: »Dabei habe ich mich gerade so vorzüglich mit Ihrer Gattin unterhalten. Wir sollten uns unbedingt zum Abendessen treffen. Ich möchte noch so viel mehr über Paris erfahren.«

Claire gluckste. Nikolas hatte nicht die geringste Ahnung, was sie dem Offizier von ihrer Heimatstadt vorgeschwärmt hatte. Die Wahrheit, das wussten sie beide, sah anders aus. Wahrscheinlich hatte sie vom Eiffelturm, den kleinen Cafés und der Schönheit des Louvre erzählt. Den Tod ihrer Eltern durch die Hand von Gestapo-Truppen und ihre unzähligen Morde an SS-Offizieren hatte sie sicherlich verschwiegen. Es war an der Zeit, dieser Farce ein Ende zu bereiten.

»Verzeihen Sie bitte«, entgegnete Nikolas, »aber meine Frau und ich sind sehr müde. Ich denke, wir werden gleich zu Bett gehen.«

Der Oberstleutnant lächelte breit. »Das kann ich beinahe nicht zulassen. Die Nacht ist noch jung, und es gibt so viel zu erleben.« Der Mann faltete die Hände, als würde er beten, und sah Claire an. »Tun Sie mir den Gefallen. Sie wollen doch nicht etwa, dass ich einen meiner Männer vor Ihrer Tür postiere, nur um ein wenig Zeit mit Ihnen zu verbringen?« Sein Blick fiel auf Nikolas. »Mit Ihnen beiden, natürlich.«

Nikolas wusste, was der Offizier wollte. Es war von der ersten Sekunde an offensichtlich gewesen. Erneut flammte Wut in ihm auf. »Ich bin mir nicht sicher, ob …«

»Aber natürlich werden wir Sie zum Essen begleiten«, hauchte Claire, während sie ihren Arm auf die Schulter des Offiziers legte.

Von Stauden jubilierte. »Großartig. In drei Stunden dann?«

Zum Abschied folgten ein Handkuss und ein kurzes Nicken in Nikolas' Richtung. Er hatte also bekommen, was er wollte. Der Tross setzte sich in Bewegung, Bricks und Rohn berührten ihre Hüte, Elsa hauchte ihnen ein Kuss auf die Wange und ging weiter ins nächste Abteil. Wie so oft musste Nikolas seine wahren Gefühle unterdrücken. Ein Abendessen im Salonwagen mit diesem aufgeplusterten Gockel war das Letzte, was er wollte.

Nikolas ließ Claire zuerst in das Abteil, warf seinen Hut auf das Bett und schloss die Tür. »Kannst du mir erklären, was …?«

Ihr Kuss schmeckte so süß wie Kirschen an einem warmen Spätsommertag. Ohne eine Sekunde abzuwarten, hatte sie sich an ihn geworfen, mit beiden Händen sein Gesicht ergriffen und ihn stürmisch geküsst. Süßliches Parfüm drang ihm in die Nase. Ihre Wangen waren kalt. Wie immer. Für einen Moment war es, als befänden sie sich wieder in Paris. Damals, als sie mit nasser Kleidung und einem Messer vor ihm gestanden hatte und sich ihre Lippen zum ersten Mal berührten. Dieser Kuss könnte eine Ewigkeit dauern und wäre trotzdem viel zu kurz.

Langsam öffnete er die Augen. »Warum?«
Claire legte ihren Zeigefinger auf seinen Mund. »Sei ruhig, Chéri. Zieh dich aus.«

KAPITEL 10

- BLUTIGE GRENZEN -

»Mir gefallen deine Haare besser, wenn sie länger sind.« Claire drehte sich zu ihm, er spürte die Wärme ihrer nackten Haut auf seiner. Die brünetten Haare kitzelten seine Schulter, als sie sich an ihn lehnte und mit den Fingerspitzen zärtlich über seinen Kopf fuhr. »Du siehst härter aus.«

»Härter?« Nikolas nahm einen Zug, blies den Rauch gegen die Decke und reichte Claire danach die Zigarette.

»*Oui, martial. Un tout petit grossier.*«

Gott, er liebte es, wenn sie Französisch sprach. Nikolas küsste ihre Stirn, streichelte ihre seidigen Schenkel und fuhr mit der Hand weiter nach oben, bis er ihren Venushügel erreicht hatte. »Was bedeutet das?« Seine Finger glitten tiefer, bis er Claires intimste Stelle erreichte. Behutsam begann er, die Region zu massieren.

»Ich mag es, dass du nicht so bist wie die anderen.« Sie schloss die Augen, ihr Mund öffnete sich ein wenig. Ein heiseres Stöhnen drang aus ihrer Kehle.

»Die anderen?«

»Die Soldaten.« Claire drückte ihren Rücken durch, seufzte auf. Sie fasste mit der freien Hand nach seinem Arm, versuchte, die Hand wegzuziehen, doch Nikolas hielt eisern dagegen.

Er intensivierte seine Berührungen. »Ich bin Polizist. Ist das nicht das Gleiche?«

Claires Busen hob und senkte sich bei jedem Atemzug. Ihre Knospen wurden hart, Nikolas streichelte sie mit der einen Hand, während er mit der anderen den Druck erhöhte.

»Du warst es«, wisperte sie. Jede Silbe war mit Begierde durchtränkt. Dabei war es keine zwei Minuten her, dass …

Er lehnte seine Stirn gegen ihren Kopf, hauchte die Worte in ihr Ohr. »Was meinst du damit? Dass du lieber einen Feigling als Mann haben möchtest?«

»*No.*« Claires Griff an seinem Handgelenk verfestigte sich. Sie spannte ihre Muskeln an, wand sich und schaffte es schließlich, sich von ihm zu befreien. Sofort setzte sie sich auf ihn, nahm noch einen tiefen Zug von der Zigarette und blies ihm den Rauch in den Mund. »Ich will einen Mann, der früher davon geträumt hat, Architekt zu werden. Einen, der keinen Spaß am Töten anderer Menschen hat und in dessen Augen sich nicht Hass oder Zorn spiegelt, sondern die Hoffnung, dass alles besser wird.«

Sie bewegte ihr Becken erst sanft, dann nahm der Druck stetig zu. Nikolas spürte, wie sein Penis sich erneut aufrichtete. Das gleichmäßige Rattern des Zuges tat sein Übriges. Claire war einer der wenigen Menschen auf dieser Erde, dem er von den Zeichnungen erzählt hatte, die er als Heranwachsender gefertigt hatte. Bis sein Vater es ihm verboten hatte.

»Du findest es anziehend, dass sich meine Träume nicht erfüllt haben?«

Claire nahm einen letzten Zug, drückte die Zigarette aus und küsste ihn, während er den Rauch inhalierte. »Ich finde es anziehend, wenn ein Mann versucht zu überleben, ohne dabei wie ein Tier zu werden.« Sie nahm die Decke, legte sie sich über die Schultern und kuschelte sich an seine Brust. »Wenn ich ehrlich bin, habe ich Angst vor dem, was danach passiert.«

Mit den Fingernägeln fuhr er ihren Rücken entlang, küsste langsam ihren Nacken. Darüber hatte er sich nie Gedanken gemacht. Als der Krieg begonnen hatte und ihre Eltern von seinen Landsleuten ermordet worden waren, war sie noch ein Mädchen gewesen. Dutzende tote Soldaten später war aus ihr ein gefährlicher Eisengel geworden, der mit Klingen genauso gut umgehen konnte wie mit seinen Reizen.

Nach dem Krieg …

Der Gedanke war verlockend und gleichzeitig so schrecklich unwirklich, dass Nikolas sich kaum erlaubte, ihn zuzulassen. Der Krieg war jetzt im sechsten Jahr. Inständig hoffte er, dass es das letzte sein mochte. Ein Deutschland ohne Hakenkreuze, ohne Hitler und seine Schergen. Was sollte darauf nur folgen? Eine Monarchie? Annektierung der Siegermächte? Zerschlagung in Teilstaaten, wie es damals gewesen war?

»Was hast du vor, wenn das Ganze vorbei ist?«

Claire wirkte wie eingefroren. Sie beobachtete das hereinfallende Mondlicht. Die vorbeiziehende Landschaft unterbrach das Lichtspiel immer wieder. Plötzlich drehte sie sich um. »Ich hatte gehofft, dass du es mir sagst.«

Manchmal erinnerte sie ihn an das Mondlicht. In einem Moment so kühl und stark, als könne niemand ihr etwas anhaben, im nächsten brach ihre Stimme, als hätten sich Wolken vor dieses Licht geschoben.

Nikolas streichelte ihre Wange, zog ihr Gesicht näher zu seinem Mund. »Uns wird schon etwas einfallen. Das verspreche ich dir.«

Herzschläge lang harrten sie aus. So musste es sich anfühlen, wenn man etwas lange verloren Geglaubtes endlich wieder sein Eigen nennen durfte. Am liebsten hätte Nikolas diesen Moment eingefroren und für die Ewigkeit aufbewahrt. Leider war ihm bewusst, dass ihnen heute Nacht noch eine Aufgabe bevorstand.

»Wir müssen gleich los.«

Claire nickte, erhob sich langsam und begann, ihre Kleidung vom Boden aufzuheben. »Hast du deine Geschichte im Kopf?«

Schon war der wundervolle Moment vorbei. »Ja, Bricks hat mich gut instruiert.« Auch er fischte seine Unterwäsche vom Boden. »Heute gehen wir mit diesem Hampelmann essen, du machst ihm schöne Augen und versprichst, dass wir uns in ein paar Tagen in Berlin wiedersehen. Damit wird er sich zufriedengeben …« Nikolas setzte sich auf den Bettrand und massierte seine Schläfen. »… zufriedengeben müssen.«

Claire zog sich ihren Büstenhalter an, drehte ihren Kopf im Mondlicht. Sie wirkte noch kühler und überlegter als sonst. »Hoffentlich … und wenn nicht …«

»Du würdest mit ihm schlafen, um uns zu schützen? Wegen einer Kraft, die wahrscheinlich nur das Hirngespinst von ein paar Verrückten ist? Für einen Amerikabomber, den es nicht gibt, und ein Flugzeug, das nicht existiert? Wären wir diesem Kerl nur nicht begegnet …«

»*Parbleu*!« Sie zog sich ihr Kleid an, sprühte sich Parfüm auf das Handgelenk und tupfte sich damit hinter das Ohr. »Und für Marie.«

Damit hatte sie ihn. Sie kannte ihn gut. Zu gut. »Das würdest du tun?«

Behutsam legte sie die kleine Flasche zurück in den Koffer, kam näher und stützte sich provokativ auf seine Oberschenkel. »Ich weiß, wie wichtig das Mädchen für dich ist. Ich werde dem Offizier seinen Kopf vom Hals vögeln, wenn es nötig ist.«

Da war er wieder. Der Eisengel mit einem Blick, der jedermann das Blut in den Adern gefrieren ließ. Ein Schauer lief Nikolas über den Rücken. Schnell hauchte sie ihm einen Kuss auf die Wange und erhob sich, um ihre Schuhe anzuziehen.

»Beeil dich, Chéri. Wir wollen doch keine Aufmerksamkeit erregen.«

*

»Ah, Herr Dunkel und Gemahlin. Wundervoll, dass Sie es einrichten konnten.«

Wieder schlabberte von Stauden Claires Hand ab. Sie lachte keck auf, als wäre es das erste Mal, dass ein Mann versuchte, bei ihr zu landen. »Aber natürlich, wie könnten wir so eine Einladung ausschlagen.«

Für Nikolas hatte der Offizier nur einen kurzen Händedruck übrig. »Bitte, setzen Sie sich doch.« Er hielt inne. »Ihr Gesicht kommt mir erschreckend bekannt vor. Waren Sie vielleicht mal bei einer Ortsgruppenleitertagung in Berlin?«

»Mein Mann? Nicht, dass ich wüsste«, hauchte Claire und lehnte sich nach vorn, damit der Offizier in ihren Ausschnitt blicken konnte. Das würde ihn definitiv ablenken. »Er ist nur ein kleines Licht in der Partei. Nicht zu vergleichen mit der Verantwortung in einer Gaue.«

Von Stauden nickte, legte die Stirn in Falten, gab sich aber mit der Antwort zufrieden.

Alles war vorbereitet. Ein Vierertisch im Salonzimmer war bereits gedeckt. Rauchschwaden des Festes, das in den vergangenen Stunden hier stattgefunden hatte, hingen schwer im Raum, doch es waren nur noch wenige Trinkwütige anwesend. Von Staudens Leibwache stand am anderen Ende des Waggons, trank Wasser und ließ die Gruppe nicht aus den Augen. Noch immer drängten sich einige Gäste im Gang, lärmten und lachten; es war jedoch kein Vergleich zu der Szenerie noch vor drei Stunden. Wahrscheinlich waren die meisten müde, schliefen ihren Rausch aus oder tauschten Körperflüssigkeiten an weniger frequentierten Orten aus.

Nikolas ließ seinen Blick weiter schweifen. Ganz hinten rechts saß ein einsamer Berg von einem Mann und kippte eine braune Flüssigkeit in sich hinein. Nikolas lächelte. Auf eine beklemmende Art und Weise tat es gut, Rohn zu sehen. Auch wenn dieser ihn gar nicht wahrnahm, nur Augen für sein Glas hatte und die anderen Gäste böse anfunkelte, damit sich bloß niemand auf die freien Plätze setzte.

»Ich habe mir die Freiheit genommen, den Koch bereits über unsere Speisepläne zu informieren.« Von Stauden bot Claire eine Zigarette an. Seine Augen suchten sich einen Weg in ihr Dekolleté, als er den Glimmstängel anzündete.

Wieso mussten diese Kerle sich eigentlich so geschwollen ausdrücken? »Sie haben uns also etwas zum *Dinner* bestellt?«

»Ganz genau, Herr Dunkel.« Der Oberleutnant lehnte sich zurück und bedachte Nikolas mit einem abschätzenden Blick. »Ich hoffe, Sie haben nichts dagegen. Verzeihen Sie bitte vielmals. Ich habe nicht bedacht, ob Sie ein Stück Fleisch gut schneiden können mit Ihrer …«

»… Unzulänglichkeit?«, ergänzte Nikolas und hob die Hand. Erst jetzt fiel ihm auf, dass sich rote Flecke auf dem Verband zeigten. Musste wohl beim Beischlaf mit Claire passiert sein. Noch immer hatte er sich nicht getraut, die Verstümmelung anzusehen. Irgendwann würde der Zeitpunkt kommen.

Von Stauden schüttelte vehement den Kopf und zwinkerte Claire zu. »Das wollte ich so nicht sagen«, bekräftigte er.

»Mein Gatte ist ein wenig ungeschickt mit den Fingern, aber ein herzensguter Mensch«, warf Claire ein. Sie meinte es nicht böse, sondern legte Nikolas dabei eine Hand auf die Schulter. Eigentlich war dieser sogar froh, dass sie ihm Schützenhilfe gab. Und doch war es Mitleid – die schlimmste Art der Demütigung. Von Stauden lachte auf, nahm sein Besteckmesser, warf es in die Luft und fing es an der Klinge.

Mieser Angeber!

»Wie könnte ich das bezweifeln.« Der Offizier hob den Arm. Sofort waren zwei seiner Schergen zur Stelle.

»Den besten Rotwein für die Dame!«, polterte er. »Für manche Frauen ist das Beste gerade gut genug.«

Einer der Soldaten schlug die Hacken zusammen und war sofort verschwunden, während der andere Wasser einschenkte.

»Nun, Claire, wo waren wir vorhin stehen geblieben? Sie wollten ein wenig von ihrer wundervollen Heimatstadt erzählen.«

»*Paris, bien sûr.*« Sie schnippte die Asche mit dem Daumen von der Spitze der Zigarette, legte verträumt ihr Kinn auf die Handfläche und begann zu erzählen.

Selten hatte sich Nikolas so überflüssig gefühlt. Weder von Stauden noch Claire beachteten ihn sonderlich. Er stoppte im Kopf die Zeit, wie lange die beiden redeten, ohne dass er auch nur ein Wort zum Gespräch beitrug.

Der Wein wurde serviert. Die beiden stießen sogar an, ohne ihn zu beachten. Anschließend löffelten sie ihre Vorspeise, eine Suppe, und während sie in das Gespräch vertieft waren, brachte ein Koch das Hauptgericht. In den letzten Jahren hatte Nikolas selten so ein großes Stück Fleisch gesehen. Rinderfilet, garniert mit Kartoffeln und Brechbohnen. Er wollte gar nicht wissen, wie viele Menschen hungern mussten, damit sie dieses atemberaubende Mahl zu sich nehmen konnten. Während des Essens wurde die Stimmung von Claire und von Stauden ausgelassener. Nur Nikolas kaute unbeteiligt auf dem Fleisch. In einem Zug leerte er den schweren, trockenen Rotwein und wies einen der Soldaten an, direkt nachzuschenken. Auch das nächste Glas kippte er sofort hinunter.

Endlich fühlte sich von Stauden genötigt, doch ein paar Silben mit ihm zu wechseln. »Aber, aber, Herr Dunkel. Sie trinken einen Rothschild Mouton Cadet von 1935 aus dem fantastischem Anbaugebiet Bordeaux.« Er schwenkte das Glas vor seinem Gesicht und beobachtete die Schlieren auf der Innenseite. »Sehen Sie die spitzbogigen Tränen? Sie weisen auf einen hohen Alkoholgehalt hin. Wunderbar, nicht wahr?« Als Nächstes roch er am Wein, schloss dabei die Augen. »Auch die Blume, ganz vorzüglich.« Nachdem er einen Schluck genommen hatte, stellte er das Glas neben Claires Hand ab. »Kostbare Dinge sollte man auch kostbar behandeln.« Ihre Finger trennten lediglich wenige Zoll. »Auf Französisch hört sich das alles selbstverständlich viel … glanzvoller an.«

»Sie meinen Bouquet anstatt Blume oder Portemonnaie anstelle von Geldbörse?« Claire drückte ihre Zigarette etwas zu schwungvoll im Aschenbecher aus.

»Genau das meine ich. Die französische Sprache ist so weich, voller Leidenschaft und reizvoll im Klang.«

Claires Augen verengten sich zu Schlitzen, sie fixierte von Stauden. Da war er wieder, dieser Eisblick. Nikolas stellte das Glas ab. Das konnte nichts Gutes bedeuten.

»Wie in Strasbourg? Als die Stadt 1940 besetzt und germanifiziert wurde?«

Claires Maske bröckelte, ihr Hass brach durch, die Stimme war von Aggression durchzogen. Eine gefährliche Äußerung in einer Zeit, wo jedermann denunziert werden konnte, allein durch das Wort eines Nachbarn. Nikolas verstand ihren unbändigen Zorn nur allzu gut. Er hatte selbst eine Nacht in einer Scheune in Straßburg verbracht, als er aus Frankreich geflüchtet war. Französische Straßennamen waren gestrichen, Vereine und Versammlungen verboten und das Volk seiner Sprache beraubt worden. Seit 1940 musste Deutsch gesprochen werden.

»Aber Liebling«, sagte er beschwichtigend und legte eine Hand auf Claires Schulter. Er hasste sich dafür, dass er diesem Kerl auch noch in die Karten spielen musste. »Du weißt doch, dies diente alles einem höheren Zweck.«

Sie funkelte den Offizier noch einen Moment lang an, dann wandelte sich der Ausdruck in ihrem Gesicht. »Ohne Frage. Die Franzosen waren wie ungehorsame Kinder, die erzogen werden mussten.«

Er konnte nur ahnen, wie viel Überwindung sie dieser Satz kosten musste. Von Stauden lächelte charmant. »Frauen, die ihre eigene Meinung vertreten, finde ich äußerst anregend. Wie wilde Täubchen, die man beim Fliegen beobachtet und doch unerreichbar scheinen.« Mit diesen Worten legte er seine Hand auf Claires Finger. »Zumindest, bis man sie fängt.«

Sie zog ihren Arm nicht zurück. Ihre kesse Art schien von Stauden zu gefallen. Seine Augen glühten vor Verlangen. Nikolas hätte es nicht gewundert, wenn Geifer aus seinen Mundwinkeln tropfen würde. Er war ein Mann, der es nicht gewohnt war, dass ihm jemand Paroli bot. Umso mehr schien ihn der Widerstand anzuziehen. Er wusste, welche Macht er besaß. Seine Leibgarde und die Pistole an seiner akkurat geputzten Uniform sprachen Bände. Mit jeder Sekunde wuchs sein Hass.

Nikolas lehnte sich nach vorn. »Jetzt hören Sie mir genau zu …«

»Chéri!« Claire schnitt ihm das Wort ab. »Hast du nicht noch etwas zu erledigen? Du wolltest die Berliner Auftragslage mit dem Vorarbeiter besprechen, wenn ich nicht irre.«

Jetzt hatte sie ihn gerettet. Sein Gesicht begann zu kribbeln. Fast hätte er die gesamte Operation aufs Spiel gesetzt und das nur, weil er seine kindischen Eifersüchteleien nicht im Griff hatte.

Hier geht es um mehr, Nikolas, ermahnte er sich selbst. Reiß dich zusammen!

»Natürlich, Liebling.« Den Nachtisch wartete er nicht ab,

sondern ließ sein Glas bis fast an den Rand füllen und erhob sich schließlich. »Wenn Sie mich entschuldigen wollen, es gibt noch ein paar Details zu klären. Geschäftlich, versteht sich.«

Wäre er noch eine Sekunde länger an diesem Tisch geblieben, er hätte diesem Lackaffen das Glas ins Gesicht geschlagen.

Von Stauden sprühte indes vor Glück. Endlich war er mit dem Objekt seiner Begierde allein. Er erhob sich mit gespielter Trübsal. »Aber selbstverständlich, Herr Dunkel. Sehr schade, dass Sie den Nachtisch nicht mit uns einnehmen, aber ich verspreche Ihnen, dass ich mich gut um Ihre Gattin kümmern werde.«

Nikolas hatte nicht den geringsten Zweifel, dass er das tun würde. Der Waggon füllte sich allmählich wieder. Mit dem vollen Weinglas in der Hand fiel es Nikolas schwer, den anderen Fahrgästen auszuweichen. Immer wieder wurde der Zug langsam, nahm dann wieder an Fahrt auf. Gerade als er sich zu Rohn setzen wollte, spürte er eine Hand auf seiner Schulter.

»Herr Dunkel, eine Sache noch.« Nikolas war gar nicht bewusst gewesen, dass Oberstleutnant Marius von Stauden ihm gefolgt war. »Ich bin mir sicher, dass Sie ein intelligenter Mann sind … nun ja, für einen Klosettreiniger. Umso mehr bin ich mir sicher, dass Sie die richtigen Entscheidungen treffen werden.«

Nikolas ahnte, worauf das Gespräch hinauslief. So einfach wollte er es ihm nicht machen. Er sollte es aussprechen. »Die richtigen Entscheidungen?«

Der Offizier wiegte den Kopf hin und her, musste sich an einem Tisch festhalten, um das Gleichgewicht nicht zu verlieren. »Eine kluge Entscheidung wäre zum Beispiel, wenn Sie sich auf meine Kosten einen wundervollen Abend machen würden.« Er deutete auf Rohn. »Trinken Sie mit Ihrem Vorabeiter eine Flasche Wein, lassen Sie sich diverse Köstlichkeiten kommen – Sie beide sind meine Gäste.«

Nikolas schwieg. Komm, du Dreckskerl, dachte er. Sag es!

»Eine unkluge Entscheidung indes wäre, wenn Sie zu früh mit Ihrer Frau zu Bett gehen wollten. Sie verstehen?«

Nikolas sah über seine Schulter. Die zwei Soldaten des Oberstleutnants beobachteten das Gespräch und fassten wie zufällig an ihre Maschinenpistolen.

Obwohl die Bahn gehörig rumpelte, ließ von Stauden den Tisch los, baute sich vor Nikolas auf und flüsterte in sein Ohr: »Es könnte von Vorteil sein, wenn man mächtige Verbündete in Berlin hat.« Ein Schulterklopfen folgte, dann wieder sein typisches schmieriges Lächeln. »Sehen Sie es als Gefallen. Wenn mich meine Menschenkenntnis nicht täuscht, und das tut sie nie, hat auch Ihre Frau Interesse an ein wenig … Abwechslung.« Er zwinkerte Nikolas zu. »Ich bin ein sehr dankbarer Mensch, müssen Sie wissen.«

Von Stauden ließ seine Sätze wirken, drehte sich langsam um und setzte sich zu Claire an den Tisch. Kurz sah sie zu Nikolas hinüber und schüttelte kaum merklich den Kopf. Die Botschaft war klar: Komm nicht wieder her, ich habe alles unter Kontrolle.

Jegliche Kraft schien aus seinem Körper gesaugt, als Nikolas sich Rohn gegenüber fallen ließ. Mit glühender Vehemenz hatte Rohn die anderen Gäste vertrieben, sodass er allein sein konnte. Grübelnd nahm Nikolas einen großen Schluck.

»Hast du das gesehen? Dieser Arsch kam einfach zu mir und hat mich unverhohlen gefragt, ob …«

»Er hat dich nicht *gefragt*«, antwortete Rohn lallend. »Er hat dich *informiert*, dass er gleich deine Frau ficken wird.«

Um Himmels willen, wie viele Drinks hatte er schon intus?

»Paradox, oder? Dabei seid ihr noch nicht einmal verheiratet und die kleine Claire versucht nur, die Wogen zu glätten und keine Aufmerksamkeit zu erregen.«

»Keine Aufmerksamkeit? Dir ist klar, was die beiden gleich

tun werden? Womöglich auf demselben Bettlaken, auf dem wir uns noch vor einer halben Stunde geliebt haben?«

Rohn zuckte mit den Schultern, lehnte die Stirn gegen die Fensterscheibe und nahm noch einen Schluck. »Nur ein weiteres Pärchen, das kurz vor dem Untergang noch mal vögeln will. Eins mehr oder weniger macht den Braten auch nicht fett.« Er rülpste laut, einige Leute drehten sich um. »Und du kannst nichts dagegen machen, Kommissar.«

»Ich könnte ihn niederschlagen.«

Rohn verschluckte sich fast an seinem Schnaps, ein Mundwinkel glitt nach oben. »Klar, und dich dann von seinen Bluthunden erschießen lassen. Anschließend würden sie überprüfen, mit wem sie es zu tun haben, und auch uns festnehmen. Damit wäre alles für die Katz.«

»Und was schlägst du vor?«

Anstatt etwas zu sagen, stieß Rohn mit seinem Glas gegen das von Nikolas. »Trink einen mit mir. Wer weiß, vielleicht ist es unsere letzte Gelegenheit.«

Das klang so gar nicht nach dem Heinz Rohn, den Nikolas in Frankreich kennengelernt hatte. »La pâquerette« sprach anders. Welch irreführender Name für den Zweimetermann mit dem riesigen Schädel und Händen so groß wie Teller. Mit jedem Mal, wenn Rohn einen Strauß getrockneter Gänseblumen bei seinen Einsätzen hinterlassen hatte, war der Mythos um ihn gewachsen. Die Blumen waren zu einem Symbol der Freiheit geworden. Sie waren sein Zeichen. In all den Jahren hatte er sie auf ausgeschaltete SS-Männer oder neben ausgebrannte Waffenlager gelegt. In Paris war es schon Grund genug gewesen, verhaftet zu werden, wenn man die Blumen mit sich führte. Jugendliche malten sie an Wände, und es reichte allein die Erwähnung des Namens, um für die Nationalsozialisten als Bedrohung zu gelten.

Nikolas lehnte sich zurück und fand in den nachdenklichen Worten Rohns Ruhe. »Was willst du damit sagen?«

Rohns Stimme war leise, von Alkohol durchzogen, und er sprach ohne Überzeugung. »Das hier ist anders als damals in Paris, Leverkusen oder Haigerloch. Obwohl wir dort eigentlich schon hätten sterben müssen.« Er zog die Nase hoch und wischte sich Schweiß von der Stirn. »Kommissar, wir befinden uns auf dem direkten Weg nach Berlin. Dem Ort, wo alles enden wird. Ohne Unterstützung der Résistance. Nur wir Witzbolde gegen eine gottverdammte Urkraft.«

Endlich wurde klar, worauf Rohn hinauswollte. Bei dem Gedanken wurde Nikolas wütend. »Du warst Soldat in einem Spezialkommando, hast den Widerstand in Frankreich organisiert. Solltest du es nicht besser wissen?«

»Versteh mich nicht falsch, Kommissar. Ich kenne mich mit Physik oder Flugzeugen so gut aus wie du mit Frauen, aber Bricks glaubt daran, und er ist etwas heller als ich.«

Diese Worte aus seinem Mund? Am liebsten hätte Nikolas auf den Tisch geschlagen. Er musste sich anstrengen, weiter zu flüstern. »Vril? Eine kosmische Urkraft? Gelenkt von der geheimen Thule-Gesellschaft? Und kurz vor Kriegsende nutzbar gemacht? Langstreckenbomber, die Manhattan und Washington zerstören können? Das kann nicht dein Ernst sein.«

»Ist es nicht«, flüsterte Rohn und hielt sich das kühlende Glas an seine Stirn. »Angst macht mir nur, wie Bricks darüber denkt.«

Innerlich zuckte Nikolas zusammen. Der Doktor war wahrscheinlich gerade mit Elsa beschäftigt. Obwohl er selbstverständlich nicht die geringsten Ansprüche auf sie hatte, tat die Vorstellung dennoch weh.

»Und wie denkt er darüber?«, wollte er mit einem tiefen Seufzer wissen. Er wusste, dass er die Frage bereuen würde.

»Er ist der Ansicht, dass da etwas dran sein könnte.« Rohn senkte die Stimme noch weiter. »Wusstest du, dass Karl Harrer, ein Mitglied der Thule-Gesellschaft, maßgeblich daran beteiligt war, dass 1919 die Deutsche Arbeiterpartei gegründet wurde?«

»Nein, das wusste ich …«

»Es kommt noch besser: Bei der Umbenennung in NSDAP ist er ebenfalls federführend gewesen. Du darfst raten, mit wem er diesen kühnen Plan ausgearbeitet hat.«

Die Antwort war so einfach wie erschreckend. »Mit Hitler, damals in München, nehme ich an.«

Zum Scherz applaudierte Rohn. »Viele Funktionäre wie Heß oder Rosenberg waren wöchentlich Redner auf Thule-Veranstaltungen, und unser lieber Freund Wiligut besaß enormen Einfluss auf Goebbels.«

»Und half ihm bei der Umsetzung verschiedener Pläne und bei der Erstellung der SS-Ideologie. Das ist mir bekannt.«

Rohn hustete in seine riesige Faust und hob den Arm, damit der Kellner sein Glas füllte. »Und das sind nur die Fakten, die wir kennen. Meinst du nicht, dass das ein wenig zu viele Zufälle sind?«

Nikolas' Lippen waren trocken, obwohl er ständig am Wein nippte. Wenn Bricks und Rohn zumindest in Erwägung zogen, dass an dieser Vril-Kraft etwas dran sein könnte, sollte auch er sie nicht als Hirngespinst abtun. So unglaublich das auch klang. »Warum erst jetzt? Warum nicht 1943 in Stalingrad?«

»Was weiß ich?« Rohn blies die Wangen auf, schwieg kurz, bis der Kellner seine Arbeit verrichtet hatte und wieder gegangen war. »Lange Entwicklungszeit? Testphasen? Wenn du mich fragst, ist die Kraft vielleicht schon längst im Einsatz. Ich habe nie verstanden, wie Wernher von Braun diese Raketen, die sogar London treffen könnten, zum Abheben gebracht hat.« Er formte mit den Fingern ein Kreuz. »Für mich ist das alles Zauberei. Aber wenn Bricks die Hosen voll hat, sollten wir es ebenfalls ernst nehmen.«

Nikolas wollte noch einen Schluck trinken, bemerkte aber, dass sein Glas bereits leer war. Der Alkohol legte sich wohlig über seine Sinne. Das Rumpeln der Bahn machte ihn müde, obwohl sein Geist einfach nicht zur Ruhe kommen wollte. Er hielt sich am Tisch fest, als er sich auf den Gang lehnte. Der Platz von Claire und von Stauden war verwaist. Sie konnte noch nicht lange fort sein. Erst jetzt setzten sich andere Mitreisende an den Tisch.

»Du glaubst nicht, dass wir es schaffen werden?«, wollte Nikolas von Rohn wissen.

Endlich sah der Feldwebel ihm in die Augen. Sein Anzug spannte bei jeder Bewegung, der Hüne war schon mal besser in Form gewesen. Er wirkte plötzlich unendlich alt und erschöpft, als hätte ihm der Krieg jegliche Kraft aus dem Körper gezogen.

»In Jugoslawien, Griechenland, Polen, sogar während der ›Operation Salaam‹ in Ägypten habe ich immer gewusst, dass ich da irgendwie rauskomme.«

Nikolas wusste, wovon er redete. Rohn war 1942 desertiert, hatte mehrere Mitglieder seiner Einheit umgebracht und sich anschließend durch halb Europa geschlagen.

»Nur in dieser einen Nacht, da hatte ich so ein Gefühl, eine Ahnung … Von da an wusste ich, dass sich ab jetzt etwas ändern würde.«

»Du redest von deiner Zeit bei den 800ern.«

Rohn nickte traurig. »Wie du weißt, waren wir schon immer eine Art Feuerwehr. Das Baulehrbataillon 800 wurde dorthin befohlen, wo es brannte, und dann traten wir das Feuer aus. Ich habe viele schlimme Dinge getan, doch dieser eine Auftrag in Polen …« Er atmete hörbar aus. »Damals sollten wir die arbeitswilligen Männer nach Deutschland begleiten. Du weißt schon, gucken das sie keinen Ärger machen, sie in die Züge pferchen, so etwas. Uns sagte man, dass es ein einfacher Befehl sei, schnell ausgeführt, keine große Sache. Doch die Männer waren nicht arbeitswillig. Wie Sklaven wurden sie gezwungen. Mit Gewalt mussten wir sie in die Züge zerren. Ihre Angehörigen, Frauen und Kinder weinten und bettelten, versuchten gar, die Männer zu erreichen. Irgendwann wurden es zu viele. Ganze Massen drückten gegen die Barrieren. Viel zu viele.«

Er hatte diese Worte schon einmal gehört, damals in Paris, als sie sich ein Bett hatten teilen müssen. Wenige Wochen danach war Rohn durchgedreht. Nikolas wusste, welche Silben als Nächstes seine Lippen verlassen würden, und hielt trotzdem den Atem an.

»Dann kam der Befehl«, hauchte der Feldwebel mit tonloser Stimme. »Den Rest kennst du. Noch immer höre ich die Schüsse aus meiner Maschinenpistole und die Schreie von Menschen, die nicht sofort tot waren.« Er sah Nikolas in die Augen. »Und heute habe ich erneut so ein Gefühl.« Rohn kippte das volle Glas hinunter, lehnte sich mit geschlossenen Augen gegen das Fenster. Sein Mund bewegte sich kaum noch. »Ich werde Berlin nicht stehend verlassen, das kannst du mir glauben, Kommissar.«

Der Wein lag Nikolas schwer im Magen. Rohns alkoholgeschwängerter Monolog lastete auf seinem Gemüt. Die mühsam aufrecht gehaltene Hoffnung war dahin. Und der einzige Mensch, der ihm ein wenig Halt gab, lag nun in den Armen eines anderen Mannes. Was für ein Dreckskrieg!

Nikolas stand schwankend auf. »Ich muss mal ins Bad.«

Der Feldwebel bekam die Worte schon gar nicht mehr mit. Leise schnarchend hüpfte sein Gesicht mit den Vibrationen der Scheibe, während ein dünner Speichelfaden seinen Mund verließ. Nikolas schüttelte den Kopf. Es war ihm ein Rätsel, dass dieser Kerl immer und überall schlafen konnte.

»Adolf Dunkel?«

Was zum Henker wollten jetzt von Staudens Knechte von ihm? Als hätten sie nur darauf gewartet, dass Nikolas sich erhob, waren sie sofort zur Stelle und fixierten ihn mit nichtssagenden Blicken.

»Was kann ich für Sie tun, meine Herren?«

»Kommen Sie bitte mit«, antwortete der ältere Kerl mit Spitzbart und rabenschwarzem Haar.

»Es gibt da ein Problem, das wir besprechen sollten«, ergänzte der jüngere, ein Schönling mit senffarbenem Haupt und blauen Augen.

Hatten sie seine wahre Identität herausgefunden? Zugegeben, sich in einen Zug mit hochrangigen Militärs einzuschmuggeln, war bestimmt nicht der beste Plan, der ihm jemals unterbreitet worden war. Wenn es nach ihm gegangen wäre, hätte er die ganze Fahrt im Abteil mit Claire verbracht. Das Schicksal sah etwas anderes vor. Vorsicht war nun geboten.

»Kann das warten? Ich habe Wein getrunken und würde nun gerne das Bad aufsuchen.«

»Leider nein, Herr Dunkel«, erwiderte der Schönling, ein Gefreiter, und deutete zum Ende des Zuges. »Hier entlang, wenn ich bitten dürfte.«

»Nein, dürfen Sie nicht.« Nikolas setzte die arroganteste Miene auf, die ihm möglich war, und schritt zwischen den Männern hindurch. »Und jetzt gehen Sie mir aus dem Weg.«

Der Griff des Soldaten an seinem Arm war hart wie Granit. Schon in der nächsten Sekunde spürte er den Lauf einer Maschinenpistole in seinem Rücken. »Gehen wir.«

Ihm blieb keine andere Wahl. Die Walther in seinem Hosenbund schien Tonnen zu wiegen. Gleichzeitig war er froh, sie eingesteckt zu haben. Ein Schuss auf so engem Raum würde die komplette Aufmerksamkeit der Reisenden auf sich ziehen. Das galt allerdings besonders für das Rattern der MP 40. Nikolas wurde durch den Küchenwagen gestoßen. Die Wirkung des Alkohols war schlagartig verschwunden, seine Gedanken rasten. Die Männer führten ihn in Richtung der Schlafabteile. Alle paar Meter spürte er, wie der Lauf der Waffe in seinen Körper gedrückt wurde. Mal mehr, wenn er zu langsam wurde, mal weniger, wenn Menschen ihren Weg kreuzten und freundlich grüßten.

Die Soldaten führten ihn weiter durch den Zug, und langsam gingen seine Optionen aus. Sie überwältigen? Ausgeschlossen. Seine Walther ziehen? Zu riskant. Einfach um Hilfe schreien? Eine noch dümmere Idee. Reden war das Einzige, was jetzt noch blieb.

Er versuchte, gelangweilt zu klingen. »Was ist so dringlich, dass es definitiv nicht warten kann?«

»Das werden Sie gleich sehen.«

Mist! Damit war auch der letzte Funke Hoffnung erloschen. Nachdem sie unzählige Schlafwagen durchquert hatten, erreichten sie den letzten Waggon. Nikolas hatte keine Ahnung, warum sich die beiden Kerle ohne Probleme Zugang zu ihm verschaffen konnte, doch plötzlich stand er inmitten von zahllosen Koffern, Taschen und Kisten. Der Gepäckwagen – ein perfekter Ort, um sich in Ruhe zu unterhalten. Der jüngere Soldat knipste die einzige Lampe im Raum an, während der andere die Tür hinter sich schloss. Dieses Spiel war so vorhersehbar … Man brauchte kein Hellseher zu sein, um zu begreifen, dass die Sache nicht gut für Nikolas aussah.

Was hatte Rohn vor wenigen Minuten doch gleich gesagt? Er würde Berlin nicht aufrecht verlassen. Nun, vielleicht galt das für sie alle. Bricks und Elsa waren bestimmt schon verhaftet und Rohn tot. Er hätte es wissen müssen, als die Soldaten Gewehr bei Fuß gestanden hatten, gerade als der Hüne eingeschlafen war.

»Wollen Sie Geld?« Nikolas machte sich keine Hoffnung, dass es darum ging. Es galt, den Schein lange genug zu wahren, bis ihm etwas Besseres einfiel.

Die Soldaten lachten sich an. Im kargen Schein der Lampe hatte es etwas Gespenstisches.

»Eine gute Idee«, antworte der Hauptgefreite.

Der andere stupste seinen Kameraden in die Seite. »Fangen wir einfach damit an, und dann schauen wir, wie lange Ihr Schädel den Pistolenschaft küssen kann.«

Nikolas nickte verstehend und holte seine Börse hervor. Damit hatten sie ihn. Was war schiefgelaufen? Waren sie von einem der Mitreisenden erkannt worden, hatte Schneider sie verraten oder verhörten sie Bricks bereits seit mehreren Stunden? Der Amerikaner hatte sie neben den Papieren gut mit Bargeld versorgt. Nikolas hatte bisher noch keinen Pfennig ausgegeben. Zum Vorschein kam nun eine grüne 50er-Banknote mit dem Konterfrei des Bankierssohns David Hansemann und eine blaue 100er mit dem Gesicht von Justus von Liebig. Schwer zu glauben, dass sie das von ihrem Vorhaben abhalten könnte. In dem Moment, als Nikolas das Geld übergab und der Jüngere die Scheine in die Hosentasche steckte, schoss ihm endlich ein klarer Gedanke durch den Kopf. Verdammt, er lag falsch, die Soldaten wussten nichts von einem Nikolas Brandenburg. Sonst hätten sie ihn gefesselt und den Behörden ausgeliefert. Hier ging es um etwas anderes. Diese Männer wollten ihn tot sehen.

Beinahe erschreckend, dass ihn diese Schlussfolgerung erfreute. Es war an der Zeit, seine Theorie zu testen. »Reicht es nicht, wenn von Stauden meine Frau vögelt?«

»Dem Herrn Oberstleutnant dürstet nach etwas mehr«, erklärte der Hauptgefreite. »Ihre Gattin scheint bei ihm wirklich Eindruck hinterlassen zu haben.«

Ja, so war Claire.

»Sie ist beeindruckend. Deshalb ist sie ja auch *meine* Frau«, antwortete Nikolas trocken. Er steckte betont locker die Hände in die Taschen. Er musste seine Pistole möglichst griffbereit haben. Seine einzige Hoffnung.

»Also, was hat von Stauden geplant? Einen tragischen Unfall auf den Bahngleisen?« Wahrscheinlich lag er damit gar nicht so falsch.

»Etwas in der Art«, bestätigte der Gefreite. »Vom Wein beseelt werden Sie unglücklicherweise aus dem fahrenden Zug fallen. Ihre gut situierte Witwe wird anschließend ihr Glück in Berlin mit dem Herrn Oberstleutnant finden. Nach dem Krieg versteht sich.«

»Es gibt nur noch wenige unversehrte Männer, er wird sie trösten und bald schon wird dieser Unfall in Vergessenheit geraten.« Der Schönling strahlte über das ganze Gesicht. »Es ist Krieg, und da passieren solche Sachen nun einmal. Wir sollten nur dafür sorgen, dass es auch endgültig ist.«

Mit anderen Worten – sein Gesicht so lange zu Brei schlagen, bis der Sturz aus dem Zug nur noch eine Nebensächlichkeit darstellte. Von Anfang an war es ein abgekartetes Spiel gewesen. Deshalb der Wein, die Gespräche, das Angebot, alles auf von Staudens Rechnung zu trinken. Nikolas überlegte, wann er diesen Plan wohl geschmiedet hatte?

»Und das alles entscheidet er in drei Stunden?«

»Unser Chef ist sehr … entschlussfreudig in manchen Dingen.«

Nikolas stemmte die Hände in den Hüften, tastete sich weiter zur Walther PPK vor. »Und ihr glaubt wirklich, dass meine Frau sich in ihn verliebt?«

Die beiden sahen sich an. »Das ist nicht nötig.« Der Gefreite drehte seine MP 40, sodass der Schaft auf Nikolas zeigte. »Er kann sehr überzeugend sein.«

Man brauchte nicht viel Vorstellungskraft, um zu wissen, wie der Offizier seine Täubchen behandelte.

Der ältere Soldat nahm Nikolas mit seiner Waffe ins Visier, während der jüngere den Pistolenschaft wie ein Bajonett auf ihn richtete und näher kam. Sie hatten allem Anschein nach die Order bekommen, es möglichst lautlos zu tun. Ohne sich der Gefahr auszusetzen, dass jemand Schüsse hörte.

»Genug geredet.«

Nikolas hatte nur eine Chance, doch er musste den richtigen Moment abpassen. Die nächsten Minuten würden sehr schmerzhaft werden. Er konnte diesen Gedanken kaum zu Ende denken, da stürmte der Jüngere mit dem Pistolenschaft auf ihn zu. Gerade noch so gelang es Nikolas, sich wegzuducken. Trotzdem streifte ihn die Waffe am Kopf. Die aufgestapelten Koffer und Kisten um ihn herum drehten sich. Zuckende Sterne tanzten vor seinen Augen. Überall rumpelte und krachte es. Nikolas hatte das Gefühl, dass der Zug jetzt langsamer fuhr, beinahe Schritttempo. Dem zweiten Schlag konnte er nicht ausweichen. Er spürte, wie der Griff der MP 40 tief in seine Magengrube gerammt wurde. Der Gefreite schien eine sadistische Freude daran zu haben, seine ungewohnte Macht auszuleben. Nikolas rang nach Atem. Es war, als würde sämtliche Luft aus seinen Lungen gepresst. Seine Füße vermochten das Gewicht seines Körpers nicht mehr zu tragen. Rücklings kippte er auf den Holzboden. Warmes Blut rann seine Stirn herab, lief über das linke Auge.

Warte ab, hielt er sich an und versuchte, sich aufzurichten. Verdammt, der Soldat war schnell. Zu schnell. Sofort war er über ihm und stellte sich auf Nikolas' ausgebreitete Handgelenke. Die perfekte Position, um ihr Versprechen wahr zu machen und ihm den Pistolenschaft so lange in das Gesicht zu schlagen, bis er sich nicht mehr rührte. Die Walther drückte sich in seinen Rücken. Sie war so nah, und doch gab es keine Möglichkeit, sie zu erreichen. Die Chance war vertan. Er hatte zu lange gewartet.

Nikolas' Blick schwirrte durch den Raum, als der Soldat die Waffe hob. »Schlafen Sie gut, Herr Dunkel.«

Er zog tief Luft in seine Lungen, holte noch weiter aus, bis etwas ihn innehalten ließ. »Hast du das gehört?«

Auch der Hauptgefreite hielt den Atem an und lauschte in die Stille. »Wieso werden wir langsamer?«

War es also doch kein Hirngespinst gewesen. Nikolas spuckte Blut und versuchte, seine Sinne zu sortieren. Endlich hörte er es auch. Das Signalhorn der DR-52-Lokomotive drang gedämpft an seine Ohren.

Augenblicklich weiteten sich die Augen des Gefreiten. »Tieflieger!«

»Bestimmt nur eine Vorsichtsmaßnahme, beenden wir es!«

»Was haben die hier im Nirgendwo verloren?«

»Wir sind kurz vor Hannover, vielleicht haben sie Bomber begleitet?«

Egal, ob es Amerikaner oder Briten waren, die nicht weit von hier mit ihren Hellcats und Spitfires den Bombern Geleitschutz gaben, sie retteten Nikolas das Leben. Zumindest vorerst.

Von draußen drangen Schreie an ihre Ohren. Panik musste ausgebrochen sein. Der Blonde sah immer wieder zur Tür. »Wir müssen unter den Zug, dort sind wir sicher.« Sein Kamerad wirkte entschlossen und doch sichtlich nervös. Er stellte sich mit der Waffe im Anschlag neben den Gefreiten. »Schlag ihm ein paar Mal ins Gesicht, den Rest erledigen wir später.«

Der helle Ton des Signalhorns war nun unüberhörbar. Wieder sah der Gefreite zur Tür. Jetzt oder nie!

Nikolas riss seinen rechten Arm los, griff unter sein Jackett und zog die Walther. In einer Bewegung richtete er sie auf den Hauptgefreiten und drückte ab. Seine Schreie mischten sich unter die der Mitreisenden. Aus dem Augenwinkel sah er, dass der Mann zusammensackte und sich die Schulter hielt. Zumindest war seine MP 40 zu Boden gefallen. Nikolas wandte alle Kraft auf, um den Gefreiten über sich umzustoßen. Doch die Schnelligkeit des Soldaten machte ihm auch diesmal einen Strich durch die Rechnung. Der Schaft von dessen Waffe sauste nieder und traf Nikolas' rechte Hand. Seine Pistole fiel zu Boden. Nikolas winkelte das Bein an und rammte seinen Fuß mit aller Macht in die Weichteile des Mannes. Kein tugendhafter Zug, aber Helden starben bekanntlich zuerst. Ihm kam es vor, als würden die Augen des Schönlings aus seinen Höhlen treten. Mit schmerzerfülltem Gesicht sackte er in sich zusammen.

Nikolas rappelte sich auf. Sein Atem rasselte. Die Gestalt, die auf ihn zuschoss, sah er nur schemenhaft. Mit voller Wucht stürzte sich der angeschossene Hauptgefreite auf ihn. Nikolas prallte mit dem Rücken gegen die Tür am Ende des Zuges. Sofort setzte der Soldat ihm nach und presste die Maschinenpistole gegen seinen Hals. Nikolas blieb die Luft weg. Der Mann kämpfte mit dem Mut der Verzweiflung und legte alle Kraft in seine Arme. Nikolas' Schuss mit der Pistole hatte ihn lediglich leicht verletzt, etwas Blut hatte seine graue Uniform an der Schulter dunkel gefärbt. Nikolas presste seine Finger in das Gesicht des Soldaten, zog mit der verletzten Hand an seinen Haaren. Nichts schien dessen unbändige Kraft mindern zu können. Mit dem Ziegenbart und dem hochroten Gesicht kam es Nikolas vor, als kämpfe er gegen den Teufel persönlich. Blut tropfte aus dem Mund des Soldaten, als er seine Zähne entblößte. Nikolas wurde schwarz vor Augen. Obwohl er alle Kraft aufwand, drückte das kalte Metall der MP 40 unablässig gegen seinen Hals.

In einem letzten Akt der Verzweiflung kämpfte er gegen die aufkommende Bewusstlosigkeit an. Er bekam den schweren Hebel zu fassen, der die Tür verschloss. Mit seinem gesamten Gewicht stütze er sich auf das Metall, damit es nachgab. Mit einem lauten Quietschen öffnete sich die Tür. Nikolas krachte auf den metallischen Steg außerhalb des Waggons, der Soldat stürzte erschrocken auf ihn. Sie waren draußen, der Nachthimmel flog vorbei. Unter ihnen hämmerten die Räder auf den Schienen, beinahe ohrenbetäubend war der Lärm. Schneeflocken fielen auf ihre erhitzten Wangen und der Fahrtwind pfiff ihnen in den Ohren. Der Lokführer musste Kohle nachgelegt haben, um sie aus dem Gefahrengebiet zu bringen. Endlich bekam Nikolas etwas Luft. Er fasste den Mann am Revers und rammte mit seiner Stirn die Nase des Soldaten. Warmes Blut spritzte ihm auf das Hemd. Mit letzter Kraft zog Nikolas den Mann auf die Beine und drückte ihn gegen die eiserne Absperrung. Der Soldat wehrte sich mit Händen und Füßen, versuchte Nikolas nun seinerseits zu treten oder etwas an seinem Kopf zu fassen zu bekommen. In diesem Moment war Nikolas froh, dass er keine Haare mehr besaß, an denen man hätte ziehen können. Es gelang ihm, den Mann immer weiter über die Absperrung am Ende des Zuges zu drücken. Ein Waldgebiet rauschte an ihnen vorbei, Nikolas meinte sogar, das Dröhnen der Flugzeugmotoren zu vernehmen. Der Hauptgefreite hielt die MP 40 wie einen Schutzschild vor sich. Es brauchte nur eine kleine Bewegung, um den Lauf an seinen Hals zu pressen. Jeglicher Kampfesgeist des Mannes wich aus seinem Körper, als Nikolas den Lauf der Waffe gegen das Kinn des Soldaten richtete.

»Nein, warte. Warte …« Pure Angst sprach aus der Stimme des Hauptgefreiten. Ihre Gesichter trennten nur wenige Zentimeter. Bei jedem Wort spritzte Blut auf Nikolas' Haut. »Bitte, warte …«

Mit aller Macht hielt er die Waffe fest und tastete sich mit der versehrten Hand zum Abzug. Den Schuss hörte Nikolas nicht. Zu laut waren die Geräusche des Zuges. Nur den kraftlosen Leib, der wie ein nasser Sack auf den Boden fiel, nahm er wahr. Die Kugel hatte das Kinn des Mannes durchschlagen und war an seiner Schädeldecke ausgetreten. Nikolas starrte in leblose Augen, als er die Leiche hochhievte und über die Absperrung stieß. Anschließend beobachtete er, wie der Körper auf den Gleisen aufschlug, dann verschwand der Soldat in der Dunkelheit.

Kurz erlaubte sich Nikolas durchzuatmen, bevor er mit der Maschinenpistole im Anschlag den Gepäckwaggon betrat. Ein schmerzerfülltes Wimmern drang hinter aufgestapelten Kisten hervor. Mit dem Tritt in die Weichteile des Schönlings musste Nikolas mehr Schaden angerichtet haben als gehofft. Noch bevor er den Gedanken beenden konnte, krachten Schüsse. Neben ihm durchschlugen Projektile das Holz der Waggons. Instinktiv warf Nikolas sich auf die andere Seite der Kisten, doch er hatte eine Sekunde zu lange gebraucht, in Deckung zu gehen. Ein Gefühl, als würden auf seinem Brustkorb Tonnen lasten und in seinem Schädel mehrere Hochöfen kochen, raubte ihm die Sinne. Der Schmerz war kaum zu ertragen. Der Soldat war zwar verletzt, doch ihm war noch genug Kraft geblieben, um zu feuern. Die Salve war unpräzise abgeschossen worden, doch aus dieser geringen Entfernung konnte jeder Schuss tödlich sein. Nikolas' Herz hämmerte bis zum Hals, als er hinter der Kiste hervorlugte. Die Lampe an der Decke spendete nur wenig Licht, sodass der Soldat im Hellen lag, während Nikolas sich in den Schatten kauerte.

»Ich bringe dich um, du Sauhund!« Mit zittriger Hand hielt der Gefreite sich den Unterleib. Nikolas meinte sogar, dass er eine Verfärbung seiner Hose ausmachen konnte. Alle Kraft hatte er in den Tritt gelegt. Er wollte gar nicht wissen, was er dort zum Platzen gebracht hatte. Die andere Hand des Gefreiten umschloss den Abzug der MP 40. »Hörst du mich?

Ich knall dich ab wie einen räudigen Köter!« Seine Stimme zitterte vor Zorn und Schmerz.

Nikolas presste seinen Rücken gegen die Kiste und lehnte sich aus der Deckung, um das Feuer auf den Mann zu eröffnen. Doch der Soldat kam ihm wieder einmal zuvor. Diesmal waren seine Schüsse präziser. Holzsplitter der Kisten ritzten Nikolas' Wange. So würde er den Soldaten nicht in die Knie zwingen.

Mittlerweile war die Bahn wieder langsamer geworden. Die Schreie der Gäste wurden lauter. Glas zerbrach klirrend, das Gepäck schwankte bedrohlich und es rumpelte überall.

Nikolas hielt den Atem an.

Das war es!

Er stemmte die Füße gegen das Außenholz des Waggons und drückte die Beine durch. Mit immer größer werdenden Bewegungen schob er die oberste Kiste an den Rand der anderen Gepäckstücke. Obwohl sein Körper vor Schmerz schrie, machte er weiter. Noch ein kraftvoller Ruck …

Kein Schrei, kein Wehklagen, lediglich ein lauter Knall wurde von den Wänden zurückgeworfen. Nikolas lauschte ein paar Augenblicke, sah dann um die Ecke. Blut floss ihm entgegen. Die Hände des Mannes umfassten immer noch den Abzug. Schwer atmend erhob sich Nikolas und trat näher. Die Kiste stand gerade auf dem Boden. Er hatte nicht die geringste Ahnung, was deren Besitzer dort drin transportierte, doch es musste so schwer sein, dass es den Kopf des Soldaten förmlich zerquetscht hatte. Sehnen und Muskeln hingen lose am Hals. Noch immer pumpte sein toter Körper Blut in Richtung des hübschen Gesichts, wo längst keins mehr war.

Dies war kein schöner Tod, wenn auch ein schneller. Niemand sollte so sterben. Ohne es zu wollen, legte Nikolas die versehrte Hand über die Lippen. Er schnappte sich seine Walther und fingerte das Geld aus der Hosentasche des Soldaten.

Übelkeit überkam ihn, das Blut in seinen Adern rauschte so schnell, dass er meinte, er würde gleich das Bewusstsein verlieren. Er spürte, wie sich das Filet seine Speiseröhre hochdrückte. Nikolas schluckte mehrmals trocken, während er die blutigmatschigen Überreste vom Schädel des Gefreiten betrachtete. Eine rötliche Masse aus Fleisch, mehr war nicht übrig.

Ein Ruck riss ihn aus seinen Gedanken. Die Bahn war zum Stehen gekommen. Das Signalhorn ertönte. Nun dreimal schnell hintereinander. Der Zug wurde evakuiert. Also befanden sich tatsächlich Flieger in ihrer Nähe.

Den toten Soldaten würdigte er keines Blickes mehr, als er den Gepäckwaggon verließ. Sie hatten ihn umbringen wollen, und es war lediglich den Alliierten zu verdanken, dass er noch lebte.

Die MP 40 fest im Griff, suchte er sich einen Weg durch den ersten Schlafwaggon. Wut und Zorn regierten seine Gefühle. Er musste den Mann finden, der ihn töten lassen wollte. Gleichgültig, wie schlecht seine Chancen standen. Der Rubikon war überschritten, und das Chaos spielte ihm in die Hände. Niemand beachtete, wie er sich mit gesenktem Blick und vor Hass schäumend seinen Weg durch die Menschen bahnte. Frauen schrien, hämmerten gegen die Zugtüren, während Männer Weinflaschen gegen das Fensterglas schlugen und versuchten, die Scheiben zu zerbrechen, um hindurchzusteigen. Viele Mitreisende waren noch in ihrer Abendgarderobe, andere trugen bereits ihre Schlafröcke. Mit dunkler Stimme versuchte der bärtige Reichsbahnassistent die Menschen zu beruhigen und gab Kommandos. Ganz davon abgesehen, dass die Order der Reichsbahn in jedem Waggon ausgehängt war, wie man sich bei Luftangriffen zu verhalten hatte. Niemand schien auf ihn zu hören. Ein surreales Bild breitete sich vor Nikolas' Augen aus, doch der Höhepunkt dessen war ohne Frage Rohn.

Er saß da, wo Nikolas ihn verlassen hatte. Die Stirn immer noch gegen die Scheibe des Essenswaggons gelehnt, schnarchte er in aller Ruhe vor sich hin, als könnte er kein Wässerchen trüben. Nikolas rüttelte an der Schulter des Riesen.

»Rohn! Verdammt, Rohn, wach auf!« Oder hätte er ihn lieber nicht bei seinen Namen nennen sollen? Gleichgültig, es achtete sowieso niemand auf seine Worte.

Nach einer schallenden Ohrfeige schlug sein Freund endlich die Lider auf. Rohn wischte sich Speichel von der Wange und fuhr sich über die Augen. »Was ist los, Kommissar?«

»Fliegeralarm. Anscheinend ein paar Spitfires oder Hellcats, die von einem Angriff zurückkommen. Außerdem wollten mich zwei Soldaten des Oberstleutnants in die Mangel nehmen. Einen habe ich tot aus dem Zug geworfen, der andere liegt mit zerquetschtem Schädel im Gepäckraum.«

Er war selbst überrascht, wie leicht die Worte über seine Lippen kamen. Der Krieg brachte aus den Menschen das Schrecklichste hervor – und machte auch vor ihm nicht Halt. Der junge Gefreite war der vierte Mensch, den er auf dem Gewissen hatte. Eine Schuld, die er für immer würde tragen müssen.

Rohn nickte, als wäre es die normalste Unterhaltung, die man nach dem Aufstehen führen konnte. Plötzlich schien er hellwach. »Sind wir aufgeflogen?«

»Noch nicht.«

»Gut. Ich kümmere mich darum. Gepäckwagen ganz hinten?«

»Ja.« Nikolas musste schreien, damit den Feldwebel seine Worte erreichten.

Ein dunkles, bedrohliches Dröhnen ließ den Raum erzittern. Noch bevor die ersten Schüsse krachten, wusste Nikolas, was nun geschehen würde. Die schmalen Gänge des Zugs wurden zu einem Hexenkessel, in dem jegliche menschliche Gefühle abhandengekommen waren. Das Metall schrie auf, als sich die ersten Kugeln durch die Außenhülle der Waggons fraßen. Sie waren hier!

Nur das pure Überleben zählte jetzt. Menschen, denen man vor wenigen Stunden noch ausgelassen zugeprostet hatte, wurden zu Hindernissen, die es zu überwinden galt. Nur wenige blieben ganz ruhig, nippten todesverachtend an ihrem Champagner oder suchten sich den Weg in ihr Schlafabteil. Welch ein grotesker Anblick. Erwarteten sie den Tod, war er gar eine Erlösung für sie? Konnte eine Kugel im Schlaf besser sein als das, was Deutschland bevorstand? Bei fanatischen Offizieren, die jahrelang indoktriniert worden waren, konnte sich Nikolas dieses Fazit nur allzu gut vorstellen.

Die Türen der Züge wurden geöffnet, als es dem Reichsbahnassistent einigermaßen gelungen war, Ruhe und Ordnung herzustellen. Augenblicklich drängten die Menschen nach draußen, nicht ohne sich einen Teil ihres Hab und Guts unter die Arme zu klemmen. Er sah Frauen in Nachthemden, die behangen waren mit Schmuck, und Herren, die in den Taschen ihres Nachtrocks bündelweise Geld mitschleppten, ohne daran gedacht zu haben, ihre Schuhe anzuziehen. Früher hätte Nikolas genauso gehandelt. Nach Jahren des Krieges und der Entbehrung wusste er es besser.

Nikolas drückte Rohn die MP 40 in die Hand. Er hatte Mühe, von den Massen nicht mitgerissen zu werden. Ständig wurde er geschubst, geschlagen und gestoßen. »Hier rennen eine ganze Menge Offiziere herum. Die wirst du brauchen.«

Der Hüne stand auf und schob zwei Männer von sich fort, die mit aller Macht durch die Tür wollten. »Du machst keine Dummheiten, oder?«

Nikolas holte seine Walther hervor, drehte sich auf dem Absatz und kämpfte sich durch den Gang. Einen Leutnant stieß er einfach aus dem Weg, zwei Damen wich er aus. Er sprach leise, der Satz war nur für ihn selbst bestimmt. »Ich kann es nicht versprechen.«

KAPITEL 11

- SCHWARZES BLUT -

Er musste verrückt sein, völlig von Sinnen, dass er während eines Tieffliegerangriffs durch einen Zug marschierte, der keinerlei Schutz bot. Unter ihm hörte er es rumpeln. Die Menschen verschanzten sich unter dem Zug auf den Gleisen. Sie würden überleben. Bei ihm selbst war er sich nicht so sicher. Die Kugeln der Jäger mit ihrer Leuchtspurmunition würden sich zwar nicht durch Eisen und Stahl drängen, anders sah es jedoch aus, wenn sie noch eine Bombenlast trugen. Rohn hatte ihm erzählt, dass die englischen Piloten denunziert wurden, wenn sie auf der Insel landeten und noch eine Bombe unter dem Heck befestigt war. Deshalb warfen sie diese nach erfolgreicher Erledigung des Auftrags einfach auf Dörfer, Scheunen oder eben Züge ab. Er hoffte inständig, dass es sich bei den Fliegern um Geleitschutz für schwerere Bomber wie die B-17 Flying Fortress handelte. In diesem Fall müssten die Jäger wendiger sein, würden keine zusätzliche Last tragen.

Im Schlafwaggon wurde es stiller. Auch die Menschen draußen besannen sich und wurden ruhig. Nur ab und zu hörte er noch Schritte auf dem Gang. Das Licht war komplett erloschen. Nur der Schein des Mondes drang durch die schmalen Schlitze der abgeklebten Scheiben. Nach der ersten Salve hatte niemand mehr auf sie gefeuert. Unter Umständen war es nur ein verirrter Jäger gewesen, der ein paar Zielübungen gemacht hatte. Nikolas hielt den Atem an, als er sein Abteil erreichte. Hörte er da Worte? Gehechelt und schnell gesprochen?

Er hätte es wissen müssen. Die paar Sirenen hielten diesen Lump nicht auf. Jeder andere wäre unter den Zug geflüchtet, doch so ein selbstherrliches Aas ließ sich von ein bisschen Leuchtspurmunition nicht den Spaß vermiesen. Sie waren in ihrem Abteil. Geschickt und beinahe hellseherisch von Claire, den Oberleutnant dorthin zu lenken, dass Nikolas sie zur Not finden konnte. Er legte sein Ohr an die dünne Tür.

»*No*!« Es war Claires Stimme. Wütend und bestimmt.

»Sei still, meine Täubchen. Es wird dir gefallen …«

»Sie beschießen uns«, wandte Claire ein, ihre Rolle perfekt spielend.

»Das macht es doch nur interessanter.«

Er hörte Kampfgeräusche, ein lautes Klatschen, als hätte jemand zugeschlagen, dann ein kurzer Schrei aus Claires Mund.

Nikolas lächelte finster. Von Stauden machte es einfach, ihn zu hassen. Ein letztes Mal sah er sich im Gang um. Er konnte niemanden ausmachen. Der Knauf ließ sich leicht drehen. Höchstwahrscheinlich ebenfalls eine Vorsichtsmaßnahme von Claire. Als er die Tür langsam öffnete, sah er Claire nackt am Boden liegen. Mit schmerzverzerrtem Gesicht rieb sie ihre Wange. Das Mondlicht ließ ihre Haut noch weißer leuchten, als sie es ohnehin schon war.

»Nikolas …«

Sie wisperte seinen Namen nur, doch von Staudens hatte sie gehört. Langsam drehte der Mann sich um. Er war noch nicht dazu gekommen, sich die Hose auszuziehen. Sein muskulöser Oberkörper bebte bei jedem Atemzug.

»Nikolas?« Er zischte vor Wut, als er den Namen wiederholte, jeder Muskel seines Körpers angespannt. Er spie die Worte, als würde er sich davor ekeln. »Brandenburg! Ich wusste, dass ich Ihre Visage kenne!«

Nikolas richtete den Lauf der Waffe auf den Offizier. »Das nützt Ihnen jetzt auch nichts mehr.«

»Hören Sie das?« Von Stauden hob einen Finger in die Luft und tat so, als ob er angestrengt lauschte. »Es ist ruhig. Keine Tiefflieger mehr. Sie drücken ab – und Ihre Maskerade fliegt auf.« Im fahlen Schein des Mondes sah Nikolas, dass er selbst jetzt noch überheblich lächelte. Noch immer meinte er, am längeren Hebel zu sitzen. »Sie sind nicht besser als der Dreck unter meinen Fingernägeln. Abschaum, der sein Land verraten hat, um mit französischen Dirnen zu kopulieren.« Von Stauden breitete die Arme aus. »Freut es Sie, Ihr Land so zu sehen? Immerhin haben Sie großen Anteil daran, dass dieser Krieg noch lange dauern wird.«

Wie konnte man nur so verblendet sein? »Glauben Sie immer noch daran? An den Endsieg? Eine Weiterführung des Krieges?«

»Oh, er wird fortgeführt«, antwortete von Stauden ruhig. »Genau wie mein Leben. Sehen Sie, Brandenburg, Sie verkennen die Situation. Ein Schuss und Sie sind geliefert. Ein einziger Schrei von mir und Sie alle sind tot. Also sagen Sie mir: Wer, glauben Sie, hat die wahre Macht?«

Nikolas ließ die Waffe sinken. Das Urteil über von Stauden war gefällt. Jedoch würde nicht Nikolas es vollstrecken. »Ich würde sagen, die wahre Macht hat die Frau mit dem Messer.«

Es schien, als verstand von Stauden erst in der letzten Sekunde seines Lebens, in welcher Gefahr er schwebte. Wie konnte er auch ahnen, dass hinter ihm auf dem Boden keine wehrlose französische Nutte, sondern eine Mörderin lag? Ein Todesbote mit dem Gesicht eines Engels.

Der Mondschein ließ das Blut des Mannes schwarz erscheinen. Nackt, wie Gott sie geschaffen hatte, war Claire hinter ihm in Position gegangen. Sie hatte gewartet, bis der Offizier seinen letzten Satz vollendet hatte, um ihm dann das Kinn hochzuziehen und mit der Klinge seine Kehle zu öffnen. Von Stauden blieb stehen, Bäche von Blut liefen seine Brust herab, und gurgelnde Geräusche erfüllten den Raum. Es dauerte eine gefühlte Ewigkeit, bis er auf die Knie sank und panisch mit beiden Händen an seinen Hals griff.

Zurück blieb Claire. Ihre Haare waren offen, das Licht legte sich sanft auf ihren Busen, streichelte ihren Venushügel und beschien ihr zartes Gesicht. Nur das Messer mit schwarzem Blut an der Klinge passte nicht in das Bild einer wunderschönen Sirene. Nikolas überkam das Gefühl, die Welt würde sich langsamer drehen. Einige Tropfen lösten sich vom Messer und fielen neben den Offizier zu Boden. Dieser zuckte unkontrolliert, während sein Herz die rote Flüssigkeit weiter aus seinem Körper pumpte. Wenige Wimpernschläge später erstarben seine Bewegungen, und die Hände des Mannes sackten kraftlos nach unten. Als wollte es ein Totenlied für ihn singen, erklang das Signalhorn.

Die Jäger waren zurückgekehrt.

Erschrockene Schreie begleiteten die todbringende Symphonie. Es musste wahrlich schlecht um das Reich stehen, wenn die Amis und Tommys über deutschem Luftraum schalten und walten konnten, wie sie wollten. Kein Donner der Acht-Achter, nicht einmal Feuer aus einem Maschinengewehr. Jeglicher Zweifel wurde ausgeräumt – dieser Krieg ging in die letzte, blutige Phase.

Es war symptomatisch, dass Claire als Erste das Wort ergriff. »Wie geht es dir, *chéri*? Du siehst schrecklich aus.«

Erst jetzt bemerkte Nikolas, dass Blut seine Nase herabtropfte. Er leckte seine Lippen ab und schmeckte Eisen. »Zwei seiner Männer haben mich angegriffen. Von Stauden hatte offensichtlich noch Pläne mit dir.«

»Sind sie tot?«

»Ja. Rohn kümmert sich um die Leichen.«

»*C'est ça*!« Claire ließ das Messer fallen und erlaubte sich einen Moment des Innehaltens. »Jeder tote Deutsche verkürzt den Krieg.«

Die Wunden von damals brachen auf. Ihre Worte waren nicht verwunderlich bei ihrer Vergangenheit. Nikolas machte einen großen Schritt über die Leiche hinweg, strich über die kleine Platzwunde unter ihrem rechten Auge. »Jeder Deutsche?«

Sie stellte sich auf die Zehenspitzen und schenkte ihm einen Kuss. »Nicht jeder, Nikolas.« Es klang wie Musik, wie sie seinen Namen aussprach. »Aber du bist Teil des Widerstands, vergiss das bitte nie.«

Kurz streifte sein Blick das Messer. »Werde ich nicht, keine Sorge.«

Bei ihren Worten konnte einem angst und bange werden. Er musste sich daran erinnern, dass auch sie nur versuchte, diesem unsäglichen Krieg ein nahes Ende zu bereiten. Mit jeder Faser seines Körpers fühlte er sich zu ihr hingezogen. Am liebsten hätte er sie in den Arm genommen, sie fest an sich gedrückt und ihr gesagt, dass alles gut werden würde. Doch wer konnte das schon, wenn das Dröhnen von Flugzeugmotoren die angespannte Stille der Nacht durchschnitt.

Angstvolle Rufe ertönten, als die zweite Welle der Jäger auf sie feuerte. Glas splitterte und der dumpfe Klang von Geschossen war zu hören, die sich geradlinig durch das Metall der Bahn bohrten. Diesmal war es sicher mehr als ein verirrter Flieger, der seine Fracht loswerden wollte.

»Wir müssen hier raus«, brachte Claire hastig hervor, als sei sie plötzlich erwacht. Schnell griff sie eine Hose aus dem Koffer, warf sich ihren schwarzen Rollkragenpullover über und schlüpfte in die Schuhe.

»Was machen wir mit ihm?«

Sie schnappte sich die kleine Petroleumlampe, die neben dem Bett stand. »Nimm ihn!«

Schon als sie es aussprach, wusste er, welcher Plan sich in ihrem Kopf verfestigt hatte. Mit aller Macht musste Nikolas Übelkeit und Abscheu unterdrücken, um die Leiche des Mannes anfassen zu können. Wie der Kopf einer Puppe schwang dessen Haupt hin und her. Das Blut war warm, lief Nikolas' Hemd herab und färbte es rot.

»Wohin?«, schrie er gegen den zunehmenden Lärm an.

Claire nahm seine Pistole an sich und beugte sich aus der Tür. »Niemand da, komm mit.«

Es kostete ihn unendlich viel Überwindung, mit dem toten Offizier den Gang entlangzugehen, dessen nackte Füße über den Boden schleiften und dessen Haupt an jeder Tür anstieß. Nikolas sah herab. Er befürchtete, dass der Kopf abreißen würde, so sauber und tief hatte Claire den Schnitt ausgeführt. Der Kehlkopf samt Adamsapfel ragte aus der offenen Kehle hervor, Sehnen und die Luftröhre waren freigelegt und klar zu erkennen. Nikolas atmete hastig, musste den erneuten Brechreiz mit ganzer Kraft unterdrücken. Nicht jetzt, nicht hier, flehte er.

Erst an der Tür, durch die sie eingestiegen waren, blieb Claire stehen. Sie stand offen, ein eisiger Windzug strömte in den Zug. Auch hier gab es Einschusslöcher.

»Sie kommen bestimmt zurück, wir müssen uns beeilen. *Alors, on y va!*«

Sie hielt sich geduckt am Türrahmen fest und lehnte sich hinaus. Die mächtige DR-52-Lokomotive stand vor ihnen. Wie ein schwarzer Felsen harrte sie auf den Schienen aus, als könnte sie nichts erschüttern. Die Reisenden hatten sich in der Mitte des Zuges unter die Waggons gelegt. Nikolas überprüfte schwer atmend, ob kein neugieriger Passagier ihnen folgte. Ein kurzer Blick in den Gang musste reichen, dann trat er in die Dunkelheit hinaus. Im Schnee waren Fußspuren zu erkennen. Viele führten in den Wald, auf der Suche nach Schutz. Auf dem Weg dorthin lagen dunkle Gestalten leblos im Schnee. Das Eis um sie herum war mit Blut getränkt. Er konnte Uniformen der SS ausmachen, Frauen in weißen Schlafröcken, sogar ein Junge in einem viel zu großen Hemd – die Kugeln der Hellcats machten keinen Unterschied.

»Komm mit«, zischte Claire und ging voran. Flink wie eine Katze schlich sie an der Lokomotive vorbei, sodass Nikolas mit dem Mann auf den Schultern Mühe hatte, ihr zu folgen. Immer schwerer wog die Last.

Schon wenige Meter abseits der Gleise wurde es deutlich ruhiger. Claire befand sich auf offenem Gelände und spähte in den dunklen Nachthimmel. »Leg ihn hierhin!«, befahl sie und schwenkte die Lampe.

»Bist du verrückt geworden?«, schrie er ihr atemlos entgegen und näherte sich erschöpft. Die Nachtjäger bemerkten selbst das Glimmen einer Zigarette von Weitem. Eine schwenkende Lampe würde ein perfektes Ziel abgeben. Er war davon ausgegangen, dass sie die Leiche einfach zu den anderen legen würden. Schon dröhnten unheilvoll die Motoren der Flugzeuge.

»Sie werden uns in Fetzen schießen!«

»Das ist der Plan!«, antwortete sie, die Augen gebannt gen Himmel gerichtet. »Nikolas, sie werden die Leichen überprüfen. Nichts darf darauf hindeuten, dass er durch eine Klinge sein Ende gefunden hat. Und jetzt leg ihn hierhin, *mon dieu*!«

Er zögerte keine weitere Sekunde. Ächzend ließ er die Leiche in den Schnee fallen und fasste Claire am Arm.

»Komm, unsere Arbeit ist getan.«

»*Un moment*!« Sie schwenkte die Lampe immer heftiger. »Wir müssen sichergehen.«

Das Dröhnen war nun so laut, dass Nikolas das Gefühl hatte, die todbringenden Jäger wären genau über ihnen. Erneut riss er an ihrem Arm.

»Claire …«

»Noch nicht!« Sie wartete bis zum letzten Moment, um die Lampe auf der Brust des Mannes zu platzieren. Erst dann war es Nikolas möglich, sie mitzureißen. Ihre Flucht durch tiefen Schnee war beschwerlich. Er spürte, wie sich seine Hose mit Wasser vollsog, sie wurde kalt und schwer. Die ersten Geschosse wirbelten bereits den Schnee auf. Es schien, als wolle er den Lärm des Krieges schlucken.

Zwei parallele Schussbahnen gruben sich einen Weg zu ihnen. Erst im letzten Moment schafften sie es, sich mit einem Sprung unter den Waggon zu retten. In der nächsten Sekunde trafen die Kugeln auf das Metall der Eisenbahn. Nikolas legte seinen Arm um Claire und presste sein Gesicht auf den nassen Boden, als weitere Flieger auf sie feuerten. Er spürte Claires heißen Atem, roch den süßlichen Duft ihres Parfüms. Wenn er sterben sollte, wäre das bestimmt nicht der schlechteste Zeitpunkt. Zumindest war Claire bei ihm im Gegensatz zu den anderen Situationen, bei denen er geglaubt hatte, nicht mehr lebend herauszukommen.

Die Piloten hatten sich dank Claires Hilfe auf den Zug eingeschossen. Es war unmöglich, einzuschätzen, wie viele Flieger es waren. Vielleicht drei oder vier. Um sie herum wurde der Schnee aufgewirbelt und auch der Funkenschlag nahm zu.

»Du bist verrückt«, hauchte Nikolas.

Sie sah auf, ein Mundwinkel glitt nach oben. Gleichzeitig hielt sie Daumen und Zeigefinger dicht übereinander. »*Un petit peu.*«

Gottverdammt. Er hatte keine Ahnung, warum er jetzt lächeln musste. Eigentlich sollte er sich vor Angst in die Hose pissen. Nur ein Treffer – und alles wäre dahin. Doch in ihrer Gegenwart war alles anders.

Endlich entfernten sich die Motorengeräusche.

»Hat es geklappt?«, wollte Claire wissen und lauschte in die Nacht.

Nikolas robbte bis zur Schienengrenze und sah aus der schützenden Deckung heraus. Das Mondlicht schien gerade noch so hell, dass er die Leiche erkennen konnte. Die Lampe hatten sie ausgeschossen. Sogar einen kleinen Brand musste es gegeben haben, wenn sein Geruchssinn ihn nicht täuschte. Von dem Mann, der vor Kurzem noch Claire umgarnt hatte, war nichts mehr übrig. Zumindest nicht viel, was auf einen Menschen hindeutete.

Schnell kroch er zurück unter die Bahn. »Sie haben ihn zerschossen.« Was für eine merkwürdige Wortwahl. Jedoch schien sie ihm passend für die Situation zu sein.

Einige Sekunden kauerten sie noch eng umschlungen unter dem Waggon. Claire schloss die Augen, lehnte sich an seine Schulter. Jeder Muskel seines Körpers schmerzte, sein Schädel pochte und die verbliebenen Finger seiner linken Hand brannten. Das alles war gleichgültig. Sie waren am Leben. Nur das zählte.

Als die Beamten der Reichsbahn das Horn ertönen ließen und damit Entwarnung gaben, empfand es Nikolas als viel zu früh.

»Ich glaube, sie sind weg«, wisperte Claire und küsste ihn. »Danke, dass du mich retten wolltest.«

Er streichelte über die Wunde an ihrem linken Auge. »Du wärst auch gut ohne mich klargekommen.«

Auch sie fuhr seine Wangen ab und kroch dann als Erste unter dem Waggon hervor. Nikolas folgte widerwillig. Schon riefen die Eisenbahner Kommandos und erschienen mit Lampen, um die Schäden zu begutachten. Die Menschen irrten teilweise ziellos umher. Eine Frau schluchzte bitterlich, während sie sich über eine Leiche beugte. Im kargen Licht machte Nikolas ein Ehepaar aus, das ein totes Kind in die Bahn trug. Ihre Gesichter waren leer, beinahe kreideweiß, als wollten sie dem Schnee Konkurrenz machen.

Nikolas nahm Claires Hand und suchte die Menschenmassen ab. »Elsa? Rohn? Dörper? Hans Dörper!«

Wo um alles in der Welt steckte dieser verdammte Mistkerl? Er beschleunigte seine Schritte. Erst in der Mitte des Zuges vernahm er eine allzu bekannte Stimme.

»Hier!«

Gleichzeitig sahen Nikolas und Claire unter den Zug. Elsa trug ein Nachthemd, darüber Bricks' schweren Wintermantel. Der Amerikaner selbst war nur mit Unterwäsche bekleidet, einzig sein Jackett diente ihm als Schutz vor der Kälte. Nicht schwer zu erraten, wobei sie der Angriff gestört hatte. Sie zitterten am ganzen Körper.

Unweigerlich musste Nikolas an Elsas Wohnung denken. Auf der Flucht vor der Gestapo waren sie in einen See gefallen und hatten dort verharrt, bis die Gefahr vorüber gewesen war. Bibbernd hatten sie es zu Elsas Wohnung geschafft, den Ofen entzündet und sich eine Nacht und einen Tag geliebt. Sie war sein Lichtblick in einer düsteren Welt gewesen, in der Claire so weit entfernt gewesen war und er nicht gewusst hatte, für wen ihr Herz schlug.

»Geht es euch gut?« Die beiden so zu sehen, versetzte Nikolas immer noch ein Stich ins Herz. Allerdings nahm der Schmerz mit jeder Minute ab.

»Ja«, hauchte Bricks und rieb seine Oberarme. »Der Angriff hat uns einfach überrascht.« Der Amerikaner musterte Nikolas von oben bis unten, anschließend beäugte er Claire. »Was ist passiert?«

»Eine unliebsame Begegnung mit Ihrem Wehrmachtsfreund vom Bahnsteig in Bebra«, antwortete Nikolas.

Augenblicklich erstarrte der Physiker. »Sind wir …?«

»Nein, die Situation ist unter Kontrolle. Keine Gefahr.«

»Gut«, hauchte Bricks, entspannte sich und legte seinen Arm und die zitternde Elsa. »Wir sollten ins Innere gehen. Hier draußen holen wir uns noch den Tod.«

»Wie so viele andere«, sagte Nikolas und blickte über die Leichen. Bei dem Gedankengang fasste er sich an den Kopf. »Verdammt, wo ist Rohn?«

»Ist er nicht bei euch?«, schoss es aus Elsa hervor, als sie unter dem Zug hervorkrochen.

»Nein«, antwortete Claire. »Er musste noch … Entsorgungsarbeiten durchführen.«

Dieser Satz bedurfte keiner weiteren Erklärung. Elsa riss sich los. »Suchen wir ihn … Heinz!«

Die Rufe nach seinem Namen mischten sich unter die Schreie Verletzter. Sie kamen an einem jungen Soldaten vorbei, der anscheinend versucht hatte, auf die sich nähernden Flugzeuge zu feuern. Er hielt sich die klaffende Schulter, sein blutiges Mauser-Gewehr lag vor ihm. Er war umringt von Menschen, die seine Blutung stillen wollten. Anerkennend klopften ihm zwei ältere Herren mit Zwirbelbart auf die Schulter.

»… wollte nur einen der Tommys vom Himmel holen.« Der Junge stöhnte auf. »Ich dachte, im freien Feld sehen sie mich nicht.«

Kopfschüttelnd hetzte Nikolas an ihm vorbei. Mittlerweile zogen sie jedem Pimpf eine Uniform an und drückten ihm ohne Ausbildung eine Waffe in die Hand. Das Mündungsfeuer diente den Jägern als eindeutiger Zielpunkt. Eine schrecklich dumme Idee, auf sie zu feuern, wenn keine Deckung vorhanden war. Mit zusammengebissenen Zähnen hielt der Soldat sich den Arm. Er würde es überleben. Die Verletzung war sein Freifahrtschein in ein Lazarett, wo er das Kriegsende abwarten konnte. Was für ein glücklicher Hund.

Gemeinsam schrien sie sich die Lungen aus den Leibern, als sie die Bahngleise entlanggingen. Nikolas beschleunigte seinen Gang. Er ahnte, wo er zu suchen hatte. Am letzten Waggon blieb er stehen, wollte gerade in ihn hineinsteigen, bis er Fetzen von Flüchen vernahm.

»Hurenbock, verdammter! Dir werde ich's zeigen, du stinkender Misthaufen!«

»Rohn?« Nikolas sah unter den Zug. Sie konnten offen reden, hier war niemand mehr zugegen. »Bist du es?«

»Wer denn sonst, Kommissar? Das Christkind wird's wohl kaum sein.«

Nikolas verzog das Gesicht. Rohn sah übel aus. Und damit waren nicht seine üblichen Kneipenblessuren gemeint. Es war wirklich übel. Sie brauchten alle acht Hände, um den Hünen unter dem Zug hervorzuziehen.

»Zwei Eintrittswunden«, sagte Elsa hastig, als sie seinen Körper abtastete. »Eine neben der Niere, die andere am rechten Oberschenkel.«

»Haben mich ganz schön erwischt«, bestätigte Rohn mit zischender Stimme. Er lachte auf. »Hast da drinnen 'ne ganz schöne Sauerei veranstaltet, Kommissar. Aber keine Sorge, ich hab mich um alles gekümmert. Als ich wieder aussteigen und unter den Waggon kriechen wollte, hab ich mir wohl ein paar Kugeln gefangen.« Sein Atem rasselte, ging stoßweise. »Konnte dann noch gerade so auf die Gleise kriechen und hab abgewartet.«

»Das haben Sie gut gemacht«, sagte Bricks und nickte ihm zu.

Wenn der Amerikaner sich zu so einem Lob hinreißen ließ, musste es schlecht um Rohn stehen. War das bereits der Abgesang auf einen treuen Soldaten?

Nikolas lehnte sich nach vorn. »Elsa, du hast Medizin studiert. Wie schlimm ist es?«

Ihre blonden Haare hingen ihr ins Gesicht, als sie die Wunden abtastete. »Es waren nur drei Semester.«

Nikolas legte die Hand auf ihren Rücken. »Du hast das schon einmal geschafft. Du kannst das.«

Sie nickte tapfer. »Am Bein fühle ich keine Austrittswunde. Die Kugeln steckt noch drin.«

Nicht zu fassen. Die Geschosse flogen kilometerweit mit einer unglaublichen Geschwindigkeit, nur um in Rohns massigem Körper stecken zu bleiben.

Nikolas hielt den Kopf seines Freundes. »Was können wir tun?«

»Wir müssen die Blutung stoppen, und dann braucht er einen Arzt.«

Bricks kniete sich nieder. »Ausgeschlossen. Es würden zu viele Fragen gestellt.«

»Der Mann hat recht«, pflichtete Rohn ihm bei. »Elsa – ich vertrau auf dich, Kleines. Flick mich einfach wieder zusammen und in ein paar Wochen bin ich so gut wie neu.«

Wenn das doch nur stimmen würde. Die Wunden sahen schlimm aus. Eigentlich ein Wunder, dass er überhaupt noch lebte. Wäre er ein paar Zentimeter weiter in der Körpermitte getroffen worden, würden sie dieses Gespräch nicht führen.

»Wir bringen ihn rein«, befahl Claire schließlich.

Noch einmal mobilisierte Nikolas alle Kräfte, um Rohn hochzuheben und die Stufen des Waggons hinaufzutragen. Bricks und die Frauen halfen keuchend. Im schmalen Gang stießen sie mehrfach an die Wände. Erst als sie Bricks' und Elsas Abteil erreicht und ihn auf das Bett gewuchtet hatten, erlaubte sich Nikolas einen Blick über die Schulter. Die anderen Reisenden waren viel zu sehr mit sich selbst beschäftigt, als dass sie Notiz von der Gruppe nehmen würden. Eine Handvoll Verwundeter wurde in den Zug getragen, die Anzahl der Leichen war weitaus zahlreicher. Niemand schenkte ihnen Beachtung. Nikolas wusste nicht, ob er dankbar oder angewidert von diesem Gedanken sein sollte.

»Wir brauchen Kompressen, Verbandszeug, Arzneien, irgendetwas«, sagte Elsa hastig, während sie die Wunde an der Schulter versorgte. Zum Abpressen nahm sie eins von Bricks Unterhemden und fixierte den Druckverband mit einem blütenweißen Hemd. Dann widmete sie sich Rohns Bein. »Die Kugel sitzt tief im Körper. Derzeit wirkt sie wie der Korken in einer Flasche. Wenn ich sie entferne, könnte ich noch mehr Schaden anrichten und es wäre vorbei.«

Schon nach wenigen Augenblicken war das Bett voll Blut. Rohn verzog das Gesicht, stöhnte vor Schmerz. Damit war er bei Weitem nicht der Einzige im Zug. Peinvolle Schreie hallten durch die Gänge. Noch immer waren die Türen geöffnet, während die Eisenbahner den Schaden begutachteten. Der dadurch hereinströmende Wind ließ die Temperatur merklich sinken. Wenigstens hatten sie das Licht wieder angeschaltet.

»Wie lange kann er das Geschoss im Körper tragen?«, wollte Bricks wissen und trat nah an Elsa heran. Mit der einen Hand drückte er auf den Verband, die andere hielt eine Lampe.

Elsa kaute auf der Lippe, während sie versuchte, die Kugel im Oberschenkel zu ertasten. »Ich weiß es nicht.«

»Dann schätze.«

Mit schweißnasser Stirn befühlte sie die Stelle. »Es scheint kein Knochen verletzt zu sein, also keine Splitterung. Wenn wir die Wunde desinfizieren, vielleicht ein oder zwei Tage. Eigentlich sollte er direkt zu einem Arzt.«

»Das kannst du vergessen«, stöhnte Rohn und bohrte seine Finger in ein Kissen. »Viel zu gefährlich. Kannst du sie nicht rausholen?«

Nikolas sah, wie viel Angst ihr die Situation einjagte.

»Ich sehe die Kugel nicht einmal, habe keine Instrumente und keine Medikamente. Hier im Zug auf keinen Fall. Zumindest brauchen wir ein Mindestmaß an Ausrüstung.« Ihre Worte waren nicht mehr als ein Flüstern. »Er hat sehr viel Blut verloren. Wir brauchen einen richtigen Arzt, um ihn zu versorgen.«

Nikolas sah in Rohns Augen. Mit jeder Minute verloren sie an Glanz und wurden trüber. Sein Freund wurde schwächer. Die Situation vor wenigen Monaten, als er von einer Gruppe Wehrmachtssoldaten zu Brei geschlagen worden war, war zwar auch bedrohlich, aber doch anders gewesen. Damals waren die Wunden oberflächlich gewesen, waren schnell verheilt. Nikolas war sich nicht sicher, ob es diesmal so glimpflich ausgehen würde. Rohns Gesicht färbte sich aschfahl. Seine unzähligen Narben waren dadurch noch deutlicher sichtbar.

»Um die Medikamente kümmere ich mich«, sagte Bricks schnell und griff in seinen Koffer. Im Nu kamen etliche Geldscheine zum Vorschein.

Claire hatte sich bis jetzt zurückgehalten und lediglich Rohns Kopf gehalten. Bei Bricks' Vorschlag allerdings schüttelte sie energisch den Kopf, sodass ihre Haare wild umherflogen. »Damit wirst du hier nicht weiterkommen. Wenn die Männer in diesem Zug etwas haben, dann ist es Geld.« Sie riss Bricks die Scheine aus der Hand und bettete Rohns Kopf sanft auf das Kissen. »Ich werde das übernehmen. Auf meine Art.«

Nikolas wusste, dass sie ihre Reize spielen lassen würde. Sollte sie. Für Rohn würde er das auch selbst machen, wenn er auch nur im Ansatz die richtigen Voraussetzungen für diese Aufgabe mitbringen würde. Als sie das Abteil verließ, sah er ihr hinterher. Allein für diesen Anblick lohnte es sich, den Krieg so schnell wie möglich zu beenden.

»Was kann ich tun?«, wollte Nikolas wissen und setzte sich zum liegenden Rohn. Sein Magen krampfte sich zusammen. Den Hünen, den Anführer des Widerstands, geschwächt vor sich liegen zu sehen, raubte ihm seine Kraft. Ein seltsam beklemmendes Gefühl nahm von ihm Besitz.

»Du kannst nichts machen, Nikolas.« Elsas Blick ging ihm durch Mark und Bein. »Wir können die Blutungen lediglich stoppen und nur hoffen, dass Claire Erfolg hat.«

Nichts machen … Das war das Schlimmste. Wenn man sich der Hoffnung hingeben musste, da sie das Einzige war, was noch blieb, und man, zur Untätigkeit verdammt, einfach seinem Schicksal ausgeliefert war, bis die Zeit schließlich eine Entscheidung traf. Nichts tun. Gar nichts.

»Hallo, Kommissar!«

War Rohn gerade weggetreten gewesen? Nur mit Mühe konnte er die Lider öffnen. Nikolas fasste seine riesige Hand, sah dem Feldwebel in die Augen und versuchte, ein Lächeln aufzusetzen. Er wusste, dass es ihm misslang.

»Hallo, Rohn, brauchst du irgendetwas?«

»Eine Flasche Schnaps und die Nippel eines drallen Mädchens im Gesicht.« Er gurgelte fürchterlich, als er auflachte. »Ich habe doch gesagt, dass ich Berlin nicht stehend verlassen werde.«

Nikolas drückte seine Hand fester. »Du hast es ja nicht einmal nach Berlin geschafft.«

Rohns Mundwinkel glitten nach oben. »Da hast du recht«, wisperte er mit dunkler Stimme und sank auf das Kissen zurück.

Der Schock fuhr in Nikolas' Glieder. Sofort hielt er zwei Finger auf Rohns Halsschlagader.

»Keine Angst, er ist nicht tot«, erklärte Elsa leise, während sie den Puls an der anderen Hand des Mannes fühlte. »Aber lange wird es nicht mehr dauern …«

Nikolas erhob sich. Es wäre ein feiner Zug, bei seinem verletzten Freund zu warten. Ihm die Hand zu halten und ihm den Schweiß von der Stirn zu tupfen. Doch er musste hier raus. »Ist es in Ordnung, wenn ich frische Luft schnappe?«

»Geh nur«, bekräftige Elsa ihn. »Derzeit können wir ohnehin nichts tun.«

Ihre Worte waren wie eine Erlösung. Als er wie im Traum das Abteil verließ und nach draußen stolperte, fühlte er sich dreckig. Als hätte er einen Sterbenden zurückgelassen. Reiß dich zusammen, ermahnte Nikolas sich selbst. Noch war Rohn nicht tot, und der alte Haudegen würde es auch dieses Mal schaffen. Er musste einfach!

Mit zittrigen Händen zündete Nikolas sich eine Zigarette an. Der Qualm wurde vom Wind fortgetragen. Er schritt die Schienen entlang, sah Leichen, die kurz vor dem Waldesrand lagen und noch immer nicht weggeschafft worden waren. Die Männer der Reichsbahn waren nach wie vor damit beschäftigt, den Zug auf Schäden zu untersuchen. Einige wirkten erleichtert, andere erledigten ihre Arbeit mit einer sie beruhigenden Routine. Als Nikolas an der Lokomotive angelangt war, bemerkte er, dass diese wieder Dampf in den Himmel blies. Zwei schmutzige Bahnarbeiter arbeiteten gerade an den Schienen unter der Lok.

»Kann es weitergehen?«, wollte Nikolas wissen und bot den Männern eine Zigarette an. Dabei blickte er sich wie zufällig um. Zumindest konnte er sich hier draußen nützlich machen und herausfinden, ob die Leiche von Marius von Stauden bereits untersucht wurde.

Die Männer krochen unter der Lok hervor. Dankbar nahmen sie die Glimmstängel und zündeten diese gierig an.

»Die Waggons haben einiges abbekommen«, erklärte der ältere Mann mit Vollbart. »Aber alles halb so wild. Hab schon schlimmere Angriffe erlebt.«

»Könnte ein wenig zugig hinten werden«, fügte der andere hinzu. Dabei streichelte er das schwarze Metall der Lokomotive fast zärtlich, während er humpelnd um sie herumging. Der Klumpfuß musste ihn vor dem Dienst an der Front gerettet haben. Wahrscheinlich war er damals sogar glücklich gewesen, dass er bei der Reichsbahn arbeiten durfte. Zu schade, dass die Front sie längst eingeholt hatte. »Viele Einschusslöcher in den Scheiben. Noch zehn Minuten, dann geht es weiter.«

Nikolas zog an seiner Zigarette und nickte beiläufig. »Was ist mit dem Kerl dort?«, fragte er und deutete auf die Überreste von Staudens.

»Der arme Teufel wollte es wohl in den Wald schaffen.« Der bärtige Eisenbahner zog die Nase hoch und spuckte in den Schnee. »Hat dabei dummerweise eine Lampe mitgenommen, um den Weg zu erhellen. Sie haben ihn völlig zerschossen, da ist nichts mehr zu machen.«

Nikolas' Blick verfestigte sich. Noch vor einer Stunde war der Mann ein lebendiges Wesen gewesen. Ein ziemliches Arschloch, aber ein Mensch. Und kein ... Haufen totes Fleisch. »Was macht ihr mit ihm?«

»Das meiste, was von ihm übrig ist, schaffen wir hinten in den Gepäckwagen«, raunte der Klumpfuß. »Um den Rest kümmern sich die Wölfe.«

Das war also das Schicksal, das einen erwartete, wenn man von Geschossen zerfetzt wurde. Vater hatte immer gesagt, man erkenne den Wert einer Gesellschaft daran, wie sie ihre Toten begrub. Wenn das der Maßstab war, musste es schlimm um sein Land stehen. Nikolas erinnerte sich, dass vor wenigen Jahren noch jeder gefallene Soldat nach Hause geholt worden war. Ein Ehrenbegräbnis mit Reichsflagge über dem Sarg und ein Kranz der NSDAP inklusive. Dazu eine Totenwache der Wehrmacht. Alles längst vergangen. Millionen von Toten logen nicht, die Wahrheit war mehr als offensichtlich. Andererseits – so war die menschliche Natur. Warum um die Toten trauern und ihre Leichen mit viel Aufwand an den Heimatort bringen, wenn das eigene Leben nicht mehr sicher war. Ressourcen waren kaum noch vorhanden, und anstatt Züge voller Leichen in die Städte wurden lieber Material, Mensch und Nahrungsmittel an die Frontlinien geschafft. Einen dunklen Kreislauf hatte der großartige und unfehlbare Führer der Herrenrasse in Gang gesetzt. Eine Symphonie des Todes mit Fliegerbomben als Ouvertüre und Artillerieschlägen für den ersten Akt.

Nikolas schnippte die Zigarette weg und wandte sich ab. Die nächste Baumreihe, etwas in der Dunkelheit gelegen, schien genau richtig für seine Zwecke.

»Wo willst du hin?«, fragte der Klumpfuß nach.

»Pinkeln«, rief Nikolas.

Als die beiden Männer sich trollten, ging er tiefer in den Wald hinein. Hier war der Schnee noch nicht festgetreten und kein Licht erreichte die Baumreihen. Endlich allein!

Nikolas öffnete seine Hose und erlaubte sich, durchzuatmen, während der Schnee vor ihm sich gelb färbte. Das gleichmäßige Plätschern beruhigte ihn auf eine groteske Weise. Als er fertig war, stützte er sich an einem Baum ab. Er fühlte sich unendlich erschöpft. Sein Kopf raste, während sein Körper endlich schlafen wollte.

Die Männer der Thule-, Edda- und all der anderen geheimen Gesellschaften mit ihren angeblichen Errungenschaften konnten niemals am Krieg teilgenommen haben. Nie waren sie an der Front gewesen, nie hatten sie schreiende Frauen und Kindern gesehen, die die Leichen ihrer Liebsten in den Armen hielten. Denn sonst würde keiner von ihnen diesen Krieg verlängern wollen. Das Reich lag am Boden, und es war nur eine Frage der Zeit, bis das auch das Oberkommando erkennen würde. Vielleicht würde es Verhandlungen geben? Und wenn nicht, galt umso mehr, dass sie Erfolg haben mussten. Keine weiteren Leichen und keine Wölfe, die sehnige Stücke aus totem Fleisch herausrissen. Wenn Gott existierte, dann war er ein Sadist. Oder hatte er sie ganz verlassen? Als Strafe für seine ungehorsamen Kinder? Wie damals, als er Glut und Lava auf Sodom hatte regnen lassen oder Gomorrha mit Schwefel und Feuer dem Erdboden gleichmachte? Nikolas war sich sicher, in Deutschland gab es nur noch wenig Rechtschaffene, die dieses Schicksal von ihrer Heimat abwenden könnten. Und er hatte lange schon aufgehört, einer von ihnen zu sein.

Als er diesen Gedanken formulierte, schnürte sich sein Hals zu und er musste würgen. Nikolas spürte seinen Mageninhalt in sich hochkommen, schloss die Augen und ließ die nächsten Sekunden über sich ergehen. Erbrochenes tröpfelte von seiner Unterlippe in den Schnee. In seiner Speiseröhre begann die Säure, das Gewebe von innen zu zerfressen. Tränen flossen aus seinen Augen und vermischten sich mit dem rötlichen Gemisch auf dem Boden. Bis er sich erneut übergeben musste, blieben ihm einige Sekunden, um Luft zu holen. Dann wurde er wieder nach vorn geworfen und musste sich mit der linken Hand am Baum abstützen, um nicht umzufallen. Die Fingerstümpfe brannten wie Feuer. Diesmal war es Rotwein, den sein Körper nicht mehr bei sich behalten wollte. Die tanzenden Flecken vor seinen Augen wurden heftiger. Nach einer gefühlten Unendlichkeit ließ das krampfende Gefühl im Magen nach, und er konnte sich aufrichten. Nikolas torkelte zum Zug zurück. Beim Versuch, den kleinen Rest Erbrochenen, der sich in seinem Mund befand, zu schlucken, wurde ihm erneut speiübel. Gleichsam musste es weitergehen. Sie waren schon viel zu lange an diesem gottverlassenen Ort.

KAPITEL 12

- GERMANIA -

Einmal im Jahr wird dann ein Trupp Kirgisen durch die Reichshauptstadt geführt, um ihre Vorstellung mit der Gewalt und Größe ihrer steinernen Denkmale zu erfüllen.

Ein Scheiß war davon zu sehen. Nikolas sah gebannt aus dem Fenster. Vor ihm lag Berlin, die Hauptstadt des Tausendjährigen Reiches. Germania, in Schönheit und Macht von keiner Stadt der Welt übertroffen. Selbst die alten Römer sollten in Ehrfurcht erzittern, wenn sie den Namen dieses wahr gewordenen Traums in ihren Gräbern hörten. Was hatten Speer und Hitler ihnen nicht alles versprochen. Eine Siegesallee, die einem den Atem verschlagen sollte, eine 300 Meter hohe Volkshalle neben der Reichstagshalbruine und ein Führerpalais von zwei Millionen Quadratmetern Fläche.

Berlin wird als Hauptstadt nur mit dem alten Ägypten, Babylon oder Rom vergleichbar sein. Was ist London oder Paris dagegen!

Dies waren die Worte des allmächtigen Führers gewesen, der mittlerweile nicht mehr so unangreifbar schien. Die Bomben prallten nicht an Häusern und Dächern ab, wie Goebbels es versprochen hatte. Sie schlugen ein und legten alles in Schutt und Asche.

Noch einmal wandte Nikolas sich um und nahm die zerstörte Silhouette in sich auf. Das sollte die ewige Reichshauptstadt sein? Er sah nur einen Haufen Asche vor sich und die Verzweiflung der Menschen, welche diesen ihr Zuhause nannten. Hier war es noch schlimmer als in Düsseldorf. Die Pimpfe, die beflissen Schutt von den Bahngleisen räumten, waren auch hier zugegen.

»Kein schöner Anblick, *isn't it*?« Bricks flüsterte die Worte mit einer gewissen Ehrfurcht. Er trug einen neuen Anzug, hatte die Hände in den Taschen vergraben und stand ganz still, wenn die Bahn nicht gerade anfuhr und ein Ruck durch das Abteil ging. »Wie viele Menschen mögen unter diesen Trümmern begraben sein? Wie viele Frauen sind Witwen, wie viele Kinder Waisen geworden?«

Nikolas lehnte seinen Kopf gegen die Wand und schloss die Augen. Selbst hier auf dem Gang war es ruhig. Die selbstherrliche Stimme von Bricks brauchte er gerade wirklich nicht. »Was interessiert Sie das?«

Der pochende Schmerz in seinem Schädel wollte einfach nicht nachlassen. Nikolas hatte in der Nacht kaum geschlafen. Sie waren den ganzen Morgen gefahren, mal schneller, mal langsamer. Rohns Zustand war ernst, aber zumindest für den Moment stabil. Mittlerweile war der Nachmittag angebrochen. Die Passagiere hatten sich seit der Weiterfahrt in ihre Abteile zurückgezogen und kamen nur zur Essensaufnahme in den Salon. Der Angriff, die vielen Toten und Verletzten hatten den Reichen und Mächtigen die Grenzen ihres Geldes und Einflusses aufgezeigt.

Der Stimmungsunterschied hätte nicht größer sein können. Vor nicht allzu vielen Stunden hatte Nikolas das Gefühl gehabt, in diesem Zug würde die Sünde selbst regieren. Jetzt war es beinahe still. Die Menschen redeten nur das Nötigste, versorgten ihre Liebsten oder beteten leise. Einzig der Wind, welcher durch die daumengroßen Einschusslöcher an den Wänden drang, untermalte ihre Reise akustisch.

»Wäre ich hier, wenn es mich nicht interessieren würde?« Bricks drehte seinen Kopf, sah Nikolas an. »Ich habe Ihnen gesagt, dass ich diesen Krieg, die Bomben und all das Leid so schnell wie möglich beenden möchte. Ich stehe zu meinem Wort.«

Nikolas hatte keinen Zweifel daran. Nur seine Motive blieben weiterhin im Dunkeln. »Bricks, warum tun Sie das? War beim Geheimdienst kein Schreibtisch mehr für Sie frei? Oder sind Sie als Doktor der Physik einfach nicht zu gebrauchen?«

Lächelnd schüttelte Bricks den Kopf, sah kurz zu Boden, dann wieder aus dem Fenster. »Jeder Mensch hat seine Gründe, den Krieg beenden zu wollen. Sie besitzen Ihre, ich habe die meinen.« Seine Stimme wurde noch leiser als sie ohnehin schon war. »Sie haben wenigstens Marie, für die es sich zu kämpfen lohnt. Ich habe nichts, außer meiner Rache.«

Die Wahrheit kam bei dem Amerikaner immer nur Stück für Stück ans Licht. Nikolas verstand, was er damit meinte. »Sie haben jemanden verloren?«

Bricks schwieg und sah aus dem Fenster. Keine Reaktion war im Gesicht des Mannes zu lesen. Er schien in einer anderen Welt zu sein. »Wir erreichen gleich Tegel. Dort steigen wir aus. Helfen Sie mir, Rohn transportfähig zu machen. Ein langer Weg liegt vor uns.«

*

Irgendwie überkam es ihn einfach. Von jetzt auf gleich. Heinrich Meißner schlug die Hände vor seinem Gesicht zusammen. »Bernhard, was hast du mir nur angetan?« Seine Stimme war nicht mehr als ein Wispern.

Es war bitterkalt, ein zügiger Wind pfiff durch den Bahnhof Tegel. Seit zwei Stunden wartete er hier auf den verdammten Zug. Seine Beine taten ihm weh, doch noch mehr schmerzte sein Magen. Es fühlte sich an, als wäre er schon Wochen nicht mehr gefüllt worden. Wie um ihm zuzustimmen, wieherte sein Wallach und schüttelte den Kopf.

»Ganz ruhig, Großer«, versuchte Meißner, das Pferd zu beruhigen. Sein Blick blieb auf dem grauen Fell des Tieres hängen. Er hatte gut daran getan, Fritz von der Kutsche abzuspannen und ihn am Wegesrand grasen zu lassen. Zufrieden zupfte er die halb gefrorenen Halme aus dem Boden und kaute sie. Meißner wünschte sich, dass auch sie einfach ein paar Gräser essen könnten und der unsägliche Hunger dadurch verschwinden würde. Es wurde immer schlimmer, wie Bernhard es vorausgesagt hatte. Erst neulich war er Zeuge davon geworden, wie ganz normale Menschen über ein totes Pferd hergefallen waren, das Fleisch über offenem Feuer erhitzt und es wie die Wilden mit ihren Händen gegessen hatten. Bei dem Gedanken wurde ihm speiübel. Schnell streichelte er über das Fell seines Pferdes und hoffte inständig, dass es nicht so weit kommen möge. Was wäre, wenn Friedrich und seine Frau Ilse dem Hungertod nahe wären? Würde er es übers Herz bringen, sein einziges Pferd zu töten?

Heinrich Meißner verdrängte den Gedanken mit aller Macht und sah erneut zu den Bahngleisen. Wann kamen diese Herrschaften endlich?

In aller Früh war er von Oranienburg aufgebrochen, um sie abzuholen. Er hatte sich so beeilt, dass sein Bein erneut schmerzte. Doch er wollte sich nicht beschweren, schließlich hatte ihn das Schrapnell aus dem Großen Krieg vor einem Einsatz an der Front bewahrt. Das rief er sich immer wieder ins Gedächtnis. Und nun war er seit einer gefühlten Ewigkeit der einzige Wartende hier am Bahnhof. Die geräuschvolle Betriebsamkeit des nahe gelegenen Lagers war das Einzige, was neben dem Pfeifen des Windes zu hören war. Meißner wusste, was sich dort abspielte. Jeder wusste es. Junge Männer aus den Niederlanden wurden gefangen gehalten und mussten für die Borsig-Werke schuften. In den letzten Jahren waren Hunderte aus den Zügen gestiegen und durch das Tor geführt worden, wo sie von da an ihr Dasein fristen mussten. Immer wenn er den weiten Weg von Oranienburg nach Tegel hinter sich brachte, musste er daran denken, wie es war, nicht frei zu sein. Von der Familie getrennt, aus dem Leben gerissen und jeglicher Selbstbestimmung beraubt.

Doch das war alles noch besser als das Lager in seiner Heimatstadt. In den letzten Wochen war es dort besonders schlimm geworden, denn es schien, als wollten seine Landsleute ihre Taten vertuschen. Die nahe liegenden Düngemittelfirmen wurden mit Knochenschrot zerkleinerter Leichen beliefert. Und das alles im Auftrag der SS, die dabei sogar noch einen Reibach machte. Was ein Wahnwitz! Bauern aus der Umgebung benutzten also die Knochen toter Menschen, um ihre Felder zu düngen. Selbst die Asche verbrannter Leiber wurde zum Straßenbau verwendet. Er hatte sich zwingen müssen, einen Schritt vor den anderen auf den asphaltierten Wegen zu setzen, als er von Bernhard davon erfahren hatte. Doch das war nicht alles gewesen: Das Zahngold der armen Seelen wurde aus ihren Kiefern gebrochen und der Reichsbank überstellt, Frauen wurde der Kopf rasiert und ihr Haar zu Garn gesponnen. Viele Firmen verdienten sich eine goldene Nase am Elend der Gefangenen. Ein perfekt abgestimmter Kreislauf des Todes.

Es war nur ein kleiner Einblick in die gut geölte Maschinerie des Verbrechens. Doch er reichte aus, dass Meißner in diesem Augenblick hier war. Trotz aller Widrigkeiten und Gefahren, die in den letzten Monaten dieses verdammten Krieges hinter jeder Ecke lauerten.

Meißner schlug den Kragen seines zerschlissenen Mantels hoch. Bernhard hatte recht behalten. Vor Jahren hatte Heinrich den katholischen Pfaffen nicht ernst nehmen wollen, als dieser offen gegen die Verfolgung eingetreten war. Bernhard Lichtenberg sei ein Dummschwätzer, hatte Meißner noch höchstselbst zu seiner Frau gesagt. Wie er sich geirrt hatte! Bei jedem Kirchenbesuch, jeder Predigt und jedem Gespräch waren seine Augen ein wenig mehr geöffnet worden. Schließlich war aus Abneigung Freundschaft und aus Zuhören aktives Handeln geworden. Noch immer rechnete er es Bernhard hoch an, dass er ihn nicht verraten hatte.

Andererseits, was hatte er schon getan? Ab und zu sein abgelegenes Haus als Unterschlupf zur Verfügung gestellt. Auf wenigen Treffen war er gewesen, nichts Besonderes, wie er empfand. Er war kein glühender Widerständler, wie Bernhard es einst gewesen war. Er hatte die Kontakte zum Widerstand hergestellt über Mittelsmänner, denen er Informationen weitergab. Eigentlich war er einfach in die Sache hineingerutscht. Und das alles dank Pfarrer Bernhard Lichtenberg, dessen Mut und Leidenschaft ein jähes Ende gefunden hatten. Wegen Kanzleimissbrauchs und Vergehen gegen das Heimtückegesetz hatte die Gestapo ihn abgeholt. Oft hatte Meißner für seinen Freund gebetet, bis die Ahnung zur schrecklichen Gewissheit geworden war. Es musste eine große Genugtuung für die Seele Bernhards gewesen sein und ein Schlag in das Gesicht der Mächtigen, als auf seiner Beerdigung der Andrang so groß gewesen war, dass die Leute keinen Platz mehr in der Kirche gefunden und draußen ihre Gebete gesprochen hatten.

Das alles war jetzt zwei Jahre her. Und es wurde immer schlimmer. Bald schon würde der Krieg alles auffressen, was noch gut und richtig war. Wieder fiel sein Blick auf Fritz. Meißner zupfte ein paar Gräser und gab sie dem Wallach, während er seinen Hals tätschelte.

15 Tage war es her, seit er diese beängstigende Flugscheibe erblickt hatte. Wäre sein Sohn Friedrich nicht dabei gewesen, der sie auch wahrgenommen hatte, er wäre sich sicher gewesen, dass das Objekt am Himmel nur eine Einbildung gewesen sein konnte. Doch er hatte es gesehen, mit eigenen Augen. Schneller als eine Messerschmitt war dieses Ding über ihre Köpfe hinweggerauscht. Meißner hatte gar nicht überlegt, sondern den Vorfall direkt seinen Kontaktpersonen gemeldet. Alles Weitere lag nicht mehr in seiner Hand. Zumindest hatte er das die letzten Tage gedacht. Bis sie sich wieder bei ihm gemeldet hatten. Ein Zug würde eintreffen, und er sollte einer nicht genau benannten Personenzahl Obdach gewähren. Lange hatte er gezögert. Ilse war in Tränen ausgebrochen. Doch schließlich hatte er nicht anders gekonnt, als zuzustimmen. Inständig betete er nun, dass er damit nicht sein Todesurteil unterschrieben hatte. Die Personen würden sich unauffällig verhalten, nur ein weiteres Grüppchen Obdachloser, die es von Berlin aufs Land zog, um hier Sicherheit zu suchen. Kein Aufsehen würden sie erregen und auch schnell wieder weg sein, hatte seine Kontaktperson versichert.

Meißner atmete durch, rieb seine Hände aneinander und fuhr sich über die schmerzende Beinwunde. Sollte er einfach gehen? Lange genug ausgeharrt hatte er. Langsam spannte er Fritz vor die Kutsche. Sie hatten ihre Chance. Zu Hause hatte Ilse bestimmt schon einen heißen Muckefuck zubereitet. Erneut wieherte das Pferd und buckelte. Ein allzu bekanntes Geräusch drang an seine Ohren. So ein Mist!

Ein Zug näherte sich. Als hätten die Gleise eine magische Wirkung auf ihn, fixierte er das Metall. Singend vibrierten die Schienen, als die Lokomotive dampfend einfuhr. Die Waggons sahen mitgenommen aus. Einschusslöcher zeugten von einem Fliegerangriff. Etliche Scheiben waren gebrochen. Ein

Wunder, dass die Bahn hatte weiterfahren können und es bis hierhin geschafft hatte. Viele intakte Gleise gab es nicht mehr.

Mit einem Ruck kam die Bahn zum Stehen. Türen wurden geöffnet, schnell drängten sich die ersten Menschen auf den Bahnsteig. Sie trugen Verwundete. Eine weinende Frau im feinsten Pelz umklammerte ein weißes Bündel. Ihr Mann hielt ihre Hand so fest, als würde er sie nie mehr loslassen wollen. Meißner sah genauer hin. Lange blonde Haare lugten unter dem Tuch hervor, es war blutgetränkt. Ein totes Mädchen. Die Augen des Mannes waren rot unterlaufen. Langsam verließen sie den Bahnsteig. Der Fliegerangriff musste seine volle Wirkung entfaltet haben.

Meißner wurde nervös. Wie sollte er die Menschen erkennen, auf die er wartete? Er entschloss sich, einfach stehen zu bleiben, bis die Reihen sich gelichtet hatten. Offiziere aller Ränge entdeckte er, daneben fein gekleidete Damen und Herren. Dies war kein gewöhnlicher Transport. Hier waren die Reichen und Mächtigen mitgefahren.

Zehn Minuten brauchten die Passagiere, bis sie ihre Koffer an sich genommen und, in alle Himmelrichtungen verstreut, ihren Weg gesucht hatten. Fast schon glaubte Meißner, dass seine Kontaktperson sich geirrt hatte. Kurz blickte er sich um. Niemand war mehr zugegen. Ein Stein fiel ihm vom Herzen, während er auf die Kutsche stieg und die Zügel an sich nahm.

»Monsieur Meißner?«

Er schrak zusammen und drehte sich um. Eine zierliche Brünette im dunklen Wintermantel mit Pelzkragen hatte sich unbemerkt von hinten an ihn herangeschlichen. Wie konnte jemand nur so leise sein? Seine Hände wurden schweißnass. Eine Französin? Ihr Gesicht war beinahe weiß. Scheu blickte sie zu Boden, doch ihre Augen verrieten, dass sie stärker war, als es den Anschein machte. Eine Hand versteckte sie hinter ihrem Rücken. Es fröstelte ihn, während sie in ansah.

»Ja«, sagte er unsicher.

Die Dame lächelte. »Wo fahren Sie hin?«

»Oranienburg.«

»Dann sind wir bei Ihnen richtig.«

Die Frau winkte und steckte das Messer, das sie bisher versteckt gehalten hatte, unter den Mantel. Zum Vorschein kam eine Gruppe von Personen, deren Anblick Meißner das Blut in den Adern gefrieren ließ. Zwei kahlrasierte Männer stützten einen Riesen, der sich gerade so auf den Beinen halten konnte. Das Hemd des Mannes war voll Blut, unzählige Laken und Tücher waren um seinen Körper gebunden. Die beiden ächzten und stöhnten unter dem Gewicht. Neben ihnen ging eine attraktive blonde Dame. Meißner traute seinen Augen nicht. Er hatte mit zwei älteren Herrschaften gerechnet. Sie hätte er als Onkel oder Cousins zweiten Grades ausgeben können. Aber einen hünenhaften Verwundeten? Zwei Männer, die aussahen, als wären sie gerade aus dem Zuchthaus entflohen? Und zwei hübsche Mädchen, von denen eine noch Französin war?

Wenn die Nachbarn sie nur sahen! Oder wenn die Kutsche von einer Einheit angehalten wurde? Meißner bemerkte, wie die Zügel in seinen Händen zu zittern begannen. Auch Fritz wurde unruhig, stampfte mit seinen Hufen auf der Stelle.

»Ich entschuldige mich vielmals, dass wir Sie warten lassen mussten«, sagte einer der Männer, während sie den Riesen auf die Kutsche wuchteten.

»Wir sollten uns beeilen, Bricks!«, zischte der andere Kahle.

Bricks? Wieso sprach der Mann mit dem feinen Gesicht und den milden Augen diesen Namen so … englisch aus? Hatte seine Kontaktperson nun vollends den Verstand verloren? Das würde auffallen! Heute Abend noch würde er vor dem Erschießungskommando stehen!

»Seien Sie ruhig, Dunkel!«, wies der andere den ersten an. Seine Hand war rot von Blut, als er sie Meißner reichte.

»Mein Name ist Hans Dörper, mehr müssen Sie nicht wissen.« Hastig schüttelte er die Hand und drehte sich dann um. »Es tut mir leid, dass Sie warten mussten, aber wir hatten keine andere Möglichkeit, sicherzugehen, dass wir nicht beobachtet werden.« Er stemmte die Hände in die Hüften, atmete tief durch. »Wir nehmen nur das Nötigste mit. Unsere Koffer holen wir sofort. Elsa, du fährst auf der Kutsche mit, wir anderen können gehen.«

Meißner drehte sich um. Den Mann hatte es schwer erwischt. Eine Wunde befand sich neben der Niere, die andere am massigen Oberschenkel des rechten Beins. Es sah nicht gut aus. Dieser Mann brauchte dringend einen Arzt. Er war kalkweiß, der Schweiß stand ihm auf der Stirn.

»Adolf Dunkel«, sagte der erste Mann und nickte ihm kurz zu. »Ist es weit bis zu unserem Unterschlupf?«

Zweimal versagte Meißners Stimme, erst beim dritten Versuch fand er sie wieder. »Oranienburg. Vielleicht 20 Kilometer. Wir müssen durch den Tegeler Forst, dann nach Leegebruch. Unser Ziel ist ein abgelegenes Haus mit großem Keller.« Meißner verband seine Aussage mit der Hoffnung, dass die Fremden sich im Keller aufhalten würden.

Der Mann nickte zufrieden, wischte sich den Schweiß von der Stirn und setzte seinen Hut auf. Zumindest sah er so einigermaßen annehmbar aus. »Gut, und der Flugplatz der Heinkel-Werke ist in der Nähe?«

»Ein Spaziergang«, antworte Meißner schnell. Um alles in der Welt wollte er hier weg.

Der Riese hinter ihm auf der Kutsche stöhnte auf vor Schmerz. Die blonde Dame strich beruhigend über seine Stirn.

»Hervorragend«, warf der Mann ein, der sich als Hans Dörper vorgestellt hatte. »Wenden Sie die Kutsche, wir haben viel zu tun.«

KAPITEL 13

- THE BLITZ -

In den wenigen Sekunden Schlaf, die Nikolas fand, sah er nichts als Dunkelheit. Er träumte, dass die Finsternis in ihn eindrang, heimtückisch und unbarmherzig. Erst in seine Nase, dann in seinen Mund, die Ohren. Er fühlte sich vergiftet und wehrlos.

»Nikolas, Nikolas!« Claires Hand lag auf seiner Stirn. »*Tu as de la fiévre*.«

Seine Muskeln schmerzten, als er sich aufrichtete und das nasse Hemd von seinem Körper zog.

»Es ist kein Fieber«, versuchte er, sie zu beruhigen. »Ein Albtraum. Nichts Besonders.«

»Noch immer?« Claire setzte sich zu ihm auf das Bett und strich ihm über die schweißnasse Wange. Eine Lampe spendete etwas Licht im Keller des Hauses der Familie Meißner. Mittlerweile musste die Nacht angebrochen sein.

Nikolas nahm ihre Hand, versuchte, sich ein Lächeln abzuringen. »Wie jede Nacht, seit …«

»… Beginn des Krieges?« Claire streichelte über seine nackte Brust, blies etwas kühle Luft auf seine Schultern und massierte seinen Nacken mit einer Hand. »Es ist bald vorbei, *chéri*. So Gott will.«

»Ich habe das Gefühl, dass er sich lange nicht mehr hat blicken lassen. Es wird verdammt noch mal Zeit, dass er zurückkommt.«

Die Sätze stimmten Claire nachdenklich. Einige Sekunden war sie in ihre Gedanken versunken. Endlich blickte sie auf. »*Oui*, es wird Zeit, dass er zurückkommt.« Sie küsste ihn zärtlich und fasste dabei an seinen Hinterkopf, als wollte sie ihn nie mehr loslassen.

Bis ihre Lippen die seinen verließen, wähnte Nikolas sich an einem anderen Ort. Einem besseren, schöneren Platz, der sich weit weg von der Gewalt und den kommenden Ereignissen befand. Er schloss die Augen, als Claire sich an ihn kuschelte. Bis zum Anbruch der Nacht hatten sie gebraucht, um das Haus der Meißners zu erreichen. Während der Mann leise mit Bricks geredet hatte, waren er und Claire Arm in Arm der Kutsche gefolgt, ohne ein Wort zu verlieren. Ihre Gedanken waren beherrscht gewesen von den Anstrengungen der letzten Tage, und trotzdem hatte es gutgetan, sie einfach nur im Arm zu halten. Als sie das Haus erreicht hatten, war Meißners Frau Ilse den Tränen nahe gewesen. Offensichtlich hatte sie mit Menschen gerechnet, die man besser verstecken konnte, und nicht mit einem verletzten Mann und einer kraftlosen Gruppe von Widerständlern. Nicht weniger als ihr Leben stand für Familie Meißner auf dem Spiel. Nur gut, dass ihr Heim ein wenig abseits der Stadt lag. Ihr Sohn Friedrich hatte die Ankunft auf der obersten Treppenstufe mit großen Augen verfolgt. Er hatte anschließend sein Zimmer räumen und seiner Mutter in der Küche helfen müssen. Ob der Junge mitbekam, was im nicht weit entfernten Lager vor sich ging? Er besaß wache Augen, die alles in ihrer Umgebung aufzunehmen schienen. Bestimmt hatte er Gespräche seiner Eltern mitbekommen und ahnte, dass der Eintritt ins Lager für die meisten Menschen eine Reise ohne Wiederkehr war.

»Wie geht es Rohn?«

»Er schläft«, antwortete Claire im Flüsterton. »Zumindest konnten wir seine Wunden versorgen.«

»Die Kugel?«

»Hat Elsa mit einem stumpfen Messer entfernen können.«

Nikolas wollte gar nicht daran denken, welche Schmerzen Rohn hatte aushalten müssen. Claire sah hoch, streichelte sein Kinn. »Ich kann verstehen, dass du mit ihr geschlafen hast. *Elle est très belle,* und klug ist sie auch.«

Was sollte er darauf entgegen? Claire war kein eifersüchtiger Mensch. Es schien mehr eine Feststellung als eine Anschuldigung zu sein. »Genau wie du«, hauchte er schließlich. »Es war eine andere Zeit, und ich dachte, ich hätte dich verloren.«

»Hast du nicht, Nikolas. Und das wirst du auch nicht. Zumindest, wenn du heute Nacht nicht stirbst.«

Ihr Humor ließ ihn schaudern. Zärtlich küsste er ihre Stirn. »Dann werde ich wohl alles daransetzen müssen zu überleben.«

»*Oui*, sonst bekommst du es mit mir zu tun.«

»Wann geht es los?« Bereits als er die Worte aussprach, ahnte er, dass er die Antwort bereits kannte.

»Ich soll dich holen.« Sie erhob sich und ging zur Treppe. »Bricks will vor *minuit* dort sein und den Wachwechsel ausnutzen. Beeil dich, *chéri.*«

Als die Tür ins Schloss fiel, atmete Nikolas durch. Natürlich wollte Bricks das. Nichts geschah bei ihm ohne einen Plan. Hoffentlich war Bricks so gut, wie er glaubte. Ansonsten wäre das kurze Nickerchen auf den Jutesäcken im Keller der Meißners das letzte Mal gewesen, dass Nikolas aus der Dunkelheit wieder erwacht war.

*

»Das ist Ihr Plan?«

Bricks beugte sich tief über Wiliguts Aufzeichnungen. Die Krawatte saß locker, der erste Knopf des Hemdes war geöffnet und die Ärmel hochgeschlagen. »Ja, das ist er.« Er klappte die Aktenmappe zu. Mehrere Stunden hatte er nun Zeit gehabt, das Material zu sichten. »Wiligut hat penibel niedergeschrieben, wo sich die Stützen der Organisation aufhalten. Die Wachmannschaften am Flugplatz sind reduziert, die Unterkünfte der Offiziere außerhalb genießen keinen nennenswerten Schutz. Glauben Sie mir, es ist die beste Option.«

Warum zitterte dann seine Stimme, weshalb wirkte sein Blick unsicher und ohne allzu viel Hoffnung? »Vergessen Sie nicht, dass Marie unter Umständen in einem der Häuser ist«, blaffte Nikolas energisch.

Bricks holte tief Luft, verschränkte die Arme vor der Brust. »Ein weiterer Grund, warum unser Vorhaben unbedingt gelingen sollte, finden Sie nicht?«

Nikolas gefiel das alles nicht. Es war zu einfach, zu direkt. Er blickte zum Kamin. Ein Feuer darin spendete Wärme und Geborgenheit. Wenn es jedoch im Haus ausbrach, bedeutete es Gefahr und brachte nur Tod und Verderben. »Verdammt, Bricks – Sie müssen doch etwas Besseres ausarbeiten können als diesen Mist?«

Der Amerikaner deutete an, dass er seine Stimme senken sollte. Zwar befanden sich die Meißners nicht in diesem Raum, trotzdem wollte er kein Risiko eingehen. »Haben Sie einen besseren Vorschlag? Ich bin für jedwede Wortmeldung dankbar.«

Nikolas schloss die Augen, drehte sich um und drückte seinen Rücken durch. Verdammt noch eins, mit diesem Abklatsch eines Plans konnten sie gleich an Lugers Tür klingen und um einen Tee bitten, bevor er sie erschoss. Man konnte dem Mann alles vorwerfen: Skrupellosigkeit, Gier, hemmungslose Unmenschlichkeit – aber dumm oder gar einfältig war er nicht.

Er spürte, dass Claire ihre Hand auf seine Schulter legte. »Es ist unsere einzige Chance, Nikolas.«

»Und unsere Mittel sind begrenzt«, fügte Bricks hinzu. »Unserem einzigen Mitstreiter mit genügend Sabotage- und Fronterfahrung wurde gerade erst eine Kugel entfernt, den Part werden Sie übernehmen müssen. Wir haben nur wenige Waffen und kaum mehr Proviant. Es muss heute passieren.«

Nikolas hörte die Stimme des Mannes zwar, doch das Gesagte wollte nicht in seinen Verstand dringen. Als er die Augen wieder öffnete, erspähte er ein Gesicht oberhalb der Treppe. Wie hatte Herr Meißner den Jungen gerufen?

»Hallo, Friedrich«, sagte Nikolas laut und lächelte.

Wie ein Reh im Scheinwerferlicht erstarrte der Junge. Sein Gesicht war ebenso schmal wie das von Nikolas, auch er hatte braune Haare, und der Mimik fehlte jegliche Härte. Gebannt klammerte er sich an das Geländer und sah Nikolas mit großen Augen an. Auch sein Leben war großer Gefahr ausgesetzt.

»Keine Angst, wir sind bald wieder weg.« Nikolas versuchte zu lächeln, machte einen Schritt auf die Treppe zu. Das schien den Jungen aus seiner Starre zu lösen. Er lächelte zurück und sprang hastig auf. Das Trappeln im ersten Stock ließ vermuten, dass er sich ein Versteck suchte.

»Nicht schlecht«, attestierte Claire mit vorangegangenem Pfeifen. »Kinder mögen dich.«

»Das bringt uns leider nicht weiter.« Bricks lud seine Waffe durch und steckte sie in den Hosenbund. »Wenn wir diese Nacht überleben wollen, müssen wir unseren Auftrag mit dem Höchstmaß an Konzentration und Willen erfüllen. Ist Ihnen das klar, Brandenburg? Sie sollten auf jegliche Albernheiten verzichten. Sofort! Dies ist nicht erwünscht.«

Für einen Moment klang er wie Nikolas' ehemaliger Vorgesetzter Luger, in dessen Haus er im Begriff war einzubrechen. Allein der Tonfall von Bricks' Stimme löste bei ihm ein Gefühl des Hasses aus. Nikolas hob die rechte Hand zum Hitlergruß und schlug die Fersen zusammen. »Jawohl!« Kopfschüttelnd machte er auf dem Absatz kehrt.

»Nikolas, wo gehst du hin?«, wollte Claire wissen und die Hand auf seinen Arm legen.

Diesmal wich er aus. »Zu Rohn und Elsa. Mich verabschieden.« Laut polternd rauschte er die Treppe hoch und stolperte dabei mehrmals. »Oder ist das auch nicht erwünscht?«

Rohn war im Schlafzimmer der Meißners untergebracht. Er sah beileibe nicht gut aus. Das vernarbte Gesicht war aschfahl. Elsas Finger suchten gerade seinen Puls.

»Wie geht es ihm?«

»Nicht gut«, sagte sie und tupfte den Schweiß von seiner Stirn. Sie wirkte erschöpfte und zerbrechlich wie eine Puppe aus Porzellan. Elsa war die ganze Zeit bei Rohn geblieben. Wann hatte sie das letzte Mal etwas gegessen oder getrunken? »Wir haben nicht mehr viele Medikamente. Und die, die wir haben, richten fast nichts aus. Die Wunde will sich einfach nicht schließen. Ich benötige Sulfanilamidpulver, Antiseptikum, um zu desinfizieren, Pyramidon, um das Fieber zu senken, und Morphium gegen die Schmerzen.« Sie riss ein Bettlaken entzwei, um einen neuen Verband anzulegen. Eine Träne rann über ihre Wange. Schlafmangel, Hunger und der allgegenwärtige Tod forderten ihren Tribut nun auch bei Elsa. Sie war am Ende ihrer Kräfte. »Und alles, was ich habe, sind ein paar Aspirintabletten und Bettlaken!«

Ihre Wut konnte Nikolas nur allzu gut nachvollziehen. Vorsichtig ließ er sich neben ihr nieder, nahm ihre zitternde Hand. »Du machst großartige Arbeit. Ohne dich wäre Rohn nicht mehr am Leben.«

Ein tapferes Lächeln umspielte ihre Lippen. »Du bist hier, um dich zu verabschieden.«

»Ja.«

»Wann geht es los?«

»In wenigen Minuten.«

Elsa nickte. »Nikolas, ich wollte dir noch sagen, dass es mir leid tut, dass ich mich Bricks …«

»Schon gut, ich hätte an deiner Stelle genauso gehandelt. Manchmal muss man einfach nach vorn schauen und die Vergangenheit ruhen lassen.«

Eine kurze Pause entstand, bis Elsa aufsah und ihn mit ihren tiefblauen Augen ansah. »Glaubst du, er kommt zurück?«

Sofort wusste er, was sie meinte. Seit mehr als zwei Jahren wurde ihr Vater nun vermisst. Bricks und Rohn hatten ihm ungefilterte Informationen über die Schlacht bei Stalingrad gegeben.

Wenn die Wahrheit zu sehr schmerzen würde, musste eine Lüge herhalten. »Die Russen behandeln ihre Gefangenen gut. Sie haben Arbeit, genug zu essen. Wenn der Krieg ein Ende gefunden hat, wird er sicherlich zurückkehren. Dann wird alles wie früher.« Ihm schauderte es, dass er imstande war, so dreist zu lügen. Er bemerkte einen Funken Hoffnung in ihren Augen. »Du weißt, was du zu tun hast, wenn wir bis zum Morgengrauen nicht zurück sind?«

Elsa sah wieder auf Rohns Wunden und strich mit der bloßen Hand über die Verbände, als könnte sie die darunterliegenden Wunden heilen. »Ich weiß nicht, ob ich das kann.«

»Du wirst alles hier hinter dir lassen. Wenn die Sonne aufgeht und wir sind nicht da, ziehst du deine feinste Kleidung an, lässt Rohn zurück, nimmst alles von Wert aus den Koffern und verlässt das Haus. Hörst du mich? Du haust einfach ab.« Er wischte ihre Träne weg. »Ein hübsches und kluges Mädchen wie du wird sich schon irgendwie durchschlagen. Du suchst dir ein sicheres Versteck und wartest das Ende des Krieges ab. Hast du verstanden?«

»Nikolas, ich glaube nicht, dass ich …«

»Versprich es mir!« Erst als er diese Worte gesprochen hatte, bemerkte er, wie laut seine Stimme geworden war und wie fest er ihre Hand drückte.

Es dauerte, bis Elsa nickte. »Ich verspreche es.« Erneut rollte eine Träne über ihre Wange. Sie lehnte sich zu ihm, eine lange Umarmung folgte. »Komm bitte wieder«, hauchte sie noch, bevor sie den Raum verließ und im Bad verschwand.

Es war nicht einfach, so mit ihr zu reden. Nikolas massierte seine Schläfen. Sein Kopf hämmerte, der Schmerz in seiner Magengegend nahm zu. In den letzten Monaten hatte er oftmals bis zum Hals in Mist gestanden. Doch das hier war anders. Schlimmer. Diesmal würde Rohn nicht kommen und ihn aus der Scheiße holen.

»Einfach abhauen?« Die dünne Stimme des Mannes war zwar leise, aber dennoch gut hörbar. Warum überraschte es Nikolas nicht, dass dieser Kerl einfach nicht totzukriegen war.

»Du bist wach?«

»Wenn man das so nennen kann«, entgegnete Rohn schwach und öffnete die Augen einen Spalt weit.

»Ich hoffe du bist nicht sauer, dass wir so entschieden haben?«

Rohn knurrte wie ein Bär und zog einen Mundwinkel nach oben. »Bist du aus der Irrenanstalt ausgebrochen? Würdest du hier liegen, wäre ich schon viel früher abgehauen und hätte dich verrecken lassen.«

Nikolas wusste, dass dies nicht stimmte. »Nur dass so ein fetter Kerl wie du überall auffallen würde.«

Rohn versuchte zu lachen, was in einen keuchenden Husten mündete. »Solltest du nicht bei Luger sein und ihm eine Kugel zwischen die Augen jagen?«

»Das werde ich auch. Wir brechen jetzt auf.«

Rohn leckte sich über die trockenen Lippen, stöhnte vor Schmerz. »Würdest du noch etwas für mich tun?« Es kostete ihn sichtlich Kraft, unter sein Kopfkissen zu greifen. »Kannst du das hier für mich erledigen?«

Zum Teufel mit diesem Mann! Wo um alles in der Welt hatte er getrocknete Gänseblümchen her? Nikolas ließ den Strauß in die Tasche seines Anzugs gleiten.

»Was willst du noch hier, Kommissar? Geh und mach dich nützlich!«

Nikolas nahm die Hand seines Freundes und drückte sie kurz. Jedes weitere Wort wäre jetzt zu viel. Ein kurzes Nicken musste reichen, dann verließ er den Raum. Kurz vor der Treppe blieb er stehen. Erneut überkam ihn das Gefühl, dass er beobachtet wurde. Im Türspalt des gegenüberliegenden Zimmers bemerkte er Friedrichs Gesicht. Nikolas hob die Hand zum Abschied und stieg die Treppe herab. Claire und Bricks warteten bereits auf ihn.

»Fertig?«

»Nein«, sagte Nikolas, zog sich Mantel und Hut an. »Aber das spielt keine Rolle.«

Als Letztes schulterten er und Bricks die Rücksäcke, die der Amerikaner für sie vorbereitet hatte. Sie verabschiedeten sich von den Meißners und traten vor die Tür. Der Schneefall hatte aufgehört, es war nur noch kalter Wind, der ihnen um die Ohren pfiff. Claire schlug sofort den Kragen ihres Mantels hoch. Wie früher trug sie ihren schwarzen Rollkragenpullover und eine dunkle Hose. Die brünetten Haare hatte sie zu einem strengen Zopf zusammengebunden. Es war wie bei ihrer ersten Begegnung in Paris. Und er war sich sicher, dass sie wie damals auch heute ihre Messer bei sich trug, mit denen sie so vielen SS-Soldaten die Kehle aufgeschlitzt hatte. Nikolas überprüfte seine Walther und kontrollierte, dass die drei Ersatzmagazine in den Manteltaschen steckten. Noch immer hatte er sich nicht daran gewöhnt, den Luftzug direkt auf seiner Kopfhaut zu spüren. Doch das war jetzt gleichgültig.

»Sie kennen den Weg?«, wollte er an Bricks gewandt wissen. Hier draußen wurden sie augenblicklich von der Dunkelheit verschluckt. Die Äste tanzten im Sturm und schlugen aneinander. Überall schien sich etwas zu bewegen. Eine ungemütliche Nacht, in der man nicht mal einen Hund vor die Tür schickte. Sie hingegen waren drauf und dran, in einen Orkan aus Scheiße zu marschieren.

»Ein guter Fußmarsch«, antwortete der Amerikaner und schritt voran. »Wir sollten uns beeilen. Nicht mehr lange bis Mitternacht, und der Sturm nimmt zu.«

Etwas abseits wieherte das einzige Pferd der Meißners in einem gut gesicherten Stall. Der helle Ton durchschnitt das Rauschen des Windes. Ein Abschiedsruf, während sie sich über den Feldweg immer weiter dem Dorf näherten.

»Sie haben Wiliguts Aufzeichnungen nun vollends studiert?« Nikolas musste beinahe schreien, damit Bricks ihn überhaupt hörte.

»Ja, das habe ich.«

»Und, mit was müssen wir rechnen?«

»*I don't know.*«

»Verzeihung?«

»Keine Ahnung.«

Nikolas sah in Richtung des Mannes, obwohl er in der Dunkelheit nicht einmal die Umrisse seines Gesichts erkennen konnte. Das karge Mondlicht ließ sie zumindest den Weg erahnen, während sie schnell einen Fuß vor den anderen setzen.

»Was soll das heißen?«

»Wiligut ist lange raus aus dem Projekt. Seinen Notizen nach stehen die Forschungen zu Vril noch am Anfang. Wir sollten allerdings in Erwägung ziehen, dass es dem Reichsluftfahrtministerium, Göring und seinem Sonderkommando IX gelungen ist, diese Kraft militärisch nutzbar zu machen.«

»Wir brauchen also Luger«, schlussfolgerte Nikolas.

Bricks packte ihn an der Schulter und zog ihn zu sich. »Lebend! Wir müssen ihn zumindest befragen.«

Ihn überkam ein seltsames Gefühl. Würde er wirklich die Kraft haben, den Mann am Leben zu lassen? Er hatte seinen besten Freund getötet, Marie entführt und war für so viel Leid und Tod verantwortlich, dass Nikolas vor Wut schäumte. Die Wahrheit war: Er wusste nicht, ob der Wunsch nach Lugers Tod nicht übermächtig sein würde.

»Meißner hat seine Aussagen noch einmal bekräftigt«, erklärte Claire mit schriller Stimme und unterbrach seine dunklen Überlegungen. Auch sie musste schreien, um gegen den Wind anzukommen. »Du hättest seine Augen sehen sollen, als er über diese Flugscheibe sprach.«

Nikolas war glücklich, dass er sich schnell schlafen gelegt hatte, während Claire und Bricks das Operative geklärt und erst dann etwas Kraft getankt hatten. Eine weitere Hiobsbotschaft wäre nicht gerade förderlich gewesen und hätte ihn noch mutloser werden lassen. Obschon er genau wusste, dass sein Weg ihn zu dieser kleinen Siedlung in der Nähe des Flugplatzes führte, wurde er nervös. Vielleicht war es Vorsehung? Schicksal? Oder einfach nur seine Rachegelüste – doch mit jedem Meter, den sie sich der Siedlung näherten, stapfte er kraftvoller über den Feldweg. Jegliches Zeitgefühl war ihm abhandengekommen, als sie die Häuser erreichten. Eigentlich war es nur eine Straße mit zwei Dutzend neu errichteter Villen. Die hellgraue Fassade empfand er trotz des nur schwachen Lichts des Mondes als unangenehm hell. Zwei Säulen stützten einen herrschaftlichen Balkon, der wuchtig die Gäste begrüßte. Die Gebäude waren auf den ersten Blick frei stehend. Erst bei näherer Betrachtung bemerkte Nikolas, dass die hinteren Räume miteinander verbunden waren. Dass derselbe Architekt bei allen Häusern gewirkt hatte, stand außer

Frage. Autos waren auf den Grundstücken abgestellt. Kein Zweifel: Hier residierten wichtige Funktionsträger mit ihren Familien. Manche der Fenster waren beleuchtet. Die Häuser hatten drei Stockwerke.

»Vor fünf Jahren für die Ingenieure von Heinkel gebaut«, erklärte Bricks, als sie sich hinter eine Baumreihe kauerten. »Laut Meißner sind hier nun leitende Angestellte des Projekts, Verbindungsoffiziere oder Geldgeber mit ihren Familien einquartiert.«

»Die Privatbüros scheinen ganz oben zu sein.« Nikolas deutete auf das erste Gebäude, bei dem noch Licht in einem der oberen Zimmer brannte. »Wo ist Luger?«

»Die Straße runter«, antwortete Bricks mit belegter Stimme, als er versuchte, gegen den Wind anzukämpfen. »Eines der größten Häuser. Dort residierte früher der Geschäftsführer von Heinkel, wenn er zu Besuch war.« Bricks war nicht mehr zu bremsen. Als ob die schiere Anwesenheit von Luger ihn magisch anzog und antrieb. »Dann mal los.«

Die Dunkelheit verschlang ihre Umrisse. Nikolas hatte Mühe, Bricks zu folgen, als der zielsicher die Straße entlangschritt. Ein Hund bellte weit entfernt. Das Kläffen war so leise, dass Nikolas sich konzentrieren musste, um den Ursprung zu lokalisieren.

»Dort soll sich Luger aufhalten.« Bricks blieb stehen, deutete mit dem linken Arm auf das größte Haus am Ende der Straße, nur um anschließend nach rechts abzubiegen. Geduckt schlich er im Schutz der Bäume um die Häuser auf der rechten Seite. Nikolas und Claire folgten hastig. Nikolas Lunge brannte, als sie den Garten erreichten. Bricks hatte seinen Rucksack abgeworfen und kniete vor dem Kellereingang.

»Dieses hier?«, wollte Claire wissen und sah sich mehrmals um.

Bricks stellte einen Wehrmacht-Einheitskanister auf den Boden. Er nickte.

»Gut, dann warte ich hinter den Bäumen und halte Ausschau nach Patrouillen.« Sie wirkte so kühl und berechnend, wie Nikolas es nicht anders von ihr gewohnt war. Der starke französische Akzent verriet allerdings, dass auch ihr Blut in den Adern kochte. Wie eine Katze schlich sie zu den Bäumen für einen besseren Überblick über die Straße. Jetzt gab es kein Zurück mehr. Auch Nikolas ließ ächzend seinen Rucksack zu Boden gleiten und holte einen Kanister hervor. Das Benzin schwappte im Behälter.

Er kniete sich zu Bricks. »Es könnten Kinder im Haus sein.«

»Das war den Deutschen auch egal, als sie die ersten Bomben bei ›The Blitz‹ auf London niedergehen ließen.« Bricks' Stimme war von Hass durchtränkt. Als hätte er den Verstand verloren, schraubte er hastig den Kanister auf, überprüfte das mitgebrachte Zeitungspapier und das Sturmfeuerzeug. Seine Bewegungen waren fahrig, unüberlegt.

»Verdammt, Bricks. Bleiben Sie ruhig! Sie gefährden den Auftrag.«

Als Nikolas ihm das Feuerzeug abnehmen wollte, schlug der Amerikaner seine Hand weg. Die herzlose Kälte in seinem Blick ließ Nikolas schaudern.

»Ich scheiß auf den Auftrag. Ich will, dass dieser Krieg endet!«

Viel zu laut, dachte Nikolas und sah zum Haus. Wurden sie gehört? Noch regte sich im Inneren nichts. »Zum Teufel, reißen Sie sich zusammen«, zischte Nikolas und nahm ihm grob das Feuerzeug aus der Hand. »Egal, wen Sie verloren haben, wenn Sie jetzt die Nerven verlieren, sind wir alle tot und Sie kommen nicht mehr zurück, um Ihre Liebsten in die Arme zu schließen.«

Die Worte schienen etwas bei Bricks auszulösen. Er setzte sich auf die gefrorene Wiese, sein Mantel spannte dabei. Mutlos schüttelte er den Kopf. »Dort ist niemand mehr.«

»Bricks, ich weiß nicht, was Ihnen passiert ist, aber …«

»Mir passiert?« Ein krankes, trauriges Grinsen umspielte die Lippen des Mannes. So hatte Nikolas ihn noch nie gesehen. »Wissen Sie, wann die ersten Bomben auf London regneten? Am 24. August 1940. Nur ein kleiner Verband, wahrscheinlich wollten sie einfach nur ihre Fracht loswerden, um Benzin zu sparen.«

Er fuhr sich mit beiden Händen über das Gesicht. Nikolas ahnte, was jetzt kam. So kurz vor dem Ziel tauchten die Schatten der Vergangenheit auf und zogen Bricks hinab in die Tiefe. Falscher Zeitpunkt, falscher Ort.

»Die meisten Bomben schlugen in Vororten ein und ein paar wenige in der *City of London.* Und wissen Sie, wo ich war?«

Bei dieser Frage konnte Nikolas nur verlieren. Er sah sich um. Noch hatte niemand ihre Anwesenheit bemerkt. Claire war in ihrer schwarzen Kleidung mit der Finsternis verschmolzen. Er wusste, von ihr konnte er keine Hilfe erwarten. »In London?«

»In einem *fucking* Pub in London, wo ich mir den Kopf mit Pints zugeschüttet habe. Der Geburtstag eines befreundeten Doktors. Spontan. Nur ein paar Pints trinken und Darts spielen, mehr wollte ich nicht.« Plötzlich wurde seine Stimme leise und nachdenklich. »Als ich zurückkehrte, sah ich haushohe Flammen – St.-Giles-without-Cripplegate, eine Kirche im Herzen von London, brannte lichterloh. Das ganze Gebiet wurde von den Bobbys abgesperrt. Erst dann verstand ich, dass die Kirche nicht das einzige Ziel gewesen sein konnte. Drei Bomben waren niedergegangen. Nicht mehr, können Sie sich das vorstellen?«

Nikolas schwieg. Wenn Gesten und Worte versagten, war es manchmal besser, still zu bleiben. Er sah zu Boden und schüttelte den Kopf.

»Eine traf die Kirche, die andere eine Straße, nur die dritte, die landete in einem Wohnhaus und traf eine ganze Familie. Jacob und Abigail Bricks, mein Dad und meine Mum. Meine Frau Betty und die beiden Kleinen, Aiden und Emma.« Er schnippte mit den Fingern. »Einfach so, von einem Moment auf den anderen. Sie sagten mir, dass noch nicht einmal eine Sirene vor der drohenden Gefahr gewarnt hatte. Auf einmal waren die Bomber da, warfen ihre Fracht ab und verschwanden wieder.«

»Allan, es tut mir wirklich sehr leid, was Ihnen passiert ist. Ich kann durchaus nachvollziehen, wie Sie sich …«

»*You know a fucking shit about this*!« Er stand auf, griff sich den Benzinkanister. »Sagen Sie mir nicht, dass Sie wissen, wie sich so etwas anfühlt.« Er lachte bitter, seine sonst so sorgsam aufrechterhaltene Fassade des Denkers brach in sich zusammen. »Und da stand ich nun, mit einem vormals perfekten Leben und nichts als meiner Kleidung am Körper, weil zwei deutsche Piloten schneller nach Hause wollten. Ich hatte mit dem Krieg bis dahin nichts zu tun, *I didn't fucking care about the Germans*. Von mir aus hättet ihr Polen haben können. Geschenkt, mit einer schicken roten Schleife dran.« Er griff sich den Benzinkanister und leerte den Inhalt im Kellerabgang aus. Ein beißender Geruch drang Nikolas in die Nase. »Und wissen Sie, was das Schlimmste ist? Ich wünschte mir, dass dieser Bastard nicht Geburtstag gehabt hätte, dass ich nicht zu seiner Feier in den Pub gegangen wäre und mich zugeschüttet hätte. Dann wäre ich mit meiner Familie gestorben und müsste nicht mit Ihnen in einem *fucking* Garten im *fucking* Reich stehen und jede Nacht vor dem Einschlafen Ihre Gesichter ertragen.« Er riss Nikolas das Feuerzeug aus der Hand und entzündete das Zeitungspapier. »Verstehen Sie jetzt, warum es so wichtig ist, dass wir Hitlers Wunderwaffen neutralisieren? Keine weitere Schlacht, keine weiteren Bomben auf Wohnhäuser und keine Familien, die nachts in den Tod gerissen werden. Eine einfache Rechnung: Wenige müssen leiden, damit viele überleben. Dieser Krieg muss enden, Brandenburg.«

Mit den letzten Worten warf er die Zeitung auf die Treppe. Die Flammen erhellten sein Gesicht feuerrot, während das Feuer sich weiterfraß und die Tür entzündete. »Mir blieb nur der Alkohol oder der Geheimdienst«, sagte Bricks trotzig, holte seinen Flachmann hervor und nahm einen Schluck. »Ich habe mich für beides entschieden.«

Oft hatte Nikolas sich gefragt, was diesen Mann antrieb. Warum er sich mit einem krankhaften Fanatismus mitten ins Deutsche Reich wagte und alles daransetzte, dass dieser Krieg ein Ende fand. Nun hatte er seine Antwort. Ein Mann, der nichts mehr zu verlieren hat, konnte alles riskieren.

Bricks bückte sich und drückte Nikolas den zweiten Kanister gegen die Brust. Das Feuerzeug ließ er in seine Manteltasche gleiten. »Und jetzt zünden Sie das andere Haus an, wir brauchen Chaos.«

Fast hatte er den Eindruck, Bricks würde ihn im nächsten Moment niederschlagen, so sehr funkelten seine Augen vor Zorn. Nikolas nickte kurz, ging in den nächsten Garten und machte es Bricks nach. Es dauerte nicht lange, bis auch die Kellertür des zweiten Gebäudes in Flammen stand. Nikolas sah zu Bricks hinüber. Fast meinte er, ein zufriedenes Lächeln auf dessen Gesicht erkennen zu können. Nikolas beobachtete noch ein paar Sekunden die lodernden Flammen. Das Feuer griff um sich, hell leuchtete es in der Nacht, während Nikolas sich entfernte und zu Bricks und Claire aufschloss.

»Gute Arbeit«, bescheinigte Claire.

Nichts anderes als krank war es, in diesem Zusammenhang von »guter Arbeit« zu reden. Und doch ein notwendiges Übel. Ihre Augen waren starr auf die Straße gerichtet. Noch züngelte das Feuer im Erdgeschoss von zwei Häusern. Es würde nicht mehr lange dauern, bis die ersten Bewohner die rote Gefahr entdecken würden. Hoffentlich.

KAPITEL 14

- SCHMERZHAFTE ERINNERUNGEN -

Das Warten machte Nikolas wahnsinnig. Er griff in die Jackentasche und zündete sich eine Salem an. Immer wieder fiel sein Blick auf das Haus von Luger. Er meinte sogar, Licht im oberen Stockwerk erkennen zu können. Ob seine einstige Verlobte Lisa auch anwesend war? Und Marie …

»Dort!« Claire deutete auf das zweite Haus. Lichter gingen an, Schreie waren zu hören.

»Es beginnt«, bestätigte Bricks. Er hatte sich wieder gefasst. Seine Stimme klang noch kälter als sonst. Noch einmal zog Nikolas an seiner Zigarette, während ein dumpfer, satter Heulton über die Siedlung fegte. Das Feuer hatte mittlerweile zwei weitere Häuser erfasst. Vom Wind angefacht, fraßen sich die Flammen durch die Stockwerke. Die Menschen rannten in Schlafkleidung auf die Straße, schrien wild durcheinander und versuchten, mit Wassereimern den Brand zu löschen. Die Schreie erinnerten Nikolas an die Szenen einen Tag zuvor im Zug. Da hatten amerikanische Kräfte Leid verursacht – nun waren sie es selbst. Im Krieg verschwamm die Grenze zwischen Opfern und Tätern, auf beiden Seiten bot sich das gleiche Bild der Trauer und des Schmerzes.

Eine ältere Dame im weißen Schlafrock kniete hilflos vor einem brennenden Haus etwas abseits. »Wilfried, Wilfried!«, brüllte sie aus Leibeskräften dem Gebäude entgegen.

Nikolas fühlte, wie sich sein Magen zusammenzog. Er wandte sich ab und trat die Zigarette aus. Welch schreckliche

Macht Feuer hatte, wenn es einmal ausgebrochen war und unkontrollierbar alles verschlang, was sich ihm in den Weg stellte. Kurz nachdem die Sirene ihr Lied hatte erklingen lassen, trafen die ersten Wagen der Feuerschutzpolizei ein. Die Wachen des Flugplatzes mussten die lodernde Feuersbrunst von Weitem gesehen und Alarm geschlagen haben. Die Wagen kamen vom Werksgelände. Nikolas entdeckte das Magirus-Kraftfahrleiter-Monstrum im tannengrünen Anstrich der Polizei. So oft waren sie in Düsseldorf mit quietschenden Reifen an ihnen vorbeigefahren. Oftmals wurden sie selbst Opfer der berüchtigten Brandbomben. Immer mehr Leute versammelten sich auf offener Straße und versuchten, die Brandbekämpfer anzuhalten, ihr Haus als Erstes zu löschen. Die Flammen züngelten meterhoch in den Nachthimmel. Angetrieben vom Sturm, rauschte und knackte es allerorts, während das Feuer die Häuser Stück für Stück in Besitz nahm. Nikolas wusste, dass viele der Anwohner die Nacht nicht überleben würden. Angewidert von sich selbst, zwang er sich, den Blick auf Lugers Haus zu richten. Noch immer war keine Regung zu sehen.

»So ein Mist!«, fluchte Bricks. »Er kommt nicht raus.«

Claire richtete sich auf. »Dann müssen wir hinein.«

Ohne die Menschen auf offener Straße eines Blickes zu würdigen, schossen sie zur Haustür. »Allan, dich kennen sie noch nicht«, stellte Claire kühl fest und klopfte mit der Faust gegen die Tür. »Bereit?« Der Amerikaner nickte.

Nikolas drückte sich mit Claire gegen die Hauswand. »Das war nicht Teil des Plans.«

»Der Plan wurde geändert, wie du siehst.«

Gleichzeitig entsicherten sie ihre Waffen. Nikolas konzentrierte sich. Es dauerte nicht lange, bis Schritte auf der Treppe zu hören waren und die Tür geöffnet wurde.

Zum ersten Mal seit langer Zeit hörte er Lisas zarte Stimme. »Ja, bitte? … Oh mein Gott.«

»Guten Abend«, sagte Bricks gehetzt. »Wie Sie sehen, ist ein Feuer ausgebrochen. Wie viele Personen befinden sich im Haus?«

»Nur mein Mann und das Pflegekind.«

Lisa trat auf die Schwelle.

Das Pflegekind … und nicht die Tochter, schoss es Nikolas durch den Kopf.

Aus dem Halbschatten heraus begutachtete er sie. Ein seltsames Gefühl der Sehnsucht durchzog seinen Körper. Fetzen einer gemeinsamen Vergangenheit und schöneren Tagen. Das bestimmteste Gefühl, das er wahrnahm, war Hass. Unbändiger Hass auf die Frau, die ihn verraten und das Kind seines besten Freundes geraubt hatte. Alles, was sie hatten, eingetauscht gegen ein schöneres Leben in der Glitzerwelt von Berlin. Aus einfachen Verhältnissen stammend, war dies von Anfang an ihr Ziel gewesen. Er war nichts weiter gewesen als ein Teil ihres Plans. Ein Sprungbrett, um an seinen Chef ranzukommen. Nie würde er vergessen, wie sie damals in Paris, nur mit Slip und Büstenhalter bekleidet, die Beziehung beendet hatte. Aus ihren hellblauen Augen hatte schon zu jener Zeit nichts anders als Kälte gesprochen. Er war sich sicher, dass es diesmal nicht anders war. Den säuerlichen Geruch des Apfels, den sie an diesem Tag gegessen hatte, würde er in alle Ewigkeiten förmlich riechen können.

Nikolas wagte sich ein Stück weiter aus dem Schatten. Sie trug ihre blonden Haare länger und offen. Ihre Figur hatte sie gehalten. Nichts schien von ihrem alten Leben übrig zu sein. Sie wirkte wie eine besorgte Mutter und Ehefrau. Die Finger erschrocken auf den Mund gelegt und das helle Feuer mit gehörigem Abstand betrachtend. Nikolas wäre ihr am liebsten an den Hals gesprungen.

»Was sollen wir tun?«, wollte sie aufgeregt wissen. »Werden wir evakuiert?«

Bricks mimte den besorgten Brandhelfer hervorragend.

Fürsorglich legte er seine Hand auf ihren Arm. »Haben Sie keine Angst. Sie sind nicht in Gefahr. Eine reine Vorsichtsmaßnahme. Können Sie mir sagen, wo sich Ihr Mann und Ihre Pflegetochter aufhalten?«

Lisa schüttelte den Kopf, als müsse sie sich sammeln. Eine Geste, die Nikolas damals geliebt hatte. »Das Pflegekind schläft, und mein Mann befindet sich oben in seinem Arbeitszimmer. Ich muss ihn holen, er hört laut Musik und wird von alldem nichts mitbekommen.«

Natürlich. Luger und seine Arien. Schon damals waren die solistisch vorgetragenen Gesangsstücke durch die halbe Gestapo-Zentrale auf der Avenue Foch geschallt, wenn er nachgedacht hatte. Was war es diesmal? Puccinis »Gianni Schicchi«? Giuseppe Verdis »Rigoletto«? Obwohl, seit der »Duce« Mussolini nicht mehr an der Macht war und Italien dem Reich den Krieg erklärt hatte, dürfte Lugers Vorliebe für italienische Opern erloschen sein.

Bricks zögerte. Vielleicht eine Sekunde zu lange.

»Soll ich sie holen und Sie kriegen das Feuer unter Kontrolle?«, fragte Lisa, nun deutlich zänkischer.

Ja, so kannte er sie. Bricks sah sich um. »Nein, das machen wir schon. Sollten Sie schreien, sind Sie tot, Frau Luger.«

»Wie bitte?«

Bricks zog seine Waffe, richtete den Lauf auf ihre Stirn. »Haben Sie mich jetzt verstanden? Gehen Sie hinein, und keine hastigen Bewegungen.«

Endlich konnten sich Nikolas und Claire aus der Deckung wagen.

»Hallo, Lisa.« Er hätte sich gewünscht, eine souveränere Begrüßung herauszubringen, mit tiefer, abwertender Stimme. Doch er sprach wie immer. Weich und ohne Anklage.

»Nikolas.« Die Silben waren eigentlich nicht zu hören. Er las sie von ihren Lippen ab.

»Genug der schönen Worte«, fuhr Claire Lisa an, fasste sie am Arm und zog sie ins Haus hinein. »Frau Luger, wenn ich bitten darf.« Dabei betonte sie den Namen seines ehemaligen Chefs, als sei Lisa nie ein Teil seines Lebens gewesen und würde immer schon so heißen.

Claire drückte sie auf einen Stuhl in der Küche und schloss die Tür. Anschließend nahm sie gegenüber von Lisa Platz, schlug die Beine übereinander und legte ihre Waffe auf ihr Knie. »Ein Wort, und ich verteile dein Gehirn auf deinem geputzten Fußboden, *putain.*« Sie bemühte sich nicht einmal, ihre Gefühle zu verbergen.

Schnell hatte Lisa den ersten Schock verarbeitet. Sie war immer schon eine Pragmatikerin gewesen. Ihr Blick wechselte zwischen Nikolas und Claire. »Sie nennen mich Hure? Ich scheine nicht die einzige Person in diesem Raum zu sein, die für ein wenig Macht ihre Beine breit macht.«

Ein gefährliches Lächeln zeigte sich auf Claires Lippen. Nikolas hatte ihr zu viel erzählt. Der ganze aufgestaute Hass auf diese Frau brach aus Claire heraus. Sie schoss auf Lisa zu, konnte gerade noch so von Bricks gestoppt werden.

»Dafür sind wir nicht hier, und jetzt reiß dich zusammen, Claire.«

»Claire«, wiederholte Lisa und strich ihren Abendrock gerade. »Nikolas, ich wusste gar nicht, dass du brünette Französinnen bevorzugst.« Sie musterte Claire von oben bis unten, sah danach Nikolas an. »Stumpfe Haare und ein wenig dürr. Findest du nicht?«

Was wollte sie damit erreichen? Egal, was es war, sie hätte gewonnen, wenn das Haus wirklich evakuiert werden sollte. Bricks ging durch das Erdgeschoss und vergewisserte sich, dass tatsächlich niemand anwesend war. Ihnen lief die Zeit davon.

»Wo ist Marie?«, platzte es aus Nikolas hervor.

Lisa wirkte in dieser Sekunde verwundert. »Das alles wegen der Kleinen? Hörst du dich noch selbst reden? Leid und Elend im ganzen Reich und du reist durch Ruinen, um dein Patenkind zu suchen?« Ein wenig Bewunderung schwang in ihrer Stimme mit, obwohl sie den Kopf schüttelte. »Dir ist nicht mehr zu helfen, Nikolas. Sie ist oben, spricht beinahe nicht, ist scheu. Wie ein Fisch, der ab und zu mal an die Wasseroberfläche kommt, um zu sehen, ob die Sonne noch scheint.«

»Was vielleicht daran liegt, dass Luger ihren Vater ermordet und sie entführt hat.«

Lisa winkte ab. »Damals war sie viel zu klein, um das zu verstehen. Glaubst du nicht, dass sie es bei uns besser hat? Denke deine Überlegungen nur ein einziges Mal zu Ende. Was passiert mit ihr in ein paar Tagen? Oder Wochen? Oder Monaten?« Sie redete eindringlich auf ihn ein. »Wir können ihr alles bieten. Sogar Schutz, wenn es dein amerikanischer Herr bis nach Berlin schafft. Wir haben viele Kontakte. Du setzt das Leben deines Patenkindes aufs Spiel. Ich war selbst dabei, als du Erik dein Versprechen gegeben hast. Die Chance ist groß, dass sie stirbt, wenn sie mit dir geht. Das solltest du bedenken, Liebling.«

Sie wusste, welche Wirkung ihre Worte noch immer auf ihn hatten. Das Schlimmste war: Sie hatte womöglich recht.

»Zeig sie mir«, forderte Nikolas.

Die Frauen erhoben sich gleichzeitig. Lisa nahm wortlos die ersten Stufen der Treppe. Das Haupt hielt sie aufrecht, als wüsste sie, was passieren würde. Claire folgte ihr. Nur ganz leise vernahm er die Worte, die sie in Lisas Ohr flüsterte: »Ein einziger Fehler und ich lasse dich leiden … lange leiden.«

»Deine Freundin ist etwas kratzbürstig, Nikolas«, antwortete Lisa, ohne Claire eines Blickes zu würdigen. »Richtige Entscheidungen zu treffen liegt dir anscheinend nach wie vor nicht.«

Jedes ihrer Worte war wie ein Giftpfeil, gespickt mit einer schmerzenden Wahrheit. Gerade als er antworten wollte, hörte er ein dumpfes Klopfen an der Tür. Sofort kam Bricks zurückgeschossen. Claire und Lisa hatten bereits den ersten Stock erreicht. Die Französin fasste Lisa an den Haaren, zog sie zu sich und drückte ihr den Lauf ihrer Waffe in den Rücken. »Du weißt, was passiert, solltest du sie warnen, *l'autre garce*.«

Lisa biss die Zähne zusammen und schaffte es trotz Claires Griff, ihren Kopf zu bewegen. »Kleines, wenn du mich noch einmal Schlampe nennst, werde ich dafür sorgen, dass du die Nacht nicht überlebst.«

»Ruhe jetzt!« So leise wie nur irgendwie möglich schlich Nikolas in den ersten Stock. Er lauschte angestrengt. Die Sirene und der Aufruhr waren hier kaum mehr zu hören, übertönt von der Musik aus dem oberen Stockwerk. Es war, als trüge der Wind die Töne vom Haus weg. Immer deutlicher drangen andere Klänge von oben an seine Ohren. Die Walther richtete er auf die Tür aus.

Bricks warf noch einen Blick nach oben zu ihnen. Dann steckte er die Pistole in den Hosenbund, rückte seine Krawatte zurecht und atmete durch. Mit einem Ruck öffnete er die Haustür. »Heil Hitler! Was kann ich …? Ein Feuer?«

Nikolas vernahm zwei Stimmen. »Guten Abend, Heil Hitler! Feuerschutzpolizei. Sie sehen ja, was los ist. Sind Sie allein?«

»N-nein«, stotterte Bricks. Der Amerikaner war noch wandlungsfähiger, als Nikolas gedacht hatte. Er hielt den Atem an. »Sind wir in Gefahr?«

»Nein«, hörte er den Mann sagen. »Zumindest im Moment noch nicht. Können Sie bitte Ihre Angehörigen rufen? Eine reine Vorsichtsmaßnahme.«

So ein verdammter Mist! Nikolas konnte die beiden Männer der Feuerschutzpolizei nicht sehen, war sich jedoch sicher, dass sie sich nicht abwimmeln ließen. Bricks schien denselben Gedanken zu haben.

»Ist das wirklich nötig? Meine Frau schläft bereits.«

»Leider ja. Es dient Ihrer eigenen Sicherheit.«

Als Nikolas diese Sätze hörte, drehte er sich zu den beiden Frauen um. In Lisas Augen lag eine seltsame Ruhe, kalt und unberechenbar. Es machte ihn immer noch nervös, sie anzusehen.

Bricks' Stimme war gedämpft. »Liebling! Kommst du mal bitte und ziehst dir etwas an? Wir haben hier ein Problem.«

Claire zögerte. Nikolas sah ihr an, wie sie mit sich kämpfte. Schließlich steckte auch sie die Pistole weg, setzte ein umwerfendes Lächeln auf und schob Lisa weiter in den Flur des ersten Stocks.

»Pass auf sie auf«, flüsterte Claire in Nikolas' Ohr und stieg die Treppe herab. Auch sie spielte die Überraschte herausragend. »Was gibt es denn? Oh, du erwartest noch Besuch?«

Nikolas sah sich um. Claire und Bricks würden die Situation unter Kontrolle halten. In einem dieser Räume musste Marie sein. Allmählich wurde er sich bewusst, dass sie tatsächlich noch lebte. Sein Herz pochte wie verrückt.

»Wo ist sie?«, zischte er leise.

Lisa deutete mit einer Kopfbewegung an, dass er ihr folgen sollte. Die Walther auf sie gerichtet, passierten sie zwei Türen der Villa, bis Lisa mit gestrecktem Arm auf einen Spalt in der dritten Tür deutete.

»Sie schläft«, hauchte sie und blickte ihn an. »Ich dachte nicht, dass ich dich jemals wiedersehen würde.«

»Du meinst, dass ich noch lebe.«

»Ja.«

Er blickte durch den Spalt. Das flackernde Licht des Feuers ließ Schatten an den Wänden tanzen. Er erkannte ein schmales Bett und eine kleine Gestalt, die in aller Seelenruhe darin schlief. »Glaub mir, wenn es nach deinem Ehegatten gegangen wäre, würde ich nicht hier stehen.«

»Ich weiß.« Sie trat einen Schritt näher an ihn heran und Nikolas hob die Waffe. »Ich wollte das alles nicht. Du bist nicht nur ihretwegen hier, oder?«

Er schüttelte den Kopf. Es gab keinen Grund zu lügen.

»Nikolas, nimm sie einfach mit und verschwinde. Allein, nur mit Marie, hast du noch eine Chance. Du könntest sie als deine Tochter ausgeben. Ich habe keine Ahnung, durch welche Hölle du gegangen bist, um hierherzukommen, aber es kann noch gut ausgehen für dich. Du musst mich nicht töten und auch nicht die Treppe nach oben steigen, um ihn zu sehen. Lass diesen bornierten Affen und deine kleine französische Maus sich ruhig für eine Idee opfern. Aber du kannst Marie retten und für sie da sein.« Eindringlich sah sie ihn an. Fast hätte er das Gefühl bekommen können, seine ehemalige Verlobte sorge sich um ihn. »Egal, was du vorhast, tu es nicht. Weißt du, im Schlaf sagt sie manchmal deinen Namen. Wenn du sie jetzt nicht mitnimmst, wird sie sterben.« Lisa kam einen Schritt näher. »Du weißt, dass es die richtige Entscheidung ist. Ich zeige dir den Weg durch die Hintertür. Kein weiteres Blutvergießen. Nur du und Marie. Allein, ohne französische Spione und Mitglieder des Widerstands, könnt ihr es schaffen. Nikolas … Sie ist immer noch dein Patenkind. Du hast die Pflicht, für Marie zu sorgen.«

Er sah durch den Spalt. Der Feuerschein tanzte auf ihrem Gesicht, driftete ins Schwarze ab, nur um dann wieder hell aufzuleuchten. Oft hatte er sich diesen Moment vorgestellt. Was er tun würde, wenn sie noch lebte. Nie hätte er damit gerechnet, wirklich noch einmal in ihr zartes Gesicht sehen zu können. »Das hat sich unten noch völlig anders angehört.«

»Dahingesagte Worte, um deine Freunde zu besänftigen.«

»Oder sind das die schönen Worte, um mich loszuwerden?« Seine Lippen wurden trocken. Oftmals hatte er in diesem Krieg schwere Entscheidung treffen müssen. Diese hier gehörte zu den härtesten. »Liebst du sie? Kannst du sie wirklich beschützen?«

Lisa stellte sich neben ihn, um ihm über die Schulter zu blicken. »Sie ist ein kluges Mädchen. Ich glaube, Marie weiß, dass mein Mann ihren Vater getötet hat. Wir haben uns aneinander gewöhnt. Doch dann ist da diese Barriere, eine Mauer, die sie um sich errichtet hat. Oftmals sitzt sie einfach nur da und starrt in den Himmel.« Lisa lehnte sich zu ihm hinüber, sodass er ihr Parfüm riechen konnte. Sie benutzte denselben schweren Duft wie damals in Paris. Wo auch immer sie ihn herbekam. »Sie freut sich, wenn sie feindliche Flugzeuge am Himmel sieht. Nimm sie mit, Nikolas. Bei dir ist sie besser aufgehoben.«

Noch nie hatte Nikolas sich so hin- und hergerissen gefühlt. Sollte er Lisa Glauben schenken? Zu oft hatte sie ihn angelogen, die Wahrheit verdreht und zu ihrer eigenen gemacht. Nur warum um alles in der Welt blieben da die Zweifel, die ihn innerlich auffraßen?

»Wird der Hintereingang bewacht? Du könntest uns wirklich ungesehen …?«

Weiter kam Nikolas nicht. Kein Ton, kein Schmerz, nur völlige Dunkelheit. Warmes Blut lief seinen Nacken herab, ihm wurde augenblicklich schwarz vor Augen. Es dauerte einige Momente, bis er wieder bei Bewusstsein war, die Scherben unter seinen Fingern fühlte und die Welt wieder Farbe annahm. Er befand sich vor Maries Tür und fasste in die Überreste einer Stehlampe. Lisa hatte seine Waffe an sich genommen, hielt sie nun auf ihn gerichtet. Noch immer drehte sich alles. Lisas Lippen bewegten sich hastig.

»… Du glaubst doch nicht allen Ernstes, dass ich sie wieder hergebe. Diese kleine Mistgöre ist das perfekte Püppchen für

Empfänge und Abendessen. Sie redet nicht, isst brav ihren Teller auf, gibt keine Widerworte und schleicht sich still in ihr Zimmer, wenn man ihr es befiehlt. Dazu strahlen ihre hübschen blonden Löckchen mit der Sonne um die Wette.« Lisa sah die Treppe herab, konnte aber niemanden ausmachen. Sie spie die Worte hervor, leise, zischelnd, wie eine Schlange. Auf keinen Fall wollte sie riskieren, dass Bricks und Claire alarmiert wurden und ihm zu Hilfe kamen. »Du warst immer schon so dumm, dass bereits dein Anblick schmerzte. Nun setzt du dein Leben aufs Spiel für eine Vollwaise, für ein Versprechen, das du einem toten Mann gegeben hast. Ein paar schöne Worte, lustvoll in dein Ohr geflüstert, reichen aus, um Zweifel zu säen.« Lisa schüttelte angewidert den Kopf. »Und du wunderst dich, warum ich dich für einen richtigen Mann verlassen habe. Du Schlappschwanz.«

Die nächsten Sekunden liefen wie in Zeitlupe vor Nikolas Augen ab. Sie drückte ihren Arm durch. Das war es also. Getötet durch die Hand seiner ehemaligen Verlobten. Kein schöner Tod. Im Augenwinkel bemerkte er ein Blitzen in der Nacht. Ein kleiner Hoffnungsfunke, der sich schnell auf sie zu bewegte. Claires Messer landete direkt in Lisas Hand. Die ließ die Pistole fallen, starrte mit aufgerissenen Augen auf das Heft. Sie holte tief Luft. Ihr Schrei würde jede Wachmannschaft im Umkreis von einem Kilometer alarmieren. Lisas Gesicht glich einer Fratze, als sie von Claire gepackt wurde. Lautlos glitt die Klinge durch Lisas Hals. Kein Gurgeln, kein erstickter Hilferuf, nur das Blut, welches ihr Abendkleid rot färbte. Obwohl sie sich noch bewegte, umfasste Claire sie und zog sie weg. Dieser Engel des Todes wartete noch nicht einmal ab, bis Lisa ihren letzten Atemzug getätigt hatte. Mit einer Hand öffnete Claire die zweite Tür und schleppte Lisa hinein. Deren Beine zuckten unkontrolliert. Mit beiden Händen fasste sie sich an die Kehle. Claire blieb bei ihr. Sie verharrte einige Augenblicke im Raum, als wollte sie die Sterbende nicht allein lassen. Noch immer lag Nikolas am Boden. Der Teppich hatte Lisas Blut schnell aufgesaugt. Nur ein großer roter Fleck und Spritzer an der Wand zeugten davon, was sich in den letzten Minuten abgespielt hatte. Allmählich wurde er wieder klar im Kopf. Er fasste sich an den Schädel. Seine Hand war überzogen mit Blut. »Verdammter Mist.«

»Du solltest vorsichtiger sein«, sagte Claire, während sie ihr Messer am Teppich reinigte und es in die Halterung unter den Rollkragenpullover zurücksteckte. »Diese Frau war nicht gut für dich.«

»Nein.«

Sie reichte Nikolas eine Hand, half ihm auf die Beine und gab ihm seine Pistole.

»Wie sieht es unten aus?«

»Sieh selbst«, antwortete sie kühl und deutete in Richtung der Treppe.

Wankend musste er sich an der Wand festhalten, um nicht zu stürzen. Die beiden Uniformierten fielen ihm sofort ins Auge. »Habt ihr sie …?«

»*Non*«, widersprach Claire, während sie ihn stützte. »Bricks hat sich ihrer angenommen. Mit Fäusten.« Er konnte sich nur allzu gut vorstellen, wie der ehemalige Boxchampion aus Harvard mit den Jungs kurzen Prozess gemacht hatte. Gut für die Feuerwehrleute. »Wie fühlst du dich? Kannst du gehen?«

Sein Kopf dröhnte, die Knie waren weich, der Schmerz brachte ihn fast um, und doch nickte er zaghaft und nahm seine Waffe an sich. Es musste weitergehen. Sie waren nicht so weit gekommen, um jetzt umzukehren.

»*Bon*. Bricks hält dir den Rücken frei im Erdgeschoss, ich achte darauf, dass Luger nicht nach unten kommt. Du holst Marie.«

Schnell postierte sich Claire an der Treppe, die in den zweiten Stock führte. Ihr Blick war so starr nach oben gerichtet, dass sie einer Salzsäule ähnelte.

»Claire?«

»*Oui*?«

»Danke schön.«

Sie formte mit den Lippen einen Kuss, dann spähte sie erneut hinauf. Nun war es so weit. Ob die Kleine ihn überhaupt noch erkannte? Vielleicht hatte sie sich hier entgegen Lisas Aussagen wohlgefühlt und die Grausamkeit ihrer Entführung verdrängt. Wenn sie sich überhaupt daran erinnern konnte. Sollte es so sein, wäre ihm ein Platz in der Hölle sicher. Ihre Ziehmutter lag tot im Nebenzimmer, ihren Ziehvater war er im Begriff zu töten und sie selbst zu entführen. Nikolas' Hand zitterte, als er die Tür öffnete. Sie war jetzt beinahe sieben Jahre alt. Kein Baby mehr, sondern ein junges Mädchen. Nikolas steckte die Pistole in den Hosenbund, als er sich dem Bettchen näherte. Was sollte er sagen? Wie sollte er sie ansprechen?

Alle Zweifel verschwanden, als er ihre Stimme hörte. »Ist sie weg?«

Sie kam ihm so vertraut vor. Als wäre es erst gestern gewesen, dass er sie auf den Schultern durch den Stadtpark getragen und dabei ihr helles Lachen die Sommernächte erfüllt hatte.

»Ja, ist sie.« Er kniete sich herab. Erst jetzt erkannte er, dass ihre Augen weit geöffnet waren. »Hallo, Marie. Weißt du, wer ich bin?«

Noch immer bewegte sie sich nicht. »Onkel Nikolas, ist die böse Frau sicher weg?«

Tränen schossen in seine Augen. Er schluckte einmal kräftig und griff nach ihrer zierlichen Hand. »Ja, und sie wird auch nicht mehr wiederkommen. Das verspreche ich.«

Endlich richtete sie sich auf und umarmte ihn. »Das ist

gut.« Kinder sollten nicht so reden. Nicht im Krieg und schon gar nicht im Frieden. Doch sie tat es. »Ich hatte Angst. Sie haben Vater umgebracht.«

Er wusste nicht, was er sagen sollte. In diesem Augenblick gab es nur ihn und Marie. Verdammt, sie war am Leben und sie wusste, wer er war. Er spürte, wie Tränen seine Wangen hinabrollten. Nikolas weinte leise, nicht ein Schluchzen sollte an Maries Ohren dringen.

»Du bist ja traurig, Onkel Nikolas. Tut es weh?« Als Marie sich zurücklehnte und ihre Hand auf seinen Kopf legte, traf ihn fast der Schlag. Als blicke er in das Gesicht ihrer Mutter und in die Augen ihres Vaters.

Oh, Erik – wie konnte ich nur zweifeln, dachte Nikolas. Verzeih mir. »Entschuldige, Marie. Was hast du gesagt?«

»Ob es wehtat, als Frau Luger dir die Lampe auf den Kopf gehauen hat.«

Das durfte nicht sein. Sie hatte alles mitbekommen. Als Luger ihren Vater auf offener Straße hingerichtet hatte, als er zu seiner einzigen Tochter gekrochen war und sie hatte retten wollen. Und als Lisa ihm die Lampe über den Kopf gezogen und danach wie eine Kobra ihr Gift versprüht hatte. Was für eine unmenschliche Folter hatte sie ertragen müssen, im vollen Bewusstsein, dass Luger ihren Vater ermordet hatte und sie wie seine eigene Tochter aufzog. Marie war klug. Sie wusste alles, hatte es nie vergessen und war trotzdem ruhig geblieben. Nur so war sie dem Tod entkommen.

»Es geht schon.« Nikolas sah sich um. »Marie, hast du einen Koffer und kannst schnell ein paar Kleidungsstücke einpacken? Ich möchte dich gerne hier wegbringen.«

Sie nickte hastig, sprang aus dem Bett. »Können wir wieder nach Hause? In den Stadtpark und Süß suchen?«

Das hatte er völlig vergessen. Damals hatte sie es geliebt, wenn Erik und er unter Laub in Papier gewickelte Schokolade versteckt hatten. Es war eine Wonne gewesen, ihr dabei zuzusehen, wie sie bei jedem neuen Stück laut jubilierte. Erik gab es leider nicht mehr, und der Stadtpark war von Bombenkratern übersät.

»Natürlich«, antwortete Nikolas schnell. »Wir gehen zurück nach Düsseldorf und dann suchen wir gemeinsam Süß.«

Plötzlich stockte Marie. Sie lauschte, wandte ihr Gesicht zur Tür und strecke einen Finger nach oben. »Er darf es nicht wissen.«

Nein. Durfte er nicht. Wie oft hatte sie wohl seine sich ständig wiederholenden Musikstücke und Belehrungen anhören müssen. Nikolas legte den Zeigefinger auf den Mund. »Er wird es nie erfahren.«

Was in Maries kleinen Reisekoffer passte, musste für die ersten Tage genügen. Gemeinsam warfen sie ein paar Kleider, Unterwäsche, dicke Socken, Strickjacken und Mäntel in den Koffer. »Ziehst du dir etwas Warmes an? Ich bin in einer Sekunde wieder da.«

Marie nickte. Es fiel ihm schwer, sie allein zu lassen, doch ihm blieb keine andere Wahl. Claire wachte immer noch mit Argusaugen über die Treppe. »Und?«

»Sie erinnert sich an mich.«

»Das ist gut«, hauchte sie und lächelte.

»Ja. Claire, du musst mir einen Gefallen tun, und ich bitte dich, ihn nicht abzulehnen. Ich will, dass du sie von hier wegbringst.« Er berührte ihre Wange. »Es tut mir leid, aber ich muss das zu Ende bringen.«

»Nikolas, weißt du, worum du mich bittest? Tu mir das nicht an.«

Er küsste ihre eiskalten Wangen. »Entschuldige, mein Engel. Aber ich muss es tun.«

»*Pardon*? Das war nicht der Plan!«

Bereits auf dem Absatz, drehte er sich um. »Der Plan wurde geändert, wie du siehst. Luger gehört mir.«

Die Sätze sprach er lauter, als er gewollt hatte. Laut genug, um Bricks auf den Plan zu rufen.

»Was ist hier los?«

»Wir haben entscheiden, dass Claire Marie aus der Gefahrenzone bringt.«

»Falls es Ihnen nicht aufgefallen ist, aber die Gefahrenzone ist ganz Europa. Wo soll sie hin?«

»Zu den Meißners. Wenn wir bis zum Morgengrauen nicht zurück sind, können sich Claire und Elsa mit Marie immer noch durchschlagen.«

Bricks schüttelte den Kopf. »Claire hat mehr Kampferfahrung als Sie, Brandenburg.«

Nikolas' Stimme war hart wie Eisen. »Und wie soll eine Frau in den Fliegerhort gelangen? Glauben Sie mir, Bricks, wir beide haben bessere Chancen.«

»*Fuck*!« Bricks schoss die Zornesröte ins Gesicht. Sein Kiefer mahlte vor Wut, der ganze Körper bebte. Dann schoss er auf Nikolas zu. »Versauen Sie es nicht!«

Ein kurzes Nicken musste als Antwort genügen. »Marie?«

Etwas schüchtern und mit ihrem viel zu schweren Koffer bepackt kam sie aus ihrem Zimmer und trat ins Licht. Nur kurz fiel ihr Blick auf den blutigen Teppich.

»Das ist sie also«, stellte Bricks fest und rang sich tatsächlich so etwas wie in Lächeln ab.

»Ja, das ist Marie.«

Lisa hatte ihre Vorzeigepuppe tatsächlich gut erzogen. Es wollte so gar nicht zur rebellischen Art von Erik passen, die mit Sicherheit in Maries Genen steckte. Die Kleine deutete einen Knicks an und gab erst Bricks, dann Claire die Hand.

Während Bricks sich wie ein Gentleman verbeugte, ging

auch Claire in die Knie. »Es freut mich, deine Bekanntschaft zu machen, *mon ange*.«

Nikolas kniete sich herab. »Marie, hör mir zu. Claire ist eine sehr gute Freundin von mir. Ihr beide werdet jetzt eine kleine Nachtwanderung zu einem Bauernhof machen. Die Familie, die dort lebt, heißt Meißner und ist wirklich sehr nett.« Aus irgendeinem Grund strahlten ihre Augen.

Es traf ihn mitten ins Herz, dass er sie nicht begleiten konnte. Die Sache war zu wichtig und sein Wunsch nach Rache war zu stark, um es nicht selbst zu erledigen. Luger musste zum Teufel gejagt werden, und er selbst herausfinden, wozu Vril, diese gottlose Kraft, imstande war. Wenn es diese Flugscheiben und Amerikabomber wirklich gab, mussten sie aufgehalten werden. Auch wenn es einem kleinen Mädchen das Herz brach.

»Dort gibt es sogar ein Pferd. Es heißt Fritz. Vielleicht erlaubt dir Herr Meißner morgen sogar, ein wenig auf ihm zu reiten.«

»Du kommst nicht mit?«

»Leider nein. Ich und der Herr hier haben noch etwas zu erledigen. Aber wir kommen so schnell es geht nach.«

Strahlten ihre Augen eben noch vor Freude, wurden sie nun von Schwermut erfasst. Marie zog die Nase hoch, wischte sich eine Träne weg. »Wieso musst du mich wieder allein lassen? Kannst du nicht mitkommen?«

»Es wird nicht lange dauern, dann bin ich wieder da und wir reisen nach Düsseldorf.«

»Versprichst du es?«, piepste Marie. Die durchdringenden Augen, dieser Ausdruck. So war er schon einmal angesehen worden. Vor vielen Jahren, als Erik ihn gebeten hatte, die Patenschaft für Marie zu übernehmen, hatte auch er diesen Blick gehabt.

»Ja, ich verspreche es.« Er war nicht gut darin, seine

Schwüre zu halten. Zu oft hatte Nikolas versagt. Diesmal musste es anders werden. Mit wackligen Beinen erhob er sich. Claire hatte sich bereits den Koffer geschnappt. »Claire …«

»Sag kein Wort«, unterbrach sie ihn. Flüchtig drückte sie ihm einen Kuss auf die Wange. »Komm bald zurück, *chéri.*«

Er sah den beiden hinterher, als sie die Treppe herabstiegen. Vom Flur her hörte er Claires Stimme. »Marie, kannst du mir den Hinterausgang zeigen?« Es folgte das Quietschen einer Tür. Für einen Moment drangen die Geräusche der Löscharbeiten etwas lauter an sein Ohr, dann fiel die Tür ins Schloss.

»Nur noch wir beide, Brandenburg.«

»Fast«, antwortete Nikolas, den Blick auf die Treppe zum Obergeschoss gerichtet. Er fasste den Griff seiner Walther. »Kommen Sie – wir haben noch etwas zu erledigen.«

KAPITEL 15

- DAS SPIEL DER MÄCHTIGEN -

Mit jeder Stufe wurde die Musik lauter. Kein Wunder, dass Luger von alldem nichts mitbekommen hatte. Gut so. Er wusste nicht, dass seine Frau mit aufgeschlitzter Kehle nur ein Stockwerk tiefer lag oder Marie sich auf einem finsteren Feldweg Stück für Stück von ihm entfernte. Nichts ahnend arbeitet er wahrscheinlich an seinen Unterlagen und bemerkte den drohenden Tod nicht. Das Holz der Dielen knarrte unter Nikolas' Füßen. Endlich erkannte er die Musik, die Luger in voller Lautstärke hörte. Es waren die schwermütigen Klänge von Mozarts »Zauberflöte«. Wenn er sich recht entsann, war es die zweite Arie der Königin der Nacht.

»Der Hölle Rache kocht in meinem Herzen …«

Wie passend.

Vor der Tür stockte er in seiner Bewegung. Als würde ihn eine unsichtbare Barriere aufhalten, schwebte seine Hand über dem Knauf.

»Mr. Brandenburg, alles in Ordnung?«

»Ja.« Nikolas ging es so gut wie schon lange nicht mehr. Jedwede physische Nebensächlichkeit wie Hunger, Schmerz oder Durst war vergessen. Es war Rache, die ihn antrieb und alle anderen Emotionen verschlang wie ein gefräßiges Monster. Seine dunkle Seite hatte die Oberhand gewonnen. Nichts anders als diesen Mann zu töten war sein Ziel in diesem Moment. Er lächelte finster, als er sich zu Bricks umdrehte. »Es ging mir nie besser.«

Unten an der Haustür knarrte es. Bricks' Augen verengten sich zu Schlitzen. »Ich sehe nach, warten Sie hier.«

Natürlich. Warten. Als Bricks verschwunden war, legte Nikolas die Hand auf den Knauf. Die Barriere war nicht mehr da. Nur noch Luger und er und der unvermeidliche Tod. Beim Allmächtigen, er würde es genießen, die Informationen aus dem Kerl herauszufoltern. Jetzt, da Marie in Sicherheit war, gab es nichts mehr, was seine dunkle Seite zurückhalten konnte. Es gab keinen Grund, Gnade walten zu lassen. Nicht bei Luger. Nicht bei diesem Bastard.

Der Knauf ließ sich ganz leicht drehen, als hätte er nur darauf gewartet, dass Nikolas endlich die Tür öffnete. Ob sich Gevatter Tod so fühlte, wenn er kurz davor war, Leben zu nehmen? Ein großartiges, starkes Gefühl der Macht floss durch Nikolas' Adern. Herrschaftlich und unbeugsam fühlte es sich an, über Leben und Tod zu richten. Ein Todesengel zu sein für die geknechteten Seelen und diejenigen, welche keine Rache mehr üben konnten.

Die Frauenstimme sang voll Inbrunst, als er sich neben den Plattenspieler direkt neben der Tür schlich. Düster und schicksalsschwer legte sich die Musik auf ihn. Nikolas konnte gar nicht anders, als den Mann zu beobachten. Flink huschte dessen Federhalter über Dokumente. Er las und korrigierte so schnell und gewissenhaft, wie Nikolas es in Erinnerung hatte. Hinter Luger standen Bücherregale mit dicken Wälzern. Oh, er liebte seine alten Schinken und die Geschichten von Sklaven und perversen Träumen von Weltherrschaft, die sie beinhalteten. Nikolas konnte noch immer die pulsierende Ader und das bebende Gesicht des Mannes vor sich sehen, als der ihn mit beiden Händen gewürgt hatte, während seine eigenen Hände gefesselt gewesen waren. Schon immer war Luger von römischen Feldherren und deren Leistungen besessen gewesen. Nie würde Nikolas vergessen, was Luger mit ihm vorgehabt hatte: *Damnatio memoriae*, eine Verdammung des Andenkens. »Nichts wird mehr von Ihnen übrig bleiben«, hatte er gesagt. Alles, was sein Vater geschaffen hatte, sollte mit ihm vernichtet werden. Zumindest das war Luger gelungen. Als er so gesprochen hatte, hatten seine Augen gefunkelt, und der Hass selbst schien seine Worte gewählt zu haben. Wenn es nach Luger ginge, hinge Nikolas schon längst als Verräter gebrandmarkt wegen Hochverrats am Galgen.

Lugers dunkle Augen glühten auch jetzt, als er sich beim Lesen über den Spitzbart fuhr. Seine Haare waren zu einem strengen Seitenscheitel gekämmt. Er trug die graue Dienstuniform eines Sturmbannführers der Schutzstaffel. Kein Knopf war gelockert, selbst die Koppel hatte er nicht abgelegt. Ein Ritterkreuz des Kriegsverdienstkreuzes baumelte um seinen Hals, wahrscheinlich von Hitler persönlich verliehen. Lediglich die Schirmmütze lag auf diversen Dokumenten auf dem Schreibtisch.

Nikolas beobachtete die gleichmäßigen Drehungen der Schallplatte, dann sah er zum Fenster. Luger hatte vorschriftsmäßig die Fenster mit dickem Stoff abgedunkelt. Den Feuerschein konnte er so nicht sehen, die Sirene durch die Musik nicht hören. Sollte Nikolas der Zufall wirklich in die Hände spielen?

Er wartete, bis die letzte Textzeile der »Rachearie« gesungen war. »Hört, Rachegötter, hört der Mutter Schwur!« Beim letzten Wort hob Nikolas die Nadel von der Platte. Ein kurzes Knarzen folge, dann herrschte endlich Stille.

Ruhig blickte Luger auf. Wenige Sekunden verharrte er unbeweglich. »Sie haben sich die Haare abrasiert.« Er steckte die Kappe auf den Füllfederhalter, legte ihn auf den Tisch und lehnte sich zurück. »Eine sehr praktische Frisur. Gefällt mir.«

»Ein notwendiges Übel.«

»Brandenburg.« Luger nickte kaum merklich und spuckte seinen Namen aus, als könne er sich allein durch die Tatsache, dass er ihn in den Mund nahm, mit einer Krankheit infizieren. »Sie leben also.«

Nikolas stellte sich vor den massigen Holzschreibtisch. »Offensichtlich.«

»Und Sie sind hier, um mich zu töten.«

Er lächelte. Es tat so unendlich gut, den Mann, der ihn so gepeinigt und ihm so viel genommen hatte, in der Defensive zu sehen. Ein Hochgefühl erfasste ihn, und er freute sich auf das, was nun kommen möge. Nie hatte er Freude empfunden, einem Menschen etwas anzutun. Doch jetzt war es anders.

»Offensichtlich.«

»Lisa ist tot, nehme ich an?« Er sprach die Worte so kühl und analytisch aus, als hätte er damit gerechnet.

»Ja.«

»Und Marie nicht mehr hier?«

»Exakt.«

Es schien Luger nicht zu überraschen. Er nickte in Richtung Nikolas' linker Hand. »Ein Andenken der Granate, die Sie mir vor wenigen Monaten in die Hand gedrückt haben?«

Nikolas hob den Arm. Der Verband war voller Blut. Noch immer hatte sich die Wunde nicht geschlossen. Ihm war, als könne er Eiter riechen. »Nein, das habe ich Ihren Scharfschützen zu verdanken.«

»Ich verstehe.« Der Offizier erhob sich, lockerte mit dem Zeigefinger den Kragen seiner Uniform. »Auch ich habe einige Andenken an diese Nacht behalten.«

Etliche Narben waren auf der linken Seite seines Gesichts zu erkennen, die sich seinen Hals hinabzogen. Die wulstige Haut glänzte weißlich im Licht, als er zum Fenster schritt, den Stoff beiseiteschob und das Feuer am gegenüberliegenden Straßenzug begutachtete. »Ein Ablenkungsmanöver. Geschickt, Brandenburg. Hätte ich Ihnen gar nicht zugetraut. Sie müssen selbst zugeben, dass Sie ein besserer Verräter als Kriminalkommissar sind.« Er drehte sich zu Nikolas und verschränkte die Hände hinter dem Rücken. »Vielleicht liegt Ihnen Ordnung und Struktur einfach nicht. Wie den Schaben. Sie essen Abfall, Unrat, ihre eigenen Nachkommen, wenn es sein muss. Selbst unter optimalen Bedingungen sind diese Insekten nicht zu kontrollieren. Eine Plage, der jedweder Sinn für Ordnung und ein sicheres System abhandengekommen ist. Anders als zum Beispiel den Ameisen.«

Er hätte einen hervorragenden Oberlehrer abgegeben. In den Klang der eigenen Stimme verliebt, dieser gönnerhafte Ton eines Rektors, der andere in ganzer Güte an seinem Wissen teilhaben ließ.

Nikolas winkte mit der Waffe, um Luger anzuzeigen, dass er vom Fenster weggehen sollte. »Schaben fressen Ameisen.«

»Nicht, wenn die Ameisen in der Überzahl sind. Und das sind wir, Brandenburg.« Er breitete die Arme aus. »Schauen Sie sich um. Was wollen Sie jetzt tun? Mich eiskalt töten? Mir eine Kugel zwischen die Augen jagen und dann Ihr Leben mit Marie fortsetzen?«

»So ungefähr lautet der Plan.« Nikolas sah nach draußen, schob mit dem Lauf der Pistole den Stoff beiseite. Nach wie vor war die Brandbekämpfung mit dem Feuer beschäftigt. Der Wind fachte es immer wieder neu an. Schaulustige säumten die Straße. Einige Menschen lagen sich verzweifelt in den Armen. Der Zweck heiligte die Mittel. Nie hätte er gedacht, dass er zu so etwas fähig war. Claire hatte recht. Der Krieg veränderte die Menschen, und das nicht zum Guten. »Nur, dass ich Sie vorher foltern werde, um an Informationen zu gelangen, die zu einer schnellen Beendigung des Krieges beitragen werden.«

»Und zum Zusammenbruch des Reichs«, antwortete Luger schnell. Er wirkte belustigt. »Können Sie es wirklich verantworten, die heilige deutsche Nation untergehen zu lassen?

Eine tausendjährige Kultur von stolzen Germanen, die ohne Frage den Auftrag haben, die Menschen in Europa, ja der ganzen Welt anzuführen?«

»Da bin ich nicht allein«, entgegnete Nikolas lakonisch. »Amerikaner, Briten, Russen, viele tragen dazu bei.«

Lugers Finger streichelten über seinen Spitzbart. »Und doch ist es die Summe der Teile, die das Gesamtbild formt.«

Ja, das war es. Nikolas' Blick fiel auf einen Dolch, der als Schmuckstück auf Lugers Schreibtisch lag. Er steckte die Pistole weg, nahm das Heft zwischen seine drei verbliebenen Finger der linken Hand. »Die Summe der Teile«, wiederholte er, während er die Klinge vor seinen Augen drehte. »Sie haben Erik getötet. Erschossen, auf offener Straße. Ohne diesen feigen Mord wäre ich jetzt nicht hier.«

»Ein notweniges Übel.« Luger setzte sich zurück an seinen Schreibtisch, schlug die Beine übereinander und fixierte Nikolas. »Aber ich muss Ihnen zustimmen. Wäre er nicht gewesen, hätte das Sarin-Projekt viel früher seinen Abschluss gefunden. Paris wäre noch in unserer Hand, die Alliierten stünden vor einer undurchdringlichen Wand aus Giftgas und wir könnten alle Kräfte auf die Ostfront konzentrieren. Stalingrad wäre nie gefallen, der Iwan besiegt.« Seine Ellenbogen stützte er auf den Tisch und legte das Kinn auf seine Finger. »Und wir würden diese Unterhaltung nie führen. Aber Sie sehen, dies sind eine ganze Menge von Konjunktivsätzen. Was mich zurück zu meiner Frage bringt: Was wollen Sie jetzt tun?«

Die Klinge blitzte auf, als Nikolas sie bewegte. Sie lag so gut in seiner Hand, als wäre sie nur für diesen Augenblick gemacht worden. Wutentbrannt schoss er auf Luger zu. »Sie werden mir alles über Vril erzählen. Und bei Gott, ich bitte Sie, Widerstand zu leisten, denn es wird mir ein Vergnügen sein, Ihnen die Haut bei lebendigem Leibe abzuziehen.«

Es war so weit. Nikolas würde seine Rache bekommen. Schrecklich und ohne Erbarmen. Die Dunkelheit presste sein Herz zusammen und würde es nicht eher loslassen, bis der Schmerz allgegenwärtig war. Lugers Schmerz, nicht der seinige.

»Mr. Brandenburg! Legen Sie das Messer weg!« Bricks' düstere Stimme schreckte ihn auf. Als Nikolas über die Schulter sah, bemerkte er, dass der Amerikaner seine Waffe auf ihn gerichtet hatte.

»Wollen Sie mich narren, Bricks?«

»Nein«, antwortete er kühl. »Legen Sie das Messer weg oder ich erschieße Sie.« Er klang nicht, als scherzte er.

Widerwillig legte Nikolas den Dolch auf den Tisch. Auch Bricks steckte seine Waffe weg, lächelte freundlich und ging mit ausgestrecktem Arm durch den Raum. »Sturmbannführer Luger, nehme ich an?«

Die Männer schüttelten sich die Hände. »Absolut richtig, und mit wem habe ich die Ehre?«

»Dr. Allan Bricks, Counter Intelligence Corps. Ich möchte Ihnen ein Angebot unterbreiten.«

»Amerikanischer Militärgeheimdienst. Sie befinden sich in guter Gesellschaft, Brandenburg. Ich bin ganz Ohr.«

Bricks legte seinen Rucksack auf Lugers Schreibtisch. »Gehe ich recht in der Annahme, dass Sie federführend bei Sarin-Beauté und dem Uranprojekt waren?«

Auf Lugers Stirn bildeten sich Falten. Sein Gehirn schien auf Hochtouren zu arbeiten. Vorsichtig wägte er seine Antwort ab. »Dies ist im Bereich des Möglichen.«

»Und können Sie des Weiteren bestätigen, dass Sie im Horten-Projekt, im Sonderkommando IX und in der Vril-Vereinigung eine entscheidende Rolle spielen?«

»Auch dies könnte durchaus zutreffen.«

Bricks griff in die Innentasche seines Mantels und holte einen Umschlag hervor. Er öffnete den Brief, nahm ein Blatt

Papier heraus und legte es offen auf den Tisch. »Ich bin berechtigt, Ihnen das Angebot zu unterbreiten, als militärischer Berater für den Geheimdienst der Vereinigten Staaten von Amerika zu arbeiten. Sie erhalten eine Vollamnestie für alle begangenen Straftaten, die sich vor diesem Zeitpunkt ereignet haben. Dies gilt sowohl für militärische als auch für zivilrechtliche Vergehen und Verfehlungen. Ferner erhalten Sie die amerikanische Staatsbürgerschaft und eine monatliche Besoldung nach O-4, was dem des Dienstrangs eines Majors entspricht.«

Nikolas stöhnte auf und schloss die Augen. Obwohl er äußerlich ganz ruhig war, spürte er, wie er kurz vor der Explosion stand. Wie flüssige Lava rauschte das Blut in seinen Adern, sein Atem beschleunigte sich, Schweiß stand auf seiner Stirn. Himmel und Hölle mussten sich gegen ihn verschworen haben. Was redete Bricks da?

»Im Austausch informieren Sie uns vollumfänglich über die eben genannten Projekte und jegliche anderen militärischen, zivilen oder wirtschaftlichen Bemühungen und Operationen, die direkt oder indirekt zu einer Verlängerung des Krieges führen könnten. Selbstverständlich umschließt diese Vereinbarung ebenfalls alle technischen oder wissenschaftlichen Ergebnisse und alle Personen und Firmenregister mit ein.« Bricks tippte mit zwei Fingern auf das Dokument. »Mit anderen Worten: Sie sagen uns alles, was Sie wissen, und arbeiten mit uns zusammen, bis wir Sie in Pension schicken.«

»Ist dieses Dokument offiziell?«

»Sehen Sie selbst.«

Das durfte nicht sein! Das konnte nicht sein! Nikolas lehnte sich nach vorn und überflog die Zeilen. Unter dem maschinell geschriebenen Vertrag prangte, mit einer breiten Feder unterzeichnet, die ausschweifende Unterschrift von Dwight D. Eisenhower – dem Oberbefehlshaber der alliierten Streitkräfte.

Das Blut in Nikolas Adern rauschte. Er konnte es in seinen Ohren hören. Brennende Wut ergriff ihn. Luger würde davonkommen. Straffrei, mit einem ruhigen Beraterjob in Washington. »Bricks, sagen Sie mir, dass das ein Scherz ist!«

Der Amerikaner schüttelte den Kopf. »Das ist kein Scherz, das ist Politik und Kriegsführung.«

Tee und Plätzchen am Wochenende und ein Ausflug an den See. Bei dem Gedanken zog sich Nikolas' Magen zusammen. Dieser Bastard würde eine hübsche Amerikanerin kennenlernen und sie abends in schicke Restaurants ausführen. Nikolas hob seine Pistole. »Tun Sie mir das nicht an.«

»Sie haben bekommen, was Sie wollten, und jetzt bekomme ich, was ich will: ein schnelles Ende des Krieges.«

Feine Anzüge und ein Besuch der Freiheitsstatue … Hotdogs und Lucky-Strike-Zigaretten. Die englische Sprache würde der Mann schnell verinnerlichen und bald schon auf Dinnerpartys berichten, dass er immer ein Gegner des Regimes gewesen sei. Er würde es genießen, fernab von einem zerstörten, am Boden liegenden Land. Vergessen die grausame Verantwortung, die er auf seine Schultern geladen hatte. Nikolas war kurz davor, sich zu übergeben. Die Walther PPK hatte ihr Ziel gefunden. Lugers Gesicht befand sich genau auf Höhe von Kimme und Korn. »Das kann ich nicht zulassen.«

Erneut zog Bricks seine Waffe. »Das werden Sie zulassen, Mr. Brandenburg.«

Luger sah kurz hoch, studierte dann weiter das Schriftstück, als würde die Szene um ihn herum zu einem schlechten Theaterstück gehören, das er zu ignorieren versuchte. »Sie sollten auf ihn hören. Der Krieg ist verloren. Es geht nur um das Wann und Wie.« Luger steckte das Papier in den Briefumschlag und ließ den Brief in der Innentasche seiner Uniform verschwinden. »Das hat Ihnen schon immer gefehlt. Pragmatismus und der Sinn für Realität.«

Selbst er, der fanatische Obersturmbannführer, hatte also erkannt, dass es zu spät war. Wahrscheinlich arbeitete er schon länger an seiner Flucht. Hatte Luger nur auf eine Möglichkeit wie diese gewartet?

»Brandenburg, ich wiederhole mich nur sehr ungerne. Dabei komme ich mir immer sehr dämlich vor«, polterte Bricks. »Also, stecken Sie die Waffe weg und denken Sie einen Schritt weiter. Stellen Sie Ihren persönlichen Rachefeldzug zurück und bedenken Sie, wie viele Leben Sie retten könnten. Recht ist nicht immer dasselbe wie Gerechtigkeit. Sie haben Marie. Helfen Sie mir nun, den Krieg zu beenden.«

Nikolas wurde schwindelig. Langsam nahm er den Finger vom Abzug. Er stolperte nach hinten, ließ sich auf einen Stuhl fallen.

»Gut. Nachdem das erledigt wäre … Herr Sturmbannführer, ich bräuchte alle relevanten Dokumente. Zu einer persönlichen und vollumfänglichen Befragung kommen wir später.«

»Selbstverständlich«, antwortete der Offizier, schlug die Mappen zu und suchte Papiere aus Ordnern zusammen. Gemeinsam verstauten sie die Dokumente in Lugers Aktentasche, die dieser Bricks reichte.

»Bitte, nehmen Sie. Ein Rucksack entspricht nicht dem Charakter dieser historischen Unterhaltung und wäre als Transportbehältnis ungeeignet.«

Bricks nickte dankbar und fuhr im Plauderton fort: »Der Rest befindet sich auf dem Testgelände, nehme ich an? Genau wie jegliche Aufzeichnungen und Erkenntnisse bezüglich der Vril-Kraft?«

»Korrekt«, antwortete Luger und zog sich seinen Dienstmantel an.

»Ich würde Sie bitten, uns dorthin zu führen. Die Blaupausen und Pläne sind unerlässlich für die weitere Vorgehensweise und Planung des Oberkommandos.«

Luger schnalzte mit der Zunge. »Sie wollen unser Schmuckstück in Augenschein nehmen?«

»Wenn es Ihnen nicht allzu große Umstände bereitet und Sie uns auf das Areal bringen könnten, ja – ich würde darum bitten.«

Der Offizier setzte sich seine Schirmmütze auf. »Natürlich. Mein Wagen steht Ihnen zur Verfügung. Ein kurzer Besuch wird bestimmt nicht schaden. Wann darf ich damit rechnen, in die Staaten zu reisen?«

»Ein Flieger des CIC steht bereit. Zuerst geht es nach London, ein paar Wochen später mit einem Direktflug nach Washington. Dort treten Sie Ihre neue Stellung an.«

Luger neigte den Kopf. »Ausgezeichnet.« Anschließend öffnete er eine Schublade und steckte seine Dienstwaffe wie selbstverständlich in das Holster. »Alles andere würde verdächtig aussehen«, erklärte er.

Nicht einmal das wunderte Nikolas mehr. In die Staaten reisen … Es klang nach Urlaub. Die Herren taten so, als würden sie sich schon ewig kennen. Austausch von Höflichkeiten, zustimmendes Nicken. Nikolas machte es krank, den Mächtigen beim Spielen zuzusehen. Die Menschen auf der Straße starben vor Hunger und Elend. In den Schützengräben und den Häuserschluchten wurden sie niedergemetzelt wie Vieh. Arthur, der blonde Schönling, starb wahrscheinlich gerade im Strafgefangenenlager, genau wie alle anderen, die der Vision einer besseren Welt gefolgt waren. Bricks hatte sie alle über die Klinge springen lassen, sie alle geopfert für ein höheres Ziel. Doch die, welche die Verantwortung für all das trugen, plauschten höflich beim Tee, während sie über das Schicksal der Welt entschieden.

»Wir sollten uns beeilen«, stellte Luger fest, spähte aus dem Fenster und zog seine Handschuhe über. »Der Wind dreht, und bald schon wird die ganze Siedlung niedergebrannt sein. Wir sollten die verwirrende Lage für unsere Zwecke nutzen.«

Wie zur Zustimmung setzte Bricks seinen Hut auf und knöpfte den Mantel zu. Beide Männer gingen zur Tür. Nur Nikolas blieb zurück und starrte mit leerem Blick auf den Dolch.

»Sie wollen hierbleiben und verbrennen?«, fragte Luger in der Tür.

Keine schlechte Wahl, in Anbetracht dessen, was er gerade erlebt hatte. Es war, als zöge ihn ein tonnenschweres Gewicht zu Boden, als er aufstand.

Luger schien zufrieden und deutete mit der Hand auf die Treppe. »Schön, wenn ich dann bitten dürfte, *gentlemen.*«

KAPITEL 16

- EIN PAKT MIT DEM TEUFEL -

Nikolas hielt den Kopf gesenkt, als er die Hintertür schloss. Luger und Bricks gingen einige Meter vor ihm. Sie unterhielten sich angeregt über die neuen Aufgaben im CIC. Dieser eiskalte Bastard hatte nicht einmal eine Sekunde damit verbracht zu fragen, wo Lisas Leiche sich befand oder wie sie zu Tode gekommen war. Über den Blutfleck war er mit einem großen Schritt hinweggestiegen, und beim Passieren der beiden bewusstlosen Brandschützer hatte er nur interessiert eine Augenbraue hochgezogen. Draußen gratulierte er Bricks sogar zu seiner erfolgreichen Ablenkungsmission und begutachtete das sich weiter ausbreitende Feuer.

Die allgemeine Panik war inzwischen hektischer Betriebsamkeit gewichen. Niemand achtete auf die beiden Herren, die über einen Zaun hinweg auf die Siedlung starrten und über die vernichtende Feuersbrunst fachsimpelten. Nikolas wollte sich nicht zu ihnen gesellen. Die Jahre des Krieges hatten ihn abgehärtet, seine moralischen Wegweiser für immer in die falsche Richtung gelenkt. Dies hier war nur die Krönung einer ekelhaften Perversion.

Er war von sich selbst angewidert. Wenn Erik ihn so sehen könnte. Die glücklichen gemeinsamen Tage wirkten wie Schatten aus längst vergangenen Träumen. Endlich bequemten sich die Herren zu Lugers Dienstwagen. Der Offizier stolzierte wie ein Gockel auf Brautschau. Kein Wunder. Die Lösung all seiner Probleme wurde ihm auf einem Silbertablett serviert. Er musste nur noch zugreifen und sich von seinem alten Leben lossagen. Ein Leichtes, wenn man kein Gewissen besaß.

Nikolas bemerkte, dass er immer mehr zu dem Mann geworden war, den er über all die Jahre zu hassen gelernt hatte. Kompromisslosigkeit und Egomanie brachten einen weiter und sicherten das Überleben. Nicht Mitgefühl oder Gutherzigkeit. Dafür war in dieser Welt kein Platz. Eine Lektion, die er schleichend verinnerlicht hatte. Regen fiel in sein Gesicht. Er setzte seinen Hut auf, zog ihn tief ins Gesicht, schlug den Kragen um und steckte seine Hände in die Manteltaschen, als er hinter den beiden hertrottete. Endlich erreichten sie das im Feuerschein glänzende Vehikel. Von dessen Lack perlten die Regentropfen ab.

»Ein Mercedes-Benz 260 D«, erklärte Luger mit einem Anflug von Stolz in seiner Stimme. »Wussten Sie, dass diese wunderbaren Fahrzeuge größtenteils als Taxen eingesetzt wurden?«

Luger und Bricks nahmen im Fond des Wagens Platz. Nicht schwer zu erraten, wem die Aufgabe zuteilwurde, Chauffeur zu spielen. Die Situation passte zu dem fast absurden Theater des heutigen Tages. Nikolas hatte diesen Mann ermorden wollen, zur Not mit seinen eigenen Händen, und nun musste er ihn rumkutschieren. Dies alles zum Wohle der Menschheit. Manchmal mussten Einzelne leiden, damit das große Ganze einen Sinn ergab. Perverse Welt.

Falls es am Schlagbaum Schwierigkeiten geben sollte, würde er sich wenigstens die erste Kugel fangen. Dann hätte dieses Drama ein Ende. Nikolas öffnete die Tür und warf seinen Hut auf den Beifahrersitz.

Noch immer plauderten die beiden.

»… kaum zu glauben, aber die Ernst Heinkel Flugzeugwerke A.G. konnte eine ganze Taxiflotte billig erwerben«, erklärte Luger.

»Nicht ganz ohne Hilfe der Partei und des Ministeriums nehme ich an?«

»Sehr scharfsinnig! Aber tatsächlich gab es diesbezüglich Gespräche. Und jetzt fahren die Verbindungsoffiziere und Ingenieure diese wunderbaren Kraftfahrtzeuge.« Luger warf die Schlüssel in Nikolas' Schoss. »Wollen wir hier Wurzeln schlagen, Brandenburg? Es gibt viel zu tun, um den Krieg zu beenden. Also sputen Sie sich!«

Nikolas sah in den Rückspiegel, und einen Augenblick lang trafen sich ihre Blicke. Wie hatte es nur so weit kommen können? Er startete den Wagen und folgte Lugers Richtungsanweisungen. Es dauerte nur wenige Minuten, bis sie das Haupttor der Heinkel-Werke erreichten.

»Lassen Sie mich reden«, forderte der Offizier, griff in die Innentasche seines Mantels und holte seinen Ausweis und ein Dokument hervor.

Die Wachmannschaften waren in dicke Mäntel gehüllt. Nur widerwillig traten sie aus dem schützenden Haupthäuschen und kamen zum Wagen. Sofort deutete ein Unteroffizier an, die Scheibe herabzukurbeln, während zwei andere den Wagen in Augenschein nahmen und mithilfe eines Spiegels auch die Unterseite begutachteten.

»Genehmigung und Ausweise, bitte«, bellte der untersetzte Unteroffizier und leuchtete in den Wagen.

»Guten Abend, Drobnowski.« Lugers Stimme war laut und überraschend freundlich. »Öffnen Sie das Tor, es gibt viel zu erledigen.«

Der Mann überflog die Dokumente nur kurz, leuchtete dann in die Gesichter von Nikolas und Bricks, ein misstrauischer Ausdruck in seinem Blick. »Ein Besuch so spät nachts?«

»Das gibt es doch nicht.« Luger schüttelte aggressiv den Kopf und stieg aus. »Drobnowski, sehen Sie das? Das da hinten ist Feuer und wissen Sie, welche nervige Eigenart dieses

Element hat?« Er wartete ab und baute sich vor dem Mann auf. So kannte Nikolas Luger. Ein Mann, der es genoss, seine Untergebenen auseinanderzunehmen.

»Es brennt …«, entgegnete der Unteroffizier mit fester Stimme.

»Richtig, es brennt. Verdammt, Drobnowski – warum Sie noch kein Portepee ihr Eigen nennen können, ist mir schleierhaft. Sie wissen, dass morgen ein großer Tag ist und sich der Führer angekündigt hat. Das Letzte, was ich jetzt gebrauchen kann, ist ein Feuer, das unsere harte Arbeit zerstört oder uns die Bomber der Amis auf den Hals hetzt.« Der Regen rannte in Bächen von seiner Mütze, als er in den Wagen deutete. »Diese Männer sind die neuen Ingenieure und werden dafür sorgen, dass alles glatt läuft. Ihre Aufgabe ist es, das Feuer unter Kontrolle zu bringen.« Luger schnaubte abfällig. »Das Feuer ist wie eine gottverdammte Einladung. Wir könnten auch gleich unsere Koordinaten nach London übersenden und Begrüßungssekt für die Piloten kalt stellen. Also löschen Sie dieses fackelnde Ungetüm, aber öffnen Sie zuvor das Tor!«

Luger war in seinem Element. Nikolas musste gar nicht hinsehen, um zu wissen, dass die Ader an seiner Schläfe gerade pochte. Die Einschüchterung trug Früchte. Wild ruderte der Unteroffizier mit den Armen in der Luft und das Tor wurde geöffnet.

»Herr Sturmbannführer, wir haben schon alle verfügbaren Kräfte zur Brandbekämpfung entsandt. Wir sind leider sehr dezimiert. Das Material und die Wagen stehen uns zur Verfügung, aber es mangelt an ausgebildeten Männern.«

»Dann stellen Sie Männer ab«, schrie Luger, als er einstieg. »Und sagen Sie Bescheid, dass wir kommen!«

Nikolas konnte noch ein schnell gebrülltes »Zu Befehl, Herr Sturmbannführer!« hören. Er deutete mit der rechten

Hand einen Hitlergruß an und fuhr an den salutierenden Wachen vorbei auf das Gelände.

Zu seiner Überraschung erblickte er erst einmal nicht viel: zwei längliche Verwaltungsgebäude, dazu vier graue Klötze, die offensichtlich als Mannschaftsquartiere dienten. Auf den asphaltierten Start- und Landebahnen glänzten Pfützen, ansonsten war nichts zu sehen. Die abgeklebten Scheinwerfer des Wagens spendeten nur wenig Licht, und das Unwetter nahm an Intensität zu. Es wurde nunmehr immer schwieriger, die Straße vor ihnen zu erkennen.

»Wohin?«, wollte Nikolas wissen.

»Fahren Sie einfach weiter geradeaus.«

Bricks' Kopf schoss hin und her, als würde er die Eindrücke in sich aufsaugen wollen. »Was meinen Sie damit, als Sie sagten, dass morgen ein großer Tag sei?«

Luger klopfte sich vor Lachen auf den Schenkel. »Sie konnten sich keinen besseren Zeitpunkt aussuchen. Unser Schmuckstück wird in wenigen Stunden den letzten Testflug absolvieren, bevor es in Serienproduktion geht.«

Nikolas' Finger krampften sich um das Lenkrad. Es stimmte also. Sie arbeiteten an einer Höllenmaschine. Es war kein Hirngespinst von Meißner und seinem Sohn, keine Einbildung und kein feuchter Traum des Führers. Zu gerne hätte er Wiligut als schwachsinnig hingestellt. Zumindest hatte er darauf gehofft. Nikolas rieb sich mit der lädierten Hand über das unrasierte Kinn. Wie gefährlich war diese Vril-Kraft? War tatsächlich Lugers Hilfe notwendig, um den Krieg zu beenden? Er unterdrückte den Impuls, vor Wut laut aufzuschreien.

»An den Schildern müssen Sie links.«

Erst bei näherem Hinsehen erkannte Nikolas die Aufschriften »Hangar I + II« und »Werksbrandschutz«. Er lenkte den Wagen vor die Halle. Nur einen Steinwurf entfernt konnte er die offenen Türen der Feuerwehrzentrale ausmachen. Das

Heulen der Sirene war klar und deutlich zu vernehmen. Als Nächstes fiel ihm schwaches Licht in einem flachen Backsteingebäude ins Auge, dahinter prasselte der Regen auf das Dach des Hangars.

»Parken Sie den Wagen hier«, wies Luger ihn an. »Wir müssen uns ordnungsgemäß anmelden.«

Gemeinsam stiegen die drei aus. Der vormals weiße, unberührte Schnee am Boden war zu einer matschigen Pampe geworden. Jeder Schritt wurde von schmatzenden Geräuschen begleitet. Zwei Soldaten im Inneren der Halle grüßten, als sie Luger erkannten. Auch Nikolas und Bricks hoben den rechten Arm.

»Wir haben bereits mit Ihrem Eintreffen gerechnet, Herr Sturmbannführer. Das Prozedere ist Ihnen ja bekannt.«

»Selbstverständlich«, antwortete Luger, zeigte Ihnen die Dokumente und trug sich in eine Liste ein. »Heute nur zu zweit?«

»Mertes und Steinfurt sind auf Patrouille«, sagte der jüngere von beiden mit einem Lächeln im Gesicht. »Und das bei dem Wetter. Sie haben das kürzere Streichholz gezogen.«

Luger warf das Klemmbrett auf die Theke. »Das scheint Ihr Glückstag zu sein. Weitermachen!«

»Jawohl, Herr Sturmbannführer!«

Nikolas wunderte sich selbst, warum ihm die Angst anscheinend abhandengekommen war. Luger strahlte auf gefährliche Art und Weise eine Selbstsicherheit aus, wie er sie selten erlebt hatte. Solange sie dasselbe Ziel hatten, würde er mit dem Offizier an der Seite auch durch den Reichstag flanieren.

Luger schritt voran und brachte schnell Entfernung zwischen sich und das Wachhäuschen. Nikolas und Bricks hatten Mühe zu folgen. Vor der Tür des Hangars blieb Luger stehen. »Wenn Sie bereit sind, *gentlemen.*«

»Ich kann es kaum erwarten«, antwortete Bricks trocken.

Nikolas schwieg. Es gab Situationen, in denen es besser war, den Mund zu halten, hatte sein Vater immer gesagt. Dies war eine davon.

Luger drehte einen Schlüssel im Schloss, und die Stahltür öffnete sich. Sie traten in völlige Dunkelheit. Der Offizier ließ die Tür zufallen und betätigte mit geübten Handgriffen den Lichtschalter. Dumpfe Töne hallten wider, als die Lampen angingen.

»Willkommen in der Zukunft der modernen Kriegsführung!« Es war so leise, dass Nikolas sogar die Tropfen vernehmen konnte, die von seinem Mantel herabfielen. »Der Prototyp des Nurflüglers Horten H IX«, erklärte Luger. »Ausgestattet mit zwei Strahltriebwerken des Typs Jumo 004 erreicht dieses Wunderwerk der Technik bei einer Nutzlast von 1.000 Kilogramm eine Höchstgeschwindigkeit von 1.000 Kilometern je Stunde. Die Reichweite dieses Geschosses beträgt sogar 2.000 Kilometer, und somit ist es prädestiniert für den Abwurf von Bombenlasten auf weit entfernte Ziele oder als Jagdflugzeug für das Abfangen von feindlichen Geschwadern.«

Nikolas ging auf das futuristisch anmutende Objekt zu. Es erinnerte ihn an eine platt gedrückte Schwalbe. So etwas hatte er noch nie zuvor gesehen. Mit gehörigem Respekt strich er über den Rumpf des Ungetüms.

»Strahltriebwerke«, wiederholte Bricks, während er das Flugzeug ebenfalls in Augenschein nahm. Seine Stimme hallte im Hangar wider. »Wie wird die Vril-Kraft verwendet?«

Luger lachte auf, nahm etwas Abstand und lehnte sich gegen einen Tisch. »Gar nicht. Etwas, das nicht existiert, kann man nicht verwenden. Was haben Sie denn erwartet? Eine kosmische Urkraft, wie Wiligut sie einst beschrieb? Eine strahlende Kugel, die das Flugzeug antreibt? Nein – Technik und deutsche Ingenieurskunst, mehr braucht es nicht, um in die Zukunft zu schauen.«

Nikolas setzte schnell einen Fuß vor den anderen, ging um das Flugzeug. »Vril ist also nicht real?« Aus dem Augenwinkel sah er, dass Bricks sich an einem der Triebwerke zu schaffen machte, während Luger wie gebannt auf die Pläne auf dem Tisch starrte. Unbeobachtet vom Sturmbannführer hatte Bricks seine Hände tief in der Maschine vergraben.

»Vril ist alles und gleichzeitig nichts.« Luger verschränkte die Arme hinter dem Rücken und ging auf die Horten zu. »Geheimbünde, Erdkräfte, Energiewesen – nichts als Hirngespinste von Männern, die sich gerne in Schlössern treffen und leise unterhalten. Mehr Schein als Sein. Glauben Sie mir, Brandenburg, das wahre Wunder ist die Überlegenheit der deutschen Rasse.« Er deutete auf das Flugzeug. »Sie stehen vor einem der Gründe, warum nur die Nachkommen der Germanen einen legitimen Anspruch auf eine Führungsrolle in der Welt haben.«

»Es gibt unzählige alliierte Soldaten, die das anders sehen würden«, warf Bricks ein und kam hinter dem Flugzeug hervor. Hastig schritt der Doktor zu einem Tisch und stopfte die dort liegenden Dokumente und Zeichnungen in die Aktentasche.

Die Augen starr auf Bricks gerichtet, zog Luger einen Mundwinkel nach oben. »Zugegeben, Fehler sind unvermeidlich, und vielleicht war die Zeit noch nicht reif für eine neue Stufe der Evolution. Aber dies ist eine Wunderwaffe. Damit könnte noch eine Menge Schaden angerichtet werden.«

»Es ist nur ein Prototyp«, stellte Bricks fest und hob den Zeigefinger in die Höhe. »Ein einziges Flugzeug.«

»Ich korrigiere – ein erfolgreich getesteter Prototyp. Die anderen beiden Konstruktionen sind nicht flugfähig. Sie müssen weiterdenken, Mr. Bricks.«

»Zum Beispiel in Richtung des Amerikabombers?«

Die Schlussfolgerung schien Luger zufriedenzustellen. »Zum Beispiel.«

»Wie weit sind ihre Forschungen fortgeschritten?«

Beinahe entschuldigend hob Luger die Hände. »Aber meine Herren. Sie haben bereits etliche Unterlagen zu diesem Projekt und alle Informationen des Sonderkommandos IX. Sicherlich werden Sie verstehen, dass ich Ihnen nicht alle Daten sofort liefern werde.« Er grinste breit. »Nur der Sicherheit wegen.«

»Natürlich«, zischte Bricks. »Gibt es weitere Dokumente, die wir sichten sollten?«

»Ohne Frage, aber wenn Sie nicht nach Berlin fahren und ins Reichsluftfahrtministerium einbrechen möchten, müssen Sie wohl oder übel die zweite Option wählen und sich mit den Kopien zufriedengeben.«

»Und die wären wo?«, wollte Bricks wissen.

Luger tippte sich mit dem Finger an seine Stirn. »In meinen Kopf.«

Der Mann konnte verhandeln, das musste man ihm lassen. Wenn es um sein eigenes Leben ging, legte er eine unglaubliche Raffinesse an den Tag. Nikolas fuhr mit der Hand über das Hakenkreuz auf der Rückseite der Horten. Luger hatte seinen Trumpf gut ausgespielt.

Der Sturmbannführer rückte seinen Hut zurecht und schritt zur Tür. »Können wir dann, *gentlemen*? Wie ich hörte, muss ich einen Flug nach London erreichen.«

Als die Tür aufgerissen wurde, stockte Nikolas das Blut in den Adern. Wie fremdgesteuert griff seine Hand nach der Pistole.

»*Fuck*!«, flüsterte Bricks. Auch seine Hand glitt tiefer. Die vier schwerbewaffneten Wachsoldaten sahen sich um und wandten sich dann an Luger.

»Verzeihen Sie, Herr Sturmbannführer, aber es gibt ein

Problem.« Unsicher hielten sie ihre Gewehre in Richtung des Offiziers. »In Ihrem Haus wurden zwei Brandschützer ohne Bewusstsein gefunden. Wir müssen Sie und die beiden Herren bitten mitzukommen. Augenblicklich!«

Nikolas war wie versteinert. Seine Augen fixierten die Wachleute. Noch bevor er reagieren konnte, schallte Lugers Stimme durch den Hangar. »Ich wurde entführt, verhaften Sie die beiden Spione! Wir brauchen sie lebend!«

Die Gewehre der Männer wurden herumgerissen, zeigten nun auf Bricks und Nikolas. »Keine Bewegung! Legen Sie sich auf den Boden!«, schrien die Wachsoldaten ihnen entgegen.

Das war es also. Luger hatte selbst in dieser Situation eine Hintertür gefunden, durch die er sich retten konnte. Langsam gingen Nikolas' Arme nach oben. Die Männer kamen näher. Sie waren nur noch wenige Meter entfernt. Nikolas blickte zu Luger. Ein grässliches Grinsen zeigte sich auf dessen Gesicht. Kühl und berechnend, als wäre er der Teufel selbst. Im nächsten Moment zog er seine Pistole und richtete sie auf den Kopf des ersten Soldaten. Nikolas hätte es wissen müssen. Luger war der Inbegriff eines Opportunisten, ließ keine Gelegenheit ungenutzt, um zu seinem Vorteil zu agieren.

Ein Schuss durchbrach die Stille, und der Mann sackte leblos auf den Boden. Luger schoss schnell hintereinander und sprang hinter eine Tischreihe. Die Kugeln trafen den zweiten Wachmann in die Brust. Er klappte mit zuckenden Gliedmaßen zusammen. Die anderen beiden Wachleute eröffneten einen Herzschlag später das Feuer. Ohrenbetäubender Lärm breitete sich im Hangar aus. Nikolas sprang hinter eine Werkbank und fing sich mit der lädierten Hand ab. Stechende Schmerzen durchzuckten seinen Körper. Er unterdrückte einen Aufschrei und griff seine Waffe. Die Schüsse aus der Walther kamen unkontrolliert. Nur die rechte Hand lugte hinter dem schützenden Holz hervor, während er feuerte. Wohin seine Projektile flogen, wusste er nicht. Die Kugeln schienen überall zu sein. Querschläger zischten durch die Halle, Funken sprühten immer wieder neben ihm. Das Holz der Werkbank war dick, würde einem längeren Beschuss aber beileibe nicht standhalten. Immer wieder krachten Geschosse dumpf ins Holz, und Splitter wurden in sein Gesicht geschleudert.

Plötzlich war Ruhe.

Nikolas wollte noch ein paar Schüsse abgeben, bemerkte aber, dass sein Magazin leergeschossen war. Seine Hände waren taub vor Kälte. Nur mit größter Mühe gelang es ihm, das Ersatzmagazin aus dem Mantel zu holen und seine Waffe neu zu laden. Er bekam nicht mit, wie sich einer der Wachmänner neben ihm aufbaute.

»Keine Bewegung!«, schrie dieser und richtete den Lauf seines Gewehrs auf Nikolas.

Im nächsten Moment wirkte das Gesicht des Mannes seltsam entspannt. Erst dann vernahm Nikolas einen Schuss. Ein roter Fleck bildete sich auf der Brust des Soldaten. Schließlich fiel er leblos auf Nikolas' Füße. Was im Namen des Allmächtigen war gerade passiert? Nikolas spürte den eigenen Herzschlag in seinen Ohren, der Kopf dröhnte, sein Blut rauschte vor Angst. Noch bevor er sich ordnen konnte, entdeckte er Bricks. Etliche Meter vor ihm lag er am Boden. Langsam senkte sich seine Waffe, mit der er Nikolas das Leben gerettet hatte. Als diese den Boden erreicht hatte, lag Bricks bewegungslos da. Es gab keine Zweifel, er war getroffen.

»So ein Mist«, flüsterte Nikolas und nahm allen Mut zusammen. Vorsichtig spähte er hinter der Werkbank hervor. Drei Wachmänner lagen am Boden, der vierte tot neben ihm. Von Luger fehlte jede Spur. Nikolas lud seine Waffe durch und lief geduckt zu Bricks.

Ein Projektil hatte sich tief in seine linke Schulter vergraben. Vielleicht hatte es sogar die Lunge in Mitleidenschaft gezogen. Bricks' Gesicht war feuerrot, die Atmung gepresst.

»Wo ist Luger?«, wollte Bricks wissen, als die Waffe aus seiner Hand fiel.

Nikolas betastete die Wunde. Verdammt, das sah nicht gut aus. »Ich weiß es nicht.«

»Suchen Sie ihn und bringen Sie ihn hier heraus.«

Nikolas nahm seinen Verband ab und wickelte ihn um Bricks' Schulter. Der ohnehin schon blutige Fetzen verfärbte sich sofort dunkelrot. Zum ersten Mal seit dem Schuss des Scharfschützen sah Nikolas seine Hand. Sie wirkte unreal, als würde er träumen. Ein komischer Anblick – und doch fiel Nikolas auf, dass die fehlenden Finger nicht mehr schmerzten. »Ich soll ihn retten und Sie hier sterben lassen?«

»Er ist wichtiger als ich, Brandenburg. *Dammit*! Tun Sie, was ich Ihnen befehle.«

In der Ferne begann eine Sirene zu heulen. Ihrem Klang nach warnte sie nicht vor dem Feuer. Der Wachposten musste Alarm geschlagen haben oder ein feindlicher Angriff musste bevorstehen. Was auch immer passiert war, entweder würde es hier gleich von Soldaten nur so wimmeln oder die Bomben von Bricks' Landsleuten würden sie in Stücke reißen. Sie mussten hier raus!

Bricks kramte in seiner Innentasche, holte den Flachmann hervor. Nur mit Mühe konnte er ihn aufschrauben. »Brandenburg … Haben Sie noch eine für mich?«

Ohne weiter darüber nachzudenken, holte Nikolas seine Zigaretten hervor, zündete eine Salem an und steckte sie Bricks in den Mund. Genüsslich trank und rauchte der Amerikaner. »Sie sind gar nicht so übel, wissen Sie das?«

Was sollte man in so einer Situation auch sagen. Trotzdem hatte Nikolas das Gefühl, dass Bricks es ehrlich meinte. Er ließ die Packung bei ihm. Mit aller Macht drückte Nikolas auf die Wunde und sah sich dabei gehetzt um. »Danke, Sie auch nicht.«

»Das mit Elsa tut mir leid. Glauben Sie mir, ich habe sie wirklich gern.« Er lachte bitter. »Ich hätte sie gerne näher kennengelernt.«

Warum waren seine Finger nur so taub? Nikolas hatte das Gefühl, als gehörten sie nicht zu seinem Körper. »Noch näher?«

Bricks verschluckte sich an seinem Schnaps, sodass Nikolas ihm den Flachmann abnahm und selbst von dem Whiskey trank. Dann gab er ihn zurück.

»Sollten die Krauts wirklich so etwas wie einen Amerikabomber besitzen, muss es das Oberkommando wissen. Versprechen Sie mir, dass Sie Luger hier herausbringen.«

Nikolas nickte. Einem Sterbenden schlug man keinen Wunsch ab. »Was ist mit dem Flugzeug?«

Bricks trank erneut. Er wirkte zufrieden, beinahe triumphal. »Es wird nicht lange fliegen. Und nun gehen Sie schon!«

Nikolas erhob sich und drückte seinen Rücken durch. Jeder Knochen seines Körpers schmerzte. So leise es ihm möglich war, ging er um das Flugzeug herum. Luger musste hier irgendwo sein. Mit der Waffe im Anschlag spähte er durch den Hangar. Keine Spur von dem Offizier. An der Stelle, wo er das Feuer auf seine eigenen Männer eröffnet hatte, entdeckte Nikolas Blutspritzer. Sie führten zur Tür. Sollte er es wieder einmal geschafft haben?

Nikolas stieg über die toten Soldaten, drückte die Klinke herunter und hielt die Walther schützend vor sich, als er heraustrat. Der Regen hatte nachgelassen, eine karge Beleuchtung erhellte das Areal. Jede Faser seines Körpers war gespannt, während er vorsichtig einen Fuß vor den anderen setzte. Nicht weit vom Auto entfernt atmete er auf.

Luger hatte es schwer erwischt. Mit letzter Kraft musste er

sich zum Wagen geschleppt haben und kurz vor seinem Ziel zusammengebrochen sein. Er hatte wohl gesehen, dass Bricks verwundet worden war, und war aus Angst um sein eigenes Leben geflüchtet. Nun lag der vormals allmächtige Offizier der Schutzstaffel vor Nikolas im Dreck und versuchte, die Autotür zu öffnen. Langsam näherte er sich.

Eine Sache gab es also noch zu erledigen. Nikolas überprüfte seine Waffe, zog den Hut tief ins Gesicht und schleppte sich auf die Zähne beißend zu dem Mann. Keine letzten Worte, keine Fragen mehr – dieser Bastard hatte es verdient zu sterben.

Noch bevor Luger ihn bemerkte, riss Nikolas seine Hand von der Autotür weg und drehte sie auf Lugers Rücken. Wahrscheinlich rührte dessen Wunde von Schüssen der Wachmänner her, vielleicht hatte ihn auch eins von Nikolas' unkontrollierten Projektilen getroffen. Das spielte keine Rolle.

Nikolas wurde von einem Gefühl der Macht ergriffen, Rachegelüste nahmen Besitz von ihm. Vor etlichen Jahren war Luger es gewesen, der mit einer Waffe über einem anderen gethront und über Leben und Tod entschieden hatte. Erik, Nikolas' bester Freund. Dieser Mann hatte ihm alles genommen. Es war Zeit, dass er es dem Offizier zurückzahlte.

»Brandenburg …«, stöhnte Luger vor Schmerz, während Regentropfen über sein Gesicht liefen. »Wir können es immer noch schaffen. Bricks hat es erwischt, oder? Aber wir können den Krieg beenden. Wir wären Helden in den Staaten! An nichts würde es uns mangeln! Sie und ich, was sagen Sie?«

Nikolas schwieg. Er fühlte sich wie in Trance, als er die Ferse seines Schuhs in die Schusswunde bohrte. Der Schrei des Mannes ließ ihn den Druck noch erhöhen. »Wissen Sie noch, was Sie mir damals gesagt haben, als Sie mein Vorgesetzter in Paris waren? In der Nacht, als Sie mir Lisa wegnahmen?«

Luger biss die Zähne zusammen. Blut bedeckte seine Lippen. »Es war falsch. Sehen Sie denn nicht die Chance, die sich uns bietet?«

»Sie sagten, dass ich zu weich bin und nicht überleben werde. Nun, sie hatten recht. Der Kriminalkommissar von damals ist tot. Glückwunsch, Sie haben gewonnen und mich zu jemandem gemacht, der ich niemals werden wollte.«

»Worte, Brandenburg, alles Worte ohne Bedeutung, ohne Tiefe und Sinn. Ich wollte Sie beeindrucken damals.« Luger richtete sich etwas auf und zischte: »Sie sind noch derselbe, können immer noch Menschen retten. Tausende Menschen, ja Abertausende.«

Nikolas schüttelte den Kopf. »Nein, bin ich nicht.« Noch einmal erhöhte er den Druck auf die Wunde. »Gibt es so etwas wie einen Amerikabomber? Eine Flugscheibe, die den Krieg verlängern könnte?«

»Darüber können wir reden, wenn wir im Flugzeug nach London …«

»Gibt es so etwas?«, schrie Nikolas und schoss nur wenige Zentimeter neben Lugers Gesicht. Sein ganzes Gewicht verlagerte er auf den Körper. Der Offizier wimmerte vor Schmerz. »Antworten Sie, dann hole ich Sie hier heraus. Versprochen.«

Der Schmerz musste unmenschlich für den Mann sein. Tränen vermischten sich mit dem Regen und liefen sein Gesicht hinab. »Pläne, nur Pläne. Die Horten H XVIII ist als Amerikabomber konzipiert worden. Ein Schnellbomber mit bis zu 6.000 Kilometern Reichweite. Mit einer Flughöhe von 16.000 Metern könnte er jedes Ziel auf der Welt erreichen. Es ist dasselbe Konzept wie bei dem Jäger, den sie gesehen haben.«

»Kein Prototyp? Und er wird den Krieg nicht mehr verlängern?«

»Nein«, hechelte Luger. »Der Bomber existiert nur auf dem Reißbrett. Es gibt Blaupausen, ich kann Ihnen alle relevanten

Daten liefern. Überlegen Sie, wie wertvoll wir für die Amis wären, wenn wir Ihnen alles übergeben würden. Sie hätten über Jahrzehnte einen technologischen Vorsprung.«

Nikolas nahm den Fuß von der Wunde. »Das interessiert mich nicht. Sie werden sich sowieso die Leute holen, die sie haben möchten. Erinnern Sie sich: Der Sieger schreibt die Geschichte – Ihre Worte.«

»Gut, dann lassen Sie uns ein Teil davon sein!«

Es wäre so einfach. Er könnte mit Meißners Leuten Kontakt aufnehmen. Sie würden einen Weg finden, sie hier herauszuschaffen. Der Krieg war verloren, sogar Luger sah das ein. Ein schöner Platz an der Titte der Sieger wäre ihnen gewiss.

»Nein.« Nikolas richtete den Lauf der Waffe auf Lugers Gesicht.

»Sie sagten, dass Sie mich herausholen«, brüllte er. »Sie Lügner!«

»Ich hatte den besten Lehrer.« Nur ein Schuss. Nur eine kleine Bewegung, dann wäre es vorbei.

»Wollen Sie mich kaltblütig ermorden?«

Ja, das wollte er. Sein Verstand, all sein Denken, sogar seine Seele dürstete nach Rache. Nikolas kaute auf seiner Unterlippe. Er hielt den Atem an. Nur eine kleine Bewegung …

»Nein«, flüsterte er und nahm die Waffe herunter. »Das werden andere für mich erledigen.«

»Was zum …?«

»Der Brief in Ihrer Innentasche, zwei niedergeschlagene Brandbekämpfer in Ihrem Haus, eine tote Ehefrau und ein verschwundenes Kind.« Nikolas wollte nicht lächeln, doch er wusste, dass er es tat. »Sie haben Spione auf das Gelände geführt. Alles spricht gegen Sie. Es sieht aus, als wollten Sie das sinkende Schiff verlassen und Beweise vernichten. Aber das steht ja auch schwarz auf weiß in dem Brief. Sie werden durch das Regime sterben, das Ihnen all die Macht gab.«

Lugers Augen weiteten sich und seine rechte Hand glitt zu seiner Brust, wo das Schriftstück ruhte. »Das ist nicht besser als Mord. Dann haben Sie Blut an Ihren Händen.«

Nikolas holte mit seiner Pistole aus. »Das haben wir alle. Es ist Krieg.«

Der Schlag zielte präzise auf Lugers rechtes Auge. Er meinte, das Jochbein des Mannes brechen zu hören. Sofort schien jegliche Kraft aus dem Körper des Offiziers zu weichen und Blut trat aus der Stelle, die er getroffen hatte. Es würde nicht lange dauern, bis sie den bewusstlosen Luger mitsamt den vernichtenden Beweisen fanden. Wochen voller Folter und schließlich der Tod waren ihm gewiss.

Nikolas' Gesicht verzog sich vor Anstrengung. Ihm war schwindelig, er musste sich auf den Knien abstützen und mehrmals Luft holen. Es würde nicht mehr lange dauern, bis die Soldaten durch die fehlende Rückmeldung der Wachmannschaft alarmiert wurden. Ihm lief die Zeit davon.

Noch einmal drehte er sich zu dem bewusstlosen Luger, bevor er ihm seinem Schicksal überließ. Nikolas' Lunge brannte, während er zum Hangar hetzte und die Tür öffnete. »Bricks?«

Als er sich näherte, vernahm Nikolas eine leise singende Männerstimme.

»*O beautiful, for spacious skies, for amber waves of grain, for purple mountain majesties. Above the fruited plain!*«

Der Amerikaner hatte anscheinend mit dem Leben abgeschlossen. Er konnte sich nur allzu gut vorstellen, wie Bricks dort saß, rauchte, trank und dabei ein altes Lied sang. Seine Pistole war auf Nikolas gerichtet, als er ihn erreichte.

»*What the hell*? Brandenburg, was machen Sie hier?«

Nikolas trat an ihn heran und schlug ihm die Zigarette aus der Hand. »Luger ist tot. Es gibt keinen Amerikabomber und nichts, was das CIC interessieren könnte.« Er musste alle Kraft aufwenden, um den Körper des Mannes auf die Beine zu ziehen.

»Sind Sie sicher? Haben Sie ihn getötet?«

»Nein«, antwortete Nikolas und legte Bricks' Arm um seine Schulter. »Das wird die Gestapo für uns erledigen.«

Sie humpelten am Nurflügler vorbei. Bricks war keine große Hilfe, konnte sich gerade so auf den Beinen halten. Dass er dabei die Aktentasche umklammerte, als würde er sie nie mehr loslassen wollen, behinderte die Rettung zusätzlich.

»Ich hatte Ihnen doch ausdrücklich gesagt …«

»Seien Sie still, sonst überlegte ich es mir anders.« Nur mit Mühe konnte Nikolas die Tür mit seiner verletzten Hand öffnen. »Außerdem will ich nicht, dass Elsa noch eine geliebte Person verliert.«

»Sie hat gesagt, dass Sie mich liebt?«

Nikolas sah sich um. Es gab nur eine Möglichkeit, hier herauszukommen. »So etwas in der Art.«

Gurgelnde Geräusche kamen von Bricks, als sie sich über das Gelände schleppten. Das hörte sich alles andere als gut an. Es schien eine Ewigkeit zu dauern, bis sie endlich die Werksfeuerwehr erreichten. Nikolas hob seine Waffe.

»Wohin?«, stöhnte Bricks.

»In die Henschel-Tankspritze.« Hastig öffnete Nikolas die Beifahrertür und half Bricks auf den Sitz. »Warten Sie hier.«

»Das ist Ihr Plan?«

Er ignorierte die Worte und besah das Gebäude. Endlich fand er, was er suchte. Nikolas schwang sich auf den Fahrersitz, warf Bricks eine Uniformjacke und einen Helm zu und streifte sich selbst diese Kleidung über.

Bricks schüttelte den Kopf. »Ich kann mich kaum bewegen, wie sollen die uns glauben …?«

»Seien Sie einfach still und sehen Sie mutig aus.«

Der Helm drückte auf Nikolas' Schädel. Besonders die Stelle, an der Lisa ihn getroffen hatte, schmerzte höllisch. Endlich schaffte er es, den Wagen zu starten und ihn aus dem Gebäude zu lenken. Er musste den Impuls unterdrücken, das Gaspedal durchzudrücken, und steuerte das Fahrzeug in gemäßigtem Tempo auf das Haupttor zu. Kurz bevor sie den Schlagbaum erreichten, zog er seine Waffe. »Bereit?«

Auch Bricks nahm seine Pistole in die Hand. »Bereit.«

Die Soldaten an der Zufahrt waren in Aufruhr, als sie diese erreichten. Die schwere Schaltung des Henschel bereitete Nikolas Probleme, weshalb der Wagen ruckelte und schon einige Meter vor dem Schlagbaum zum Stehen kam.

»Was wollt ihr denn noch? Es wurde gemeldet, dass das Feuer unter Kontrolle ist«, schrie der Wachhabende bereits von Weitem.

»Ein Spritzwagen ist ausgefallen«, antwortete Nikolas und versuchte, gleichgültig zu klingen. »Wir bringen nur Ersatz.«

Argwöhnisch sah der Mann in die Fahrerkabine. »Mein Gott, ihr seht aus, als kämt ihr von der Front!«

Bricks griff in seine Innentasche, holte den Flachmann hervor und reichte ihn dem Wachhabenden. »Nur schlecht geschlafen, aber das hier hilft.«

Einen Moment dachte Nikolas, dass der Soldat seine Waffe ergreifen würde. Stattdessen sah er sich um, nahm den Flachmann und gönnte sich einen großen Schluck des feinsten Whiskeys. »Uh, der ist gut. Selbstgebrannter?«, wollte er wissen und warf ihn wieder zurück.

»So ähnlich.«

Ein kurzes Nicken noch, dann wies der Unteroffizier seine Leute an, den Schlagbaum zu öffnen.

Nikolas' Herz war beinahe stehen geblieben. Mit dem Finger am Abzug steuerte er den Wagen vom Flugplatz. Er nahm die Straße zur Siedlung, bog dann aber auf einen Feldweg ab. Kurz vor einem Waldstück stoppte er den.

»Sie haben mir das Leben gerettet.« Bricks' Stimme war nicht mehr als ein Flüstern.

»Ja«, entgegnete Nikolas leise und schaltete den Motor aus. »Zumindest wenn Sie das hier überleben.«

»Warum haben Sie das getan?«

»Ich weiß es nicht.« Nikolas starrte in die Dunkelheit. »Vielleicht, weil ich nicht gut darin bin, kluge Entscheidungen zu treffen.« Kein einziger Tropfen fiel mehr vom Himmel. Eine sanfte Brise fuhr ihnen über die Haut, als er das Fenster öffnete. Ruhig griff er in die Manteltasche. Im Mondlicht begutachtete er die getrockneten Gänseblümchen.

»*Dear Lord*«, stöhnte Bricks und verzog das Gesicht vor Schmerz. »Von Rohn?«

»Nein.« Nikolas schüttelte den Kopf und ließ den Strauß auf die Straße fallen. »Vom Widerstand.«

EPILOG

- DER PREIS DES SIEGES -

18. Februar 1945, Oranienburg, Deutsches Reich

Heinrich Meißner hielt sich den Magen und stoppte.

Heute war es anders als sonst. Da war nichts. Kein Knurren, kein Schmerz, nicht einmal ein leichtes Ziepen. Seit langer Zeit fühlte er sich gesättigt, zufrieden, erleichtert. Er würde fast so weit gehen und sich selbst als glücklich bezeichnen. Die winterlichen Ausflüge mit seinem Sohn über die umliegenden Feldwege waren zu einem beruhigenden Ritual geworden. Wie immer flitzte der Kleine auf die Felder und durchfurchte mit seinen abgewetzten Handschuhen die Erde, um noch eine Steckrübe zu finden. Wenn nicht für sie, dann wenigstens, damit Fritz den Winter überlebte. Zumindest die nächsten Tage mussten sie keinen Hunger leiden. Der Proviant der Fremden war zwar nicht reichlich, aber dennoch war es mehr, als sie in den letzten Monaten besessen hatten. Zum ersten Mal seit langer Zeit hatte Ilse eine dicke Suppe kochen können. Mit Wurst und ein paar Schinkenstücken. Dazu hatte es Schwarzbrot mit richtiger Margarine gegeben. Wenn sie es sich klug einteilten, würde es sogar bis Sonntag reichen. Meißner wollte in die Wälder hinausziehen und mit viel Glück mit einem Kaninchen zurückkommen, das sie später braten konnten.

»Vater, ist das eine Wruke?« Die Augen von Friedrich glänzten, als er mit einem gefrorenen Klumpen in den Händen zurückkam.

Meißner drehte ihn im fahlen Licht der Morgensonne. »Nein, keine Rübe, leider. Nur ein Stein.«

Enttäuscht fuhr Friedrich mit der Hand über den Dreck und warf ihn in hohem Bogen wieder auf das Feld. So ein lieber Junge. Während Meißner dem menschenleeren Weg folgte, dankte er Gott, dass er nicht in Hitlers Kinderarmee eingezogen worden war. Allerorts wurden die Älteren in Bereitschaft versetzt, um das letzte Aufgebot für die Festung Berlin zu bilden. Eigentlich hätte auch Friedrich die Scheinwerfer der Flak bedienen sollen. Es war nur Meißners guten Kontakten zu verdanken, dass der Kleine aus der Kartei gefallen war.

Sein Schritt war heute schneller als sonst. Nicht einmal die Verletzung durch das Schrapnell schmerzte sonderlich. Als die Fremden mitten in der Nacht zurückgekommen waren, hatte er erst geglaubt, dass es nun so weit war. Erst war es nur die Frau gewesen, diese Französin mit der bleichen Haut und den langen, brünetten Haaren. Zu seinem Entsetzen war sie nicht allein gewesen. Ein blondes Mädchen, gerade in Friedrichs Alter, hatte ihre Hand so fest gehalten, als wäre das alles für sie ein großes Abenteuer. Nach ihrem Namen hatte Meißner gar nicht gefragt. Wenn es nach ihm gegangen wäre, hätten beide im Stall bei Fritz schlafen müssen, doch Ilses Herz war größer als seins. Sie hatte den beiden einen Tee zubereitet und sogar noch eine Decke geholt, damit sie im Keller schlafen konnten, wo der Kerl mit der angeschossenen Hand bereits vorher gelegen hatte. Meißner hatte seinen alten Freund Bernhard verflucht, gebetet und sich immer wieder gefragt, warum er so geprüft wurde. Im Bett hatte er es nicht ausgehalten und war deshalb mit müden Augen durch sein Haus gewandert, immer mit dem Gefühl, dass es gleich an der Tür klopfen würde. Bei einem Blick durch einen Spalt in der Kellertür hatte er gesehen, wie das Mädchen gelacht und sich beide Hände vor den Mund gepresst hatte. Anscheinend hatte die Frau ihr französische Kinderreime beigebracht, was die Kleine mächtig zu amüsieren schien. Allein damit hätte er leben können, doch als die beiden Männer Stunden später zurückgekehrt waren, war Meißner sich sicher gewesen, dass sich die halbe Wehrmacht an ihre Fersen heftete. Einer war angeschossen, hatte wie ein Kesselflicker auf Englisch geflucht, und auch der Kerl mit der verkrüppelten Hand hatte sich kaum mehr auf den Beinen halten können. Irgendetwas musste geschehen sein. Die ganze Nacht hatten sie unten im Keller gesessen, vor Glück geweint und ihre nächsten Schritte beraten.

Der Brand in der Siedlung der Offiziere war weit sichtbar gewesen. In der Dunkelheit war er wie ein Leuchtfeuer gewesen, geradezu perfekt für den Tod von oben. Doch die Bomber waren ausgeblieben, genau wie die Besuche von Gestapo oder SS. Entweder hatten die Fremden das Chaos für sich genutzt und ihre Spuren gut verwischt oder sie hatten der SS einen Schuldigen präsentiert. Wie dem auch sei, Meißner hatte kein Auge zugetan. Am heutigen Morgen war der schlanke Kerl aufgebrochen, um seine Kontaktleute zu besuchen. Keine zwei Stunden später waren sie weg gewesen. Die ganze illustre Bande. Sogar den schweren Kerl hatte eine Kutsche abgeholt. Ein Wunder, dass er immer noch lebte.

Im Haus war Meißner weinend in den Armen seiner Frau zusammengebrochen. Auch Ilse waren Tränen über die Wangen gelaufen, als die Fremden endlich außer Sichtweite gewesen waren. Mit Wagen und Kutsche hatten sie die angeschossenen Männer weggeschafft und nichts zurückgelassen, außer unzählige blutige Laken und einen Teil ihrer Koffer. Das junge Mädchen hatte vergnügt gewirkt, als sie mit dem Kerl gescherzt hatte. Und die zierliche blonde Frau hatte ihre Hände gar nicht bei sich halten können, als sie den Tommy versorgt hatte. Vieles hatte Meißner schon verbrannt. Die blutigen Laken, die zerschossene Kleidung – nichts sollte auf die Anwesenheit ihrer Gäste hinweisen. Nur das Essen, das hatten sie behalten.

Sie waren fort. Wie, das war ihm egal. Sein Blick fiel auf die zerstörte Siedlung, nicht weit vom Flugplatz entfernt. Ein allzu bekanntes Bild – und doch war etwas anders. Die ausgebrannten Häuser waren diesmal nicht schwarze Zeugen eines Bombardements, sondern von Brandstiftung. Dass die Reste seines Benzinvorrats einen bestimmten Anteil daran hatten, war nicht schwer zu erraten. Zumindest das konnte sich Meißner zusammenreimen. Beim Allmächtigen, sie hatten mehr als die halbe Siedlung niedergebrannt. Die verkohlten Villen waren wie ein Abbild des Reiches. Der Grund war ihm herzlich egal. Seine Familie war am Leben, nur das zählte.

»Vater!« Der Ruf seines Sohnes riss Heinrich Meißner aus seinen Gedanken. Er spähte über das Feld, konnte allerdings nicht erkennen, was Friedrich so aufgeschreckt haben mochte.

»Ja?«

»Da ist es wieder! Das Geräusch.«

Meißners Ohren mussten beim Großen Krieg gelitten haben. Er suchte den Himmel ab, lauschte und konnte nichts erkennen, was auf einen Luftangriff hindeuten würde. »Komm her!«

Friedrich wirbelte Schnee auf, als er über das Feld hetzte. Etwas zu heftig packte Meißner seinen Sohn an den Schultern. »Hörst du es immer noch?«

Ohne einen Satz zu sagen, deutete der Junge weit in die Ferne. Beim Herrn, er hatte gute Ohren und noch bessere Augen. Der Punkt am Himmel war fast nicht zu erkennen. Endlich konnte auch Meißner das Dröhnen hören.

»Da ist es wieder!«, flüsterte Friedrich.

Das Flugzeug näherte sich schnell. Der Grund, warum Ilse und er in den letzten Tagen in Angst gelebt hatten. Dieses Monstrum, eine flache Scheibe am Himmel, so schnell und wendig und mindestens genauso tödlich. Es nahm direkten Kurs auf den Flugplatz. Meißner verschärfte seinen Blick. Etwas stimmte hier nicht. Der Pilot steuerte im Wellenflug über die Felder. Mal flog er langsamer, dann wieder schneller. Meißner hatte das Gefühl, als könnten die Tragflächen fast das Feld berühren. Die flache Scheibe begann zu schlingern, als sie sich der Landebahn näherte. Die Wellen der Flugkurve wurden heftiger. Seinen Sohn fest am Arm gepackt, zuckte Meißner zusammen, als ein lauter Knall an ihre Ohren drang.

»Herr im Himmel«, flüsterte er und legte die Finger auf seinen Mund. In diesem Moment wurde ihm klar, dass auch er Anteil an dieser Tragödie hatte. Die Grenzen waren verschwommen. Nie war es ihm in den Sinn gekommen, einem Menschen Schaden zuzufügen. Doch irgendjemand musste dieses gespenstische Flugzeug geflogen haben. Meißner konnte keinen Fallschirm erkennen. Bei der Geschwindigkeit konnte der Mann nur tot sein.

Hatte er Familie? Ein Offizier, der nachts seinen Kindern Geschichten vorgelesen und seine Ehegattin treu umsorgt hatte? Der Pilot war ein Mensch gewesen, genau wie er selbst. Eine Seele, die für immer auf seinem Gewissen lasten würde. Energisch nahm er die Hand seines Sohnes. Bald würde all das hier ein Ende haben. Ganz bestimmt sogar.

»Vater, wo gehen wir hin?«

»Nach Hause. Und wir werden nie ein Wort darüber verlieren.«

ENDE

Weitere Krimis finden Sie auf den folgenden Seiten und im Internet:

WWW.GMEINER-SPANNUNG.DE

SEBASTIAN THIEL
Sei ganz still

978-3-8392-1701-6 (Paperback)
978-3-8392-4679-5 (pdf)
978-3-8392-4678-8 (epub)

»Die Suche nach einer jungen Frau, ein Kampf gegen übermächtige Feinde – die Chance zur Rehabilitation …«

Im Sommer des Jahres 1938 brodelt die Stimmung im Deutschen Reich. Hitler verlangt nach mehr Lebensraum im Osten, das Volk stimmt blind vor Euphorie ein. Nur der der Schläger, Trinker und Polizist Friedrich Wolf bekommt von alldem nichts mit.

Eingesperrt im Strafgefangenenlager schuftet er unter schlimmsten Bedingungen, bis ein mysteriöser SS-Arzt ihn herausholt und ihn beauftragt, ein ganz bestimmtes Mädchen in der Düsseldorfer Unterwelt ausfindig zu machen. Eine Jagd beginnt, die Wolf an seine Grenzen bringt. Und bald schon wird aus dem Jäger ein Gejagter …

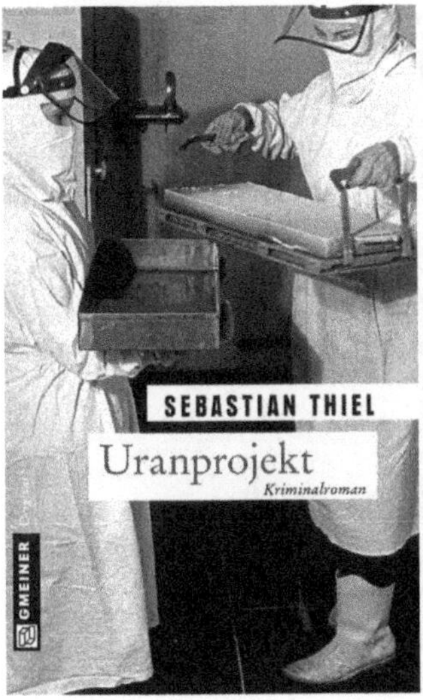

SEBASTIAN THIEL
Uranprojekt

978-3-8392-1549-4 (Paperback)
978-3-8392-4393-0 (pdf)
978-3-8392-4392-3 (epub)

»Atmosphärisch, düster, beängstigend«

Sommer 1944. Nikolas Brandenburg ist aus Paris nach Düsseldorf zurückgekehrt. Der ehemalige Kommissar muss in seinem Elternhaus untertauchen, da er sich dem französischen Widerstand angeschlossen hat. Als eines Nachts ein Schwerverwunderter vor seiner Tür liegt, führt ihn dieser nicht nur mit alten Weggefährten zusammen, sondern auch in den Dunstkreis des streng geheimen »Uranprojekts«. Eine Operation, die Hitler doch noch zum Sieg verhelfen soll. Nikolas unternimmt alles, um dies zu verhindern.

GMEINER SPANNUNG

WWW.GMEINER-VERLAG.DE
Wir machen's spannend

SEBASTIAN THIEL
Die Dirne vom Niederrhein

978-3-8392-1352-0 (Paperback)
978-3-8392-4029-8 (pdf)
978-3-8392-4028-1 (epub)

»Liebe im Krieg. Das Drama am Niederrhein geht weiter.«

Niederrhein 1642: Nach dem Sieg der französisch-schwedischen Armee ist niemand mehr seines Lebens sicher. Elisabeth, die ihre Angehörigen verloren hat, flüchtet voller Schuldgefühle und schließt sich einem Tross von Huren im Gefolge des Heeres an. Im Geschäft der käuflichen Liebe steigt sie schnell auf und begegnet nicht nur den Menschen, die für den Tod ihrer Schwester verantwortlich sind, sondern auch Maximilian, der mit ihr noch eine Rechnung offen hat … Ein Spiel um Lust und Liebe beginnt – dem Verlierer ist der Tod gewiss.

SEBASTIAN THIEL
Wunderwaffe

978-3-8392-1251-6 (Paperback)
978-3-8392-3831-8 (pdf)
978-3-8392-3830-1 (epub)

»Ein Kriminalroman aus den dunklen Kriegsjahren im nationalsozialistischen Deutschland.«

Frühjahr 1944. Erik Stuckmann, als Chemiker bei der IG Farben beschäftigt, wird tot aufgefunden. Er soll sich unter Medikamenteneinfluss das Leben genommen haben. Sein bester Freund Nikolas Brandenburg glaubt nicht an einen Selbstmord und nimmt die Ermittlungen auf. Die Spur führt ihn nicht nur zur französischen Widerstandsbewegung, sondern auch in die höchsten Kreise der IG Farben. Nur langsam sammelt er Indizien und deckt dabei Unglaubliches auf …

GMEINER SPANNUNG

WWW.GMEINER-VERLAG.DE
Wir machen's spannend

Das Neueste aus der Gmeiner-Bibliothek

Unsere Lesermagazine

Bestellen Sie das kostenlose KrimiJournal in Ihrer Buchhandlung oder unter www.gmeiner-verlag.de

Informieren Sie sich …

www … auf unserer Homepage:
www.gmeiner-verlag.de

@ … über unseren Newsletter:
Melden Sie sich für unseren Newsletter an unter www.gmeiner-verlag.de/newsletter

f … werden Sie Fan auf Facebook:
www.facebook.com/gmeiner.verlag

Mitmachen und gewinnen!

Schicken Sie uns Ihre Meinung zu unseren Büchern per Mail an gewinnspiel@gmeiner-verlag.de und nehmen Sie automatisch an unserem Jahresgewinnspiel mit »mörderisch guten« Preisen teil!

WWW.GMEINER-VERLA
Wir machen's spann